dtv

Ein rätselhaft bröckelndes Wandgemälde über dem Ehebett, ein unvermutet auftauchendes Kind, ein unbekannter Schlüssel am Schlüsselbund der verstorbenen Ehefrau. Die Erzählungen führen dem Leser eine Ausgangssituation in einer ganz alltäglichen, vertrauten Atmosphäre vor, doch allmählich nehmen Ereignisse eine unvorhergesehene Wendung, werden Brüche in Beziehungsgeflechten sichtbar, und hinter der Fassade der alltäglichen Ruhe lauern Spannungen und Aggression.
Luca Ricci breitet eine subtil beobachtete Palette menschlicher Gefühle aus, entdeckt verborgenen Sprengstoff im häuslichen Universum, er spürt dem geheimnisvollen Ineinanderfließen von Liebe und Hass nach und führt seine Geschichten über kaum wahrnehmbare Verwicklungen zu einem bisweilen unerwarteten Ende.

Luca Ricci, geboren 1974, wurde für sein Buch ‹Il piede nel letto› mit dem Cocito-Montà-d'Alba-Preis ausgezeichnet. Er lebt in Pisa und gilt in Italien als einer der originellsten jungen Autoren der letzten Jahre.

L'amore e altre forme d'odio

Liebe und andere Formen von Hass

Erzählungen von Luca Ricci

Ausgewählt und übersetzt von
Ina-Maria Martens und Emma Viale-Stein

Deutscher Taschenbuch Verlag

dtv zweisprachig
Begründet von Kristof Wachinger-Langewiesche

Deutsche Erstausgabe
1. Auflage Juli 2008
Deutscher Taschenbuch Verlag GmbH & Co. KG,
München
www.dtv.de zweisprachig@dtv.de

Umschlagkonzept: Balk & Brumshagen
Umschlagfoto: Luca Perazzoli
Satz: Greiner & Reichel, Köln
Druck und Bindung: Kösel, Krugzell
Gedruckt auf säurefreiem, chlorfrei gebleichtem Papier
Printed in Germany · ISBN 978-3-423-09476-4

Notte di sole · Sonnennacht 6 · 7

Sul bordo · Am Rand 18 · 19

Ancora due minuti · Noch zwei Minuten 32 · 33

La casa di fronte · Das Haus gegenüber 46 · 47

Murales · Das Wandbild 60 · 61

Il bastone da passeggio · Der Spazierstock 74 · 75

La nuova filosofia · Die neue Philosophie 88 · 89

Ultimi fuochi · Letztes Feuerwerk 102 · 103

Diciassette sedie · Siebzehn Stühle 116 · 117

Un candelabro · Ein Kerzenleuchter 128 · 129

Notte di sole

1.

Accadde la notte in cui era scappata la tigre. Ne avevano parlato le stazioni radio e anche i telegiornali. Erano notti lunghe, quelle. Se spalancavi le finestre la casa si riempiva di insetti, se tenevi chiuso cominciavi a sudare. Si soffocava, potevi sentire ogni singolo poro della pelle soffocare. Rimanere a letto era il modo migliore per non chiudere occhio.

– Sei sveglia?

Mia moglie mugolò qualcosa d'incomprensibile. Forse stava sognando, di sicuro non avrei potuto contare sulla sua compagnia. Prima di alzarmi la baciai sul collo delicatamente, senza svegliarla. Diceva che avevo un modo di baciare tutto mio, sentimentale ma non ridicolo. Erano i tempi in cui andavamo fieri delle cose che ci dicevamo. Erano i primi tempi.

Sgranocchiai qualche biscotto. Ne avevano parlato di recente in un programma televisivo dedicato al benessere: le persone nottetempo svuotano il frigorifero nell'illusione di colmare il loro vuoto interiore. Era una questione nervosa. Per fare andare giú i biscotti mi attaccai al cartone del latte, e improvvisamente provai una sensazione strana. Avevo in bocca il sapore del risveglio – i biscotti e il latte –, ma era sempre notte fonda. Non è mai un bene quando si confonde la notte con il giorno, quando si sfasa il ritmo normale, si scambiano le operazioni metabo-

Sonnennacht

1.

Es geschah in der Nacht, als der Tiger ausgebrochen war. Sie hatten es im Radio und auch in den Nachrichten im Fernsehen gebracht. Es waren lange Nächte. Riss man die Fenster auf, war im Nu das Haus voller Insekten, blieben sie zu, schwitzte man, erstickte, fühlte jede einzelne Pore der Haut ersticken. Im Bett zu bleiben war der sicherste Weg, kein Auge zuzutun.

«Bist du wach?»

Meine Frau murmelte etwas Unverständliches. Vielleicht träumte sie. Auf ihre Gesellschaft konnte ich sicherlich nicht rechnen. Ohne sie zu wecken, küsste ich sie, bevor ich aufstand, zart auf den Hals. Sie meinte, ich hätte eine ganz eigene Art zu küssen, gefühlvoll, aber nicht albern. Es war zu der Zeit, als wir stolz auf das waren, was wir zueinander sagten. Es war in der allerersten Zeit.

Ich knabberte ein paar Kekse. In einer Fernsehsendung über Gesundheit hieß es kürzlich, dass die Leute in der Illusion, ihre innere Leere zu füllen, nachts den Kühlschrank leer essen. Eine Nervensache. Um die Kekse besser runterschlucken zu können, klammerte ich mich an die Milchtüte und plötzlich empfand ich etwas Seltsames. Ich hatte den Geschmack von Aufwachen im Mund – Kekse und Milch –, aber es war immer noch tiefe Nacht. Es ist nie gut, wenn man die Nacht zum Tage macht, den normalen Rhythmus stört. Der Stoffwechsel gerät durcheinander. Auch wenn mir in dem

liche. Anche se io in quel momento non andai oltre la constatazione che stavo provando qualcosa di nuovo, e questo mi bastava. Mia moglie iniziò a russare. Una volta ne avevamo discusso: secondo me le donne non russavano, o almeno non avrebbero dovuto russare.

– È cosí poco femminile, cosí poco poetico.

– Sono gli inconvenienti del vivere insieme.

– Io però non russo.

– Russi eccome.

– Non è vero.

– Come fai a saperlo?

– Lo so e basta.

– Come fai a sentirti russare mentre dormi?

– Non russo, non cosí forte.

Allora mia moglie fece una pausa. Cercò qualcosa di oggettivamente sgradevole, qualcosa su cui non si sarebbe potuto neanche dibattere.

– Anche lavarti la biancheria è poco poetico, sai?

Tornai in camera da letto e passai qualche minuto ad ascoltare il *concerto*. Il respiro si strozzava nel naso: un motore ingolfato, né piú né meno. Risi nell'oscurità e continuai ad ascoltare per ingannare il tempo.

2.

La casa si affacciava su una corte. Spalancai la porta e la vicina era lí. Se ne stava poggiata al muro, a fumarsi una sigaretta. Qualche volta la sentivo camminare avanti e indietro, in piena notte. Mi guardò senza meraviglia. Come se sapesse alla perfezione

Moment die Feststellung genügte, dass ich gerade etwas Neues erlebte. Meine Frau fing an zu schnarchen. Wir hatten schon mal darüber gestritten. Meiner Meinung nach schnarchen Frauen nicht, zumindest sollten sie nicht schnarchen.

«Es ist nicht sehr weiblich, nicht sehr poetisch.»

«Das sind eben die Nachteile des Zusammenlebens.»

«Ich schnarche aber nicht!»

«Und wie du schnarchst!»

«Das ist nicht wahr!»

«Wie willst du das wissen?»

«Ich weiß es eben!»

«Wie kannst du es hören, wenn du schläfst?»

«Ich schnarche nicht, zumindest nicht so laut!»

Meine Frau machte eine Pause. Sie suchte nach etwas, das objektiv unangenehm war, nach etwas, worüber sich nicht diskutieren ließ.

«Deine Wäsche zu waschen, ist auch nicht sehr poetisch!»

Ich ging zurück ins Schlafzimmer und hörte mir ein paar Minuten lang das «Konzert» an. Der Atem wurde in der Nase abgewürgt – ein abgesoffener Motor, nicht mehr und nicht weniger. Schmunzelnd lauschte ich ihm weiter in der Dunkelheit, einfach nur, um die Zeit totzuschlagen.

2.

Das Haus ging auf einen Hof hinaus. Ich riss die Tür weit auf, die Nachbarin war da. Sie lehnte an der Mauer und rauchte eine Zigarette. Manchmal hörte ich sie mitten in der Nacht auf- und abgehen. Sie sah mich ohne Verwunderung an, als wüsste sie ganz genau, was mich nach drau-

cos'era che mi aveva spinto fuori. Indossava solo canottiera e mutandine, ma non si scompose. Anch'io del resto ero seminudo. Il caldo ci offriva una scusa piú che valida.

– Non si respira, eh?

– Speriamo che migliori nel fine settimana.

Le parole hanno il potere di complicare tutto, o di semplificarlo. Complicano quando c'è un'istintiva simpatia, semplificano quando c'è un imbarazzo iniziale. Avremmo potuto guardarci e basta, io e la vicina. Di solito ci incontravamo sulle rispettive soglie di casa con le buste della spesa. Ci studiavamo – occhiate fugaci, gesti abbozzati, saluti rapidi –, mentre cercavamo le chiavi per aprire la porta.

Le chiesi una sigaretta. La vicina rientrò a prenderla, io fissai il cielo lattiginoso. Era una di quelle notti chiare d'estate in cui le ore di buio sono ridotte all'osso. Pensai che era una notte di sole. Pensai proprio cosí, mentre aspettavo che la vicina tornasse e mi domandavo se non era il caso di prendere la sigaretta, salutare e correre a letto. Pensai anche altre cose, però. Che uomini e donne si innamoravano di continuo. Bastava una sciocchezza: il modo di camminare o il timbro della voce. Non ne trassi conseguenze drammatiche, ma solo un confuso senso di libertà. Innamoramento, seduzione e amore erano concetti che ancora si accavallavano giocosamente. Poi vidi due gatti contendersi una lisca di pesce vicino a un piccolo cumulo di spazzatura. Dopo la zuffa – soffi, morsi e graffi –, si andarono a rin-

ßen trieb. Sie hatte nur Unterhemd und Höschen an, aber das störte sie nicht. Ich war ja auch halbnackt. Die Hitze bot uns eine mehr als glaubwürdige Entschuldigung.

«Man kriegt kaum Luft, oder?»

«Hoffentlich wird es am Wochenende besser!»

Worte sind imstande, entweder alles kompliziert oder einfach zu machen. Bei instinktiver Zuneigung machen sie es kompliziert, bei anfänglicher Verlegenheit einfach. Wir, die Nachbarin und ich, hätten uns ja bloß anschauen können, sonst nichts. Normalerweise trafen wir uns mit Einkaufstüten vor der jeweiligen Haustür, wo wir uns verstohlen musterten – flüchtige Blicke, angedeutete Gesten, kurzes Grüßen – während wir nach dem Schlüssel suchten, um die Tür aufzuschließen.

Ich bat sie um eine Zigarette. Die Nachbarin ging hinein, um eine zu holen. Ich betrachtete den milchigen Himmel. Es war eine dieser hellen Sommernächte, in denen die dunklen Stunden auf ein Minimum reduziert sind. Eine Sonnennacht, dachte ich. Ja, genau das dachte ich, während ich auf die Nachbarin wartete, und ich fragte mich, ob ich nicht die Zigarette nehmen und dann lieber grüßen und schnell wieder ins Bett gehen sollte. Ich dachte aber auch an etwas anderes. Dass Männer und Frauen sich ständig verliebten. Eine Kleinigkeit genügte – die Art zu gehen oder der Klang der Stimme. Ich zog daraus keine aufregenden Schlussfolgerungen, nur ein unbestimmtes Gefühl von Freiheit. Verliebtheit, Verführung und Liebe sind Begriffe, die noch spielerisch durcheinanderfließen. Da sah ich zwei Katzen sich bei einem kleinen Müllhaufen um Fischreste zanken. Nach dem Streit – Gefauche, Bisse und Kratzen – verkrochen sie

tanare da qualche parte. Soltanto molti anni dopo mi persuasi che la vita coniugale non fosse molto diversa.

3.

La vicina tornò con la mia sigaretta. Volle accendermela. Se la mise tra le labbra con un sorriso. Era un'arte insieme sottile e grossolana, il *far capire che*. Far capire che cosa? Che avremmo potuto rovesciare tutto, cambiare il corso delle nostre vite in qualunque momento. Che ci piacevamo, in definitiva. Si doveva osare ma con grazia, eccedere senza darlo a vedere. Poggiare le labbra sullo stesso filtro, ecco una maniera impeccabile di stabilire un'intimità. Poi dalla casa della vicina giunse un rumore che mi suonò familiare.

– Credevo che mia moglie fosse imbattibile.

– Tua moglie?

– Sí.

– Ma le donne non russano.

Si fermò per non risultare troppo offensiva. Mi strinsi nelle spalle.

– E tuo marito? Russa sempre cosí forte?

– Molto peggio, a volte.

Anche loro si erano sposati da poco. Erano dei ragazzi, eravamo tutti dei ragazzi.

– Comprati dei tappi per le orecchie.

– Funzionano? Li hai già sperimentati?

Ci mettemmo a ridere, una di quelle risate che scaturiscono piú da una situazione intrigante che

sich wieder irgendwo. Erst viele Jahre später bin ich zu der Überzeugung gelangt, dass das Eheleben nicht viel anders ist.

3.

Die Nachbarin kam mit meiner Zigarette zurück. Sie wollte sie mir anzünden, nahm sie lächelnd zwischen die Lippen. Es war subtil und plump zugleich, dieses «Zu-Verstehen-geben, dass ...» Was zu verstehen geben? Dass wir alles über den Haufen werfen, den Lauf unseres Lebens jederzeit ändern könnten. Dass wir uns im Grunde gefielen. Man sollte es einfach wagen, aber mit Anmut, sollte die Grenze überschreiten, ohne es zu offenbaren. Mit den Lippen denselben Filter berühren, das bedeutete wirklich, auf unverfängliche Weise Intimität herzustellen. Aus dem Haus der Nachbarin drang ein Geräusch, das mir vertraut vorkam.

«Ich dachte, meine Frau wäre unschlagbar.»

«Deine Frau?»

«Ja.»

«Frauen schnarchen doch nicht!»

Mehr sagte sie nicht, um nicht unhöflich zu wirken. Ich zuckte die Achseln.

«Und dein Mann? Schnarcht er immer so laut?»

«Manchmal noch schlimmer!»

Sie waren auch erst seit kurzem verheiratet, waren noch jung. Wir waren alle sehr jung.

«Kauf dir doch Ohrstöpsel!»

«Bringt das was? Hast du es schon ausprobiert?»

Wir fingen an zu lachen, ein Lachen, mehr aus der verfänglichen Situation heraus als aufgrund der Bemerkung.

non dalla battuta. La vicina fece un passo verso di me, e io un passo verso la vicina.

– Potremmo dormire all'aperto, nella corte.

– Sí?

– Ho un letto in piú, da qualche parte.

Le parole adesso erano precisi ammiccamenti, ci avvicinammo ancora. Ci bloccò il rombo dell'elicottero. Giunse da lontano, ma in pochi secondi era sopra le nostre teste.

– Che cavolo succede?

– Lo sai della tigre?

– Sí, non l'hanno ancora presa.

– Forse perlustrano la zona dall'alto.

4.

Il posto dove abitavamo era ai limiti della città. Si poteva raggiungere il centro storico o la campagna con lo stesso numero di passi. Insomma, la tigre avrebbe anche potuto aggirarsi dalle nostre parti.

– Che ne pensi della tigre?

– In che senso?

– Per me simboleggia la forza primordiale della natura, il desiderio che non può stare in gabbia.

– Forse, ma non mi piace un simbolo che può *sbranarmi*.

L'incanto si era spezzato. La vicina incrociò le braccia come se avesse freddo. D'improvviso indossare soltanto canottiera e mutandine la imbarazzò. Poco dopo ci salutammo, ognuno rientrò nella propria casa e l'aria diventò meno pesante, piú facile

Die Nachbarin tat einen Schritt auf mich zu und ich einen Schritt auf die Nachbarin.

«Wir könnten doch im Freien schlafen, im Hof!»

«Ja?»

«Irgendwo hab ich noch ein Bett.»

Unsere Worte waren jetzt eindeutig wie ein Augenzwinkern. Wir kamen uns noch näher. Das Dröhnen eines Hubschraubers ließ uns innehalten. Es kam von weit her, doch in wenigen Sekunden war es über unseren Köpfen.

«Was zum Teufel ist los?»

«Hast du von dem Tiger gehört?»

«Ja, sie haben ihn noch nicht erwischt.»

«Vielleicht suchen sie das Gebiet von oben ab.»

4.

Wir wohnten am Rande der Stadt. Mit derselben Anzahl von Schritten war man in der Altstadt oder im Grünen. Also hätte der Tiger sich auch in unserer Gegend herumtreiben können.

«Was hältst du vom Tiger?»

«Wie meinst du das?»

«Für mich symbolisiert er die Urkraft der Natur, die Sehnsucht, die nicht im Käfig sein kann.»

«Kann sein, aber ein Symbol, das mich in Stücke reißen kann, gefällt mir nicht.»

Aller Zauber war dahin. Die Nachbarin kreuzte die Arme über der Brust, als sei ihr kalt. Auf einmal war es ihr peinlich, nur in Unterhemd und Höschen dazustehen. Kurz darauf verabschiedeten wir uns, jeder ging in sein Haus, es war nicht mehr so schwül, wurde erträglicher.

da sopportare. La luce sorse inesorabile, con un alone argentato. Persi altro tempo. In effetti ne avevo a palate, e non mi dispiaceva buttarlo via. Poi raggiunsi mia moglie a letto. Mi accorsi che era sveglia. Se ne stava sdraiata con gli occhi aperti, sbarrati.

– Ho fatto un brutto sogno.

Era davvero scossa. Non riusciva quasi a guardarmi. Provai a darle uno dei miei baci sentimentali ma non ridicoli: rimase ferma.

– Di che si tratta?

Protrasse il silenzio finché non scoppiò a piangere. Erano le prime avvisaglie degli anni che sarebbero seguiti, ma non me ne accorsi.

– Ho sognato il frastuono delle pale di un elicottero, era forte, fortissimo, insopportabile.

– Ma non l'hai sognato, è passato davvero un elicottero, credo per quella storia della tigre.

– L'hanno presa?

– Ancora no, che io sappia.

Non mi parve molto sollevata. Proseguí a fissare il vuoto sopra di sé, poi con fatica riprese a parlare. Lo disse disperata, iniziando a intuire quanto sarebbe stato doloroso separare la realtà dalla fantasia, costringersi a una sola vita e vivere soltanto quella.

– Dopo ho sognato che facevo l'amore col vicino, mi prendeva e mi lasciavo prendere a lungo, totalmente, con gusto.

Unaufhaltsam und mit silbernem Schein wurde es hell. Ich vertrödelte weitere Zeit, hatte ja mehr als genug davon und kein Problem damit, sie zu vergeuden. Schließlich ging ich wieder zu meiner Frau ins Bett. Ich merkte, dass sie wach war. Mit weit aufgerissenen Augen lag sie da.

«Ich hatte einen furchtbaren Traum.»

Sie war wirklich aufgewühlt, konnte mich kaum ansehen. Ich versuchte es mit einem meiner zarten, aber nicht albernen Küsse. Sie rührte sich nicht.

«Und worum ging es?»

Sie schwieg lange und brach dann in Tränen aus. Es waren die ersten Anzeichen der Jahre, die folgen sollten, aber ich bemerkte es nicht.

«Ich habe vom Rotorengetöse eines Hubschraubers geträumt, es war unerträglich laut.»

«Du hast nicht geträumt. Es ist wirklich ein Hubschrauber über uns hinweggeflogen, ich glaube wegen des Tigers.»

«Haben sie ihn erwischt?»

«Noch nicht, soviel ich weiß.»

Sie wirkte nicht sehr erleichtert, starrte weiter ins Leere über sich, fing dann mit Mühe zu sprechen an. Sie war verzweifelt, schien zu ahnen, wie schmerzhaft es sein würde, die Wirklichkeit von der Phantasie zu trennen, sich zu nur einem einzigen Leben zu zwingen und nur dieses zu leben.

«Und dann habe ich geträumt, dass ich mit dem Nachbarn geschlafen habe, er nahm mich, und ich ließ mich nehmen, gab mich ihm lange und voller Genuss hin.»

Sul bordo

1.

Cercavo di tranquillizzarmi. Avrei preso la gabbietta e tutto sarebbe finito lí. Avrei preso la gabbietta, salutato punto e basta. E pagato la parcella. Mia moglie aveva detto che non c'era bisogno di soldi, ma io avrei pagato lo stesso. Giusto per mantenere le distanze. Niente favori ricevuti, niente favori da restituire.

Poco dopo suonò il campanello e andai ad aprire. Fuori dalla porta trovai un uomo sulla quarantina. Aveva il naso e le labbra screpolate, come uno scalatore di montagna, o qualche altro tipo di avventuriero. Anche la corporatura robusta e i vestiti sportivi, con molte tasche, erano dell'avventuriero. In mano teneva la gabbietta. Le dita tozze si chiudevano sulla gabbietta una per una. Non mi piacque che mia moglie me l'avesse descritto peggio di quel che era. Piú vulnerabile, piú in disarmo. Indugiammo ancora un po' sulla porta, senza dire una parola. Poi lo feci entrare. Quello fu il primo errore.

– Carino qui.

– Non è male.

Mi dette immediatamente sui nervi. Tra le righe ci sentivo una voglia di stabilire confronti, di mettersi in competizione. Com'è casa *nostra,* com'era casa *loro* e via discorrendo. Poggiò la gabbietta sul tavolino basso del soggiorno e provai a concentrarmi sul problema.

Am Rand

1.

Ich versuchte mich zu beruhigen. Ich würde den kleinen Käfig nehmen und die Sache wäre erledigt. Ich würde den Käfig nehmen, grüßen und damit basta. Und die Rechnung bezahlen. Meine Frau hatte zwar gesagt, Geld sei nicht nötig, aber ich würde trotzdem bezahlen. Gerade um Abstand zu halten. Keinen Gefallen annehmen, keinen Gefallen schulden.

Kurz darauf klingelte es. Ich ging, um zu öffnen. Vor der Tür stand ein Mann um die vierzig. Seine Lippen und die Haut auf der Nase waren aufgesprungen, wie bei einem Bergsteiger oder sonst einem Abenteurer. Auch seine kräftige Statur und die sportliche Kleidung mit den vielen Taschen waren die eines Abenteurers. In der Hand hielt er den Käfig. Einzeln umklammerten ihn seine derben Finger. Es störte mich, dass meine Frau ihn mir schlimmer beschrieben hatte, als er war. Er wirkte verwundbarer, entwaffnender. Zögernd und ohne ein Wort zu sagen, standen wir eine Weile an der Tür. Schließlich ließ ich ihn herein. Das war der erste Fehler.

«Hübsch hier.»

«Ja, nicht schlecht.»

Er ging mir sofort auf die Nerven. Zwischen den Zeilen spürte ich seine Lust zu vergleichen, in Konkurrenz zu treten. Wie ist *unser* Haus, wie war *ihr* Haus und so weiter. Er stellte den Käfig auf das niedrige Tischchen im Wohnzimmer und ich versuchte mich auf das Problem mit der Katze zu konzentrieren.

– Tutto a posto?

– Sí. Adesso è sterile, niente piú concerti notturni.

– Nessuna complicazione?

– No. È un intervento abbastanza semplice.

La gatta schizzò fuori dalla gabbietta. Non aveva il controllo degli arti posteriori, sbandava sul pavimento. Non sapeva quale direzione prendere e si guardava intorno frastornata.

– È l'effetto dell'anestesia.

– Quanto durerà?

– Ancora qualche ora, non è niente.

L'uomo lo disse come se si stesse giustificando. O come a voler rimarcare che il suo operato era stato eccellente. Che era un veterinario provetto, e il comportamento della gatta rientrava in un normale quadro clinico. Chi l'aveva messo in dubbio? Stiracchiai le labbra in modo da farmi uscire un sorrisetto di approvazione.

2.

La gatta percorreva a zig-zag il corridoio e l'uomo sembrò ricordarsi di un particolare importante.

– Una sola raccomandazione ...

– Aspetta un momento.

Avevo fatto tutto quel che c'era da fare, e anche di piú. Ero stato garbato, disponibile e tranquillo. Adesso volevo saldare il conto. Recuperai il portafoglio ma nel frattempo la gatta era già sgusciata in terrazza. L'uomo le corse dietro. Piú correva, piú la gatta si spaventava.

«Alles in Ordnung?»

«Ja, jetzt ist sie unfruchtbar. Keine nächtlichen Konzerte mehr.»

«Keine Komplikationen?»

«Nein. Es ist ein ziemlich einfacher Eingriff.»

Die Katze schnellte aus dem Käfig. Sie hatte keine Gewalt über ihre Hinterbeine, torkelte über den Fußboden und wusste nicht, in welche Richtung sie sollte. Verstört blickte sie um sich.

«Das kommt von der Narkose.»

«Und wie lange hält das an?»

«Noch ein paar Stunden. Das ist nicht lange.»

Der Mann sagte es, als wollte er sich rechtfertigen oder betonen, dass er seine Arbeit ausgezeichnet gemacht hatte, dass er ein erfahrener Tierarzt war und das Verhalten der Katze zum normalen klinischen Bild gehörte. Hatte das jemand bezweifelt? Ich verzog die Lippen wie zu einem zustimmenden Lächeln.

2.

Die Katze lief im Zickzack den Flur entlang, als der Mann sich an etwas Wichtiges zu erinnern schien.

«Einen Rat nur ...»

«Warte einen Augenblick!»

Ich hatte alles getan, was es zu tun gab. Sogar noch mehr. Ich war freundlich, zuvorkommend und ruhig. Jetzt wollte ich die Rechnung begleichen. Während ich mein Portemonnaie holte, entwischte die Katze auf die Terrasse. Der Mann lief hinter ihr her. Doch je schneller er lief, desto mehr verschreckte er sie.

– Che è successo?
– Era questo che volevo dirti. Non doveva uscire, se cade di sotto si ammazza.
– Come si ammazza?
– Non riesce a calcolare le distanze, non comanda i movimenti, e non ha la reattività per attutire la caduta.
Ce ne rimanemmo impalati sulla terrazza. Mi montò una rabbia pazzesca. Perché non me l'aveva detto subito? Che senso aveva sterilizzare *impeccabilmente* una gatta per poi lasciarla sfracellare al suolo? Certo anch'io avevo le mie colpe. Sistemai il portafoglio nella tasca posteriore dei pantaloni.
– E adesso che facciamo?
– Non dobbiamo perderla d'occhio.
La gatta cercò di saltare su una sedia di plastica bianca. Un disastro. Ricadde a terra e perse l'equilibrio. La spaziosità della terrazza dava l'impressione di disorientarla ancora di piú. Avrebbe potuto passare sotto la ringhiera senza neppure rendersene conto. Per un momento pensai alle conseguenze: non capitava spesso che mia moglie mi affidasse un compito. Guardavo la gatta e poi guardavo l'uomo. Mi aspettavo che s'inventasse qualcosa. Qualsiasi cosa. In fondo il veterinario era lui.
– Non posso starmene fermo qui.
– Meno facciamo meglio è.
– E se si butta?
Appena sentì il rumore dei miei passi la gatta rinculò all'indietro, vicino alla ringhiera. Sentii afferrarmi per un braccio con violenza.
– Non possiamo piú farci niente, capito?

«Was ist passiert?»

«Das war es, was ich dir noch sagen wollte. Sie sollte nicht raus. Wenn sie irgendwo runterfällt, ist sie tot.»

«Wie – ist sie tot?»

«Sie kann Entfernungen nicht einschätzen, kann ihre Bewegungen nicht steuern, sie hat nicht die Reaktionsfähigkeit, den Fall abzufangen.»

Wie erstarrt standen wir auf der Terrasse. Wahnsinnige Wut stieg in mir hoch. Warum hatte er es mir nicht gleich gesagt? Was für einen Sinn hatte es, eine Katze kunstgerecht zu sterilisieren, wenn man sie dann am Boden zerschmettern lässt? Natürlich hatte auch ich Schuld. Ich steckte das Portemonnaie in die Gesäßtasche.

«Und was machen wir jetzt?»

«Wir dürfen sie nicht aus den Augen lassen!»

Die Katze versuchte, auf einen weißen Plastikstuhl zu springen. Eine Katastrophe. Sie fiel zurück auf den Boden und verlor das Gleichgewicht. Auf der großen Terrasse schien sie noch mehr die Orientierung zu verlieren. Ohne es zu merken, hätte sie unter dem Geländer durchrutschen können. Einen Augenblick lang dachte ich an die Folgen. Es kam nicht oft vor, dass meine Frau mir eine Aufgabe anvertraute. Ich sah die Katze an und dann den Mann, erwartete, dass ihm etwas einfiele. Irgendwas. Schließlich war er der Tierarzt.

«Ich kann doch nicht hier stehenbleiben!»

«Je weniger wir machen, desto besser.»

«Und wenn sie runterspringt?»

Kaum hörte die Katze meine Schritte, wich sie zurück, immer näher ans Geländer. Ich fühlte mich gewaltsam am Arm gepackt.

«Wir können nichts mehr machen, verstehst du?»

L'uomo me lo disse con stizza, con un rancore che forse non riguardava solo la gatta e che riuscii a capire, in qualche modo.

3.

Spalancammo tutto. Ogni porta e finestra che la gatta avrebbe potuto usare per tornare dentro fu aperta. Poi tornammo sulla terrazza a controllare la situazione. L'uomo era al mio fianco. Da una delle sue numerose tasche tirò fuori un pacchetto di sigarette.

– Ne vuoi una?

Non toccavo una sigaretta da circa sei mesi. Sempre per quella storia dei favori da restituire e del mantenere le distanze non risposi subito di sí. Ma ero davvero troppo teso. L'uomo tirò fuori anche l'accendino e me lo passò.

– È proprio una bella terrazza. Vi siete sistemati bene.

– Non ci possiamo lamentare.

– Io sto con un'altra.

Rise e gli uscí fuori una tosse catarrosa. Una tosse da fumatore. Quello fu l'istante in cui si avvicinò di piú alla descrizione fatta da mia moglie. Non era piú Indiana Jones.

– Una cosa recente?

– Qualche mese. Un paio di mesi.

Non volevo proprio continuare il discorso, però ero quasi obbligato.

– E che fa nella vita?

Der Mann sagte es ärgerlich, mit einem gewissen Groll, der, wie ich irgendwie rauszuhören glaubte, vielleicht nicht nur mit der Katze zu tun hatte.

3.

Wir rissen alles auf. Jede Tür und jedes Fenster, durch welches die Katze wieder hätte reinkommen können, wurde aufgemacht. Dann gingen wir auf die Terrasse zurück, um die Lage unter Kontrolle zu halten. Der Mann war neben mir. Aus einer seiner zahlreichen Taschen zog er eine Schachtel Zigaretten.

«Willst du eine?»

Seit etwa sechs Monaten hatte ich keine Zigarette mehr angerührt. Immer noch wegen dieser Sache, einen Gefallen zu schulden und Abstand zu halten, antwortete ich nicht gleich mit ja. Aber ich war einfach zu angespannt. Der Mann zog auch das Feuerzeug raus und gab es mir.

«Wirklich eine schöne Terrasse. Ihr habt euch gut eingerichtet.»

«Wir können uns nicht beklagen.»

«Ich bin jetzt mit einer anderen zusammen.»

Er lachte und dabei hustete er, ein raues Husten. Ein Raucherhusten. In diesem Augenblick kam er der Beschreibung meiner Frau näher, war kein Indiana Jones mehr.

«Seit neuestem?»

«Seit ein paar Monaten. Einige Monate.»

Eigentlich wollte ich das Gespräch nicht fortführen, war aber sozusagen gezwungen.

«Und was macht sie so?»

– Si occupa di idrogeno.

Annuii. Come se con quella risposta ne sapessi effettivamente di piú. *Si occupa di idrogeno*. Cioè? Era un ingegnere o una terrorista? Era soddisfatta del suo lavoro oppure no? Avrebbe fatto carriera? Chi la pagava? E soprattutto, cos'era esattamente l'idrogeno? Buttai la sigaretta e la schiacciai con la suola della scarpa. Con un cenno del capo autorizzai l'uomo a fare altrettanto.

– Vuoi una sedia?

– Visto che dobbiamo rimanere qui...

Sulle prime avrei voluto prendere quelle di plastica bianca. Invece tornai dentro. Ne scelsi un paio di cucina, piú comode. Avevano perfino l'imbottitura. Le portai fuori una alla volta. Decisi di mettermi anche un cappellino con la visiera per ripararmi dal sole. Forse lo misi anche per tenere testa all'uomo. A tutte quelle sue tasche. Ci mettemmo seduti. Allungammo le gambe e incrociammo i piedi. Potevamo sembrare due che s'illudono di pescare nel cemento, o qualcosa di simile.

4.

La vicinanza dell'uomo cominciava a snervarmi. Era una tragedia di per sé che la gatta si fosse rannicchiata sul bordo della terrazza, non avevo bisogno di altre grane.

– Per me puoi andartene.

– Rimango volentieri.

– La situazione è sotto controllo.

«Sie hat mit Wasserstoff zu tun.»

Ich nickte. Als wüsste ich mit dieser Antwort tatsächlich mehr. *Sie hat mit Wasserstoff zu tun.* Was sollte das heißen? War sie Ingenieurin oder Terroristin? War sie mit ihrer Arbeit zufrieden oder nicht? Würde sie Karriere machen? Wer bezahlte sie? Und außerdem, was genau war Wasserstoff überhaupt? Ich warf die Zigarette weg, zerdrückte sie mit der Schuhsohle. Mit dem Kopf bedeutete ich ihm, es ebenso zu tun.

«Willst du einen Stuhl?»

«Jetzt, wo wir hierbleiben müssen ...»

Erst wollte ich die weißen Plastikstühle nehmen, ging aber dann doch hinein und holte zwei bequemere aus der Küche. Sie waren sogar gepolstert. Einzeln brachte ich sie hinaus. Ich beschloss, mir auch eine Baseballkappe gegen die Sonne aufzusetzen. Vielleicht tat ich es auch, um dem Mann etwas entgegenzusetzen. Und allen seinen Taschen. Wir setzten uns, streckten die Beine aus und legten die Füße übereinander. Vielleicht sahen wir aus wie zwei, die sich der Illusion hingaben, in Zement zu fischen oder so etwas Ähnliches.

4.

Die Nähe des Mannes begann mir auf die Nerven zu gehen. Es war schon schlimm genug, dass die Katze sich an den Rand der Terrasse gekauert hatte. Ich brauchte nicht noch weitere Scherereien.

«Meinetwegen kannst du gehen.»

«Ich bleibe gerne.»

«Die Lage ist unter Kontrolle.»

– Sono io il veterinario.

L'uomo si ostinava a occupare abusivamente la mia terrazza. Se davvero non potevamo fare nient'altro che starcene su una sedia, perché non mollava l'osso?

– Che tu sia o non sia un veterinario non fa piú differenza.

– Mi sento responsabile.

– L'hai sterilizzata la gatta, no?

– Voglio che vada tutto bene.

– Lo fai per mia moglie, vero?

Ci tenni a chiamarla cosí: *mia moglie*. Gli occhi dell'uomo diventarono due piccole fessure odiose. Mi mandò a quel paese e io risposi con gli interessi. Tirai fuori il portafoglio dalla tasca posteriore dei pantaloni e gli buttai addosso un fascio di banconote.

– Siamo a posto cosí, ok?

L'uomo si voltò dall'altra parte. Dopo qualche minuto mise il fascio di banconote che gli avevo tirato sotto una gamba della sedia. Ma non se ne andò. E la cosa d'un tratto smise di infastidirmi. Come se dopo la sfuriata non sentissi piú la necessità che se ne andasse. La gatta era sempre nei paraggi della ringhiera.

– Lo sapevi che gli anestetici sono allucinogeni?

– No, non lo sapevo.

– Pensa se crede di essere un *uccellino*.

Cominciammo a ridere. La risata catarrosa dell'uomo mi contagiò. Allora gli domandai dell'idrogeno e di tante altre cose. Venne fuori che da piccolo aveva strozzato il suo criceto con una mollica di pane. Io avevo lasciato morire il mio pesce rosso.

Ogni tanto mi allungava una sigaretta. Le spegne-

«Ich bin der Tierarzt.»

Der Mann beharrte darauf, widerrechtlich meine Terrasse zu besetzen. Wenn wir wirklich nichts anderes tun konnten, als auf dem Stuhl zu sitzen, warum ließ er dann nicht locker?

«Ob du Tierarzt bist oder nicht, ändert nichts mehr.»

«Ich fühle mich verantwortlich.»

«Du hast die Katze doch sterilisiert, oder?»

«Ich will, dass alles gut geht.»

«Das tust du für meine Frau, stimmt's?»

Ich legte Wert darauf, sie so zu nennen: *meine Frau*. Die Augen des Mannes wurden zu kleinen hässlichen Schlitzen. Er jagte mich zum Teufel, und ich legte noch eins drauf. Ich zog das Portemonnaie aus der Tasche und warf ihm ein Bündel Banknoten hin.

«Jetzt sind wir quitt, o.k.?»

Der Mann wandte sich ab. Nach einer Weile legte er das Geld, das ich ihm hingeworfen hatte, unter ein Stuhlbein. Aber er ging nicht. Doch auf einmal störte es mich nicht mehr. Als hätte ich nach dem Wutausbruch gar nicht mehr den dringenden Wunsch gehabt, dass er endlich ginge. Die Katze befand sich immer noch dicht am Geländer.

«Wusstest du, dass Betäubungsmittel eine halluzinogene Wirkung haben?»

«Nein, das wusste ich nicht.»

«Stell dir vor, sie glaubte, sie sei ein Vögelchen.»

Wir fingen an zu lachen. Das raue Lachen des Mannes steckte mich an. Jetzt fragte ich ihn nach dem Wasserstoff und nach vielen anderen Dingen. Es kam heraus, dass er als Kind seinen Hamster mit weichem Brot erstickt hatte. Und ich hatte meinen Goldfisch sterben lassen.

Ab und zu reichte er mir eine Zigarette. Wir drückten

vamo con la suola delle scarpe. A un certo punto la gatta imbroccò la direzione giusta, e quasi di soppiatto, zampetta dopo zampetta, rientrò dalla porta della cucina. Io mi alzai di scatto e andai a chiuderla dentro. Chiusi anche tutte le altre porte e finestre, e mentre mi davo da fare mi cadde l'occhio su una bottiglia di vino. I bicchieri erano nella cesta di vimini e fuori si stava ancora bene. Presi la bottiglia per il collo e infilai lo stelo dei bicchieri fra le dita.

sie mit der Schuhsohle aus. Auf einmal schlug die Katze die richtige Richtung ein. Fast verstohlen setzte sie ein Pfötchen vor das andere und ging durch die Küchentür zurück ins Haus. Mit einem Satz sprang ich auf und sperrte sie ein, schloss auch die anderen Türen und Fenster, und dabei fiel mein Blick auf eine Flasche Wein. Die Gläser waren im Weidenkorb, und draußen war es noch angenehm. Ich nahm die Flasche am Hals und die Gläser an den Stielen zwischen die Finger.

Ancora due minuti

1.

– Potrebbe darci una mano con la caldaia?

La ragazza avrà avuto sí e no una ventina d'anni. I capelli corvini e rigogliosi le coprivano una cospicua porzione del viso, e parte dell'imbarazzo. Non ci pensai neanche un istante. Dissi a mia moglie che le nuove vicine avevano un problema e seguii la ragazza sul pianerottolo.

Sull'ingresso c'erano altre due ragazze ad aspettarci. Stessa età, stesso imbarazzo malcelato. Tutte indossavano maglioni pesanti e sciarpe al collo.

– Qual è il problema?

– In effetti, non riusciamo proprio a trovarla, la caldaia.

Perlustrai il terrazzino minuscolo. Aprii i contatori del gas e della luce. Non c'era altro sul muro. Tornai dentro. L'appartamento era fornito di mobili da comprensorio studentesco. Scrivanie e librerie da quattro soldi, pareti spoglie, il resto buttato lí alla rinfusa. Le ragazze mi seguivano passo passo. Come se fossi stato una specie di guru. Detti un'occhiata in corridoio e nel bagno. D'un tratto mi venne un'illuminazione.

– Avete controllato giú?

– Giú dove?

Quell'appartamento aveva una piccola rimessa che dava sul giardino comune, ma le ragazze nemmeno lo sapevano. Si guardarono senza dire niente. Trovai la chiave giusta, percorremmo il vialetto. La caldaia

Noch zwei Minuten

1.

«Könnten Sie uns vielleicht mit dem Heizkessel helfen?»

Das Mädchen wird so um die zwanzig gewesen sein. Ihr pechschwarzes, üppiges Haar bedeckte einen beträchtlichen Teil des Gesichts und eine Portion Verlegenheit. Ich überlegte keine Sekunde. Ich sagte meiner Frau, dass die neuen Nachbarinnen ein Problem hätten, und folgte dem Mädchen das Stockwerk entlang.

Am Eingang erwarteten uns zwei weitere Mädchen. Selbes Alter, selbe schlecht verborgene Verlegenheit. Alle trugen sie dicke Pullover und Schals um den Hals.

«Wo ist das Problem?»

«Ehrlich gesagt, wir finden den Kessel gar nicht.»

Ich suchte die winzige Terrasse ab, öffnete den Kasten für Gas- und Stromzähler. Etwas anderes gab es nicht an der Wand. Ich ging wieder rein. Die Wohnung war wie eine typische Studentenbude eingerichtet. Billige Schreibtische und Bücherregale, nackte Wände, der Rest kunterbunt durcheinander. Die Mädchen folgten mir auf Schritt und Tritt. Als wäre ich so eine Art Guru. Ich warf einen Blick auf den Flur und ins Bad. Auf einmal hatte ich die Erleuchtung.

«Habt ihr unten nachgesehen?»

«Wo unten?»

Zu der Wohnung gehörte ein kleiner Schuppen, der auf den gemeinsamen Garten hinausging, aber die Mädchen wussten das nicht einmal. Wortlos schauten sie sich an. Ich fand den richtigen Schlüssel und wir liefen den kleinen

era sepolta sotto le ragnatele ma partí senza problemi.

– Potete metterci le biciclette, qui dentro. Avete le biciclette?

– Ancora no.

– Una posso darvela io.

Le ragazze sgranarono gli occhi. Non capivo se fossero piú imbarazzate o piú contente. Andai immediatamente alla rastrelliera. La bicicletta era ferma da un sacco di tempo. A parte il lucchetto arrugginito chiuso sulla ruota anteriore, mi parve che fosse tutto in ordine. La trascinai fino alla rimessa.

– Vanno gonfiate le ruote e poco altro. È bella, vero?

Suonai il campanello della bicicletta e le ragazze risero. Vollero provarla. L'altezza del manubrio e del sellino era perfetta. Risalimmo tutti e quattro le scale. Già alla seconda rampa mi era venuta voglia di proporlo.

– Perché non venite due minuti da noi?

Le ragazze si guardarono ancora tra loro. Sembravano un palpitante tutt'uno. Mi riempirono di tenerezza.

– L'appartamento ci metterà un po' a scaldarsi. Mia moglie sarà contenta di conoscervi.

Quell'ultima affermazione vinse la diffidenza.

2.

Mia moglie fu incantevole con le ragazze. Le accolse a braccia aperte. Poggiò il lavoro a maglia sulla poltrona e andò subito a preparare il tè. Volle sapere

Weg entlang. Der Heizkessel lag unter Spinnweben begraben, sprang aber ohne Probleme an.

«Hier könnt ihr eure Fahrräder reinstellen. Habt Ihr Fahrräder?»

«Noch nicht.»

«Eines kann ich euch geben.»

Die Mädchen machten große Augen. Ich wusste nicht, ob sie eher verlegen oder glücklich waren. Sofort ging ich zum Fahrradständer. Das Fahrrad stand dort seit einer Ewigkeit. Abgesehen vom abgesperrten, verrosteten Schloss am Vorderrad schien alles in Ordnung zu sein. Ich zog es zum Schuppen.

«Die Reifen müssen aufgepumpt werden, sonst ist wenig zu tun. Es ist schön, nicht wahr?»

Ich klingelte mit der Fahrradglocke, die Mädchen lachten. Sie wollten es ausprobieren. Die Höhe von Lenkstange und Sattel war perfekt. Zu viert gingen wir schließlich wieder rauf. Schon auf dem zweiten Treppenabsatz machte ich den Vorschlag:

«Warum kommt ihr nicht zwei Minuten zu uns rein?»

Die Mädchen sahen sich wieder an, schienen eine pulsierende Einheit zu sein. Sie rührten mich.

«Die Wohnung braucht eine Weile, bis sie warm ist. Meine Frau wird sich freuen, euch kennenzulernen.»

Die letzten Worte überwanden ihr Misstrauen.

2.

Meine Frau war reizend zu den Mädchen, empfing sie mit offenen Armen. Sie legte ihr Strickzeug auf den Sessel und kochte sofort Tee. Sie wollte alles haargenau wissen. Alter

tutto per filo e per segno: età e provenienza, che facoltà avevano scelto e perché, che esame avrebbero dato per primo e quando. Le ragazze rispondevano a turno. Erano entusiaste di rispondere e spesso le loro voci acerbe si sovrapponevano. Ci accomodammo in soggiorno a bere il tè. Io e mia moglie da una parte e le tre ragazze dall'altra, sul divano.

– Hanno preso la bicicletta.

– Ah davvero? Mi sembra un'ottima idea. Adesso chi la userà?

Mia moglie ci sapeva proprio fare. A quella domanda seguirono battute e sorrisi. Ogni ragazza spiegò perché doveva essere lei la titolare della bicicletta. Parlò per prima quella coi capelli corvini. Poi la ricciolina con una spruzzata di lentiggini sul naso e infine la piú magra e pallida. Accarezzavano le sciarpe poggiate sulle gambe come fossero animali domestici. Si vedeva che si sentivano sole e spaesate.

– Potremmo usarla a turno.

– Due giorni per uno.

– E la domenica?

– A sorte.

Finita la discussione, mia moglie ritirò le tazze da tè e il vassoio dei biscotti. Le ragazze si alzarono senza sapere bene cosa fare: se rimanere o congedarsi. Il risultato fu che andarono dietro a mia moglie, girottolarono per casa. Entrarono in camera da letto e nel bagno, guardarono dai vetri delle finestre e aprirono lo sgabuzzino. La loro curiosità era onnivora.

– E dietro questa porta cosa c'è?

Una dopo l'altra si affacciarono nella piccola stanza.

und Herkunft, welches Studienfach sie gewählt hatten und warum, welche Prüfung sie als Erstes machen würden und wann. Die Mädchen antworteten abwechselnd. Sie waren begeistert, oft überlagerten sich ihre jugendlichen Stimmen. Zum Teetrinken setzten wir uns ins Wohnzimmer. Meine Frau und ich auf der einen Seite und die drei Mädchen auf dem Sofa auf der anderen.

«Sie haben das Fahrrad genommen.»

«Ach wirklich? Das finde ich eine hervorragende Idee. Und wer wird es benutzen?»

Meine Frau verstand es wirklich. Auf diese Frage hin wurde gescherzt und gelacht. Jedes Mädchen erklärte, warum sie die Besitzerin des Fahrrades sein sollte. Als Erstes sprach die mit den pechschwarzen Haaren. Dann die mit dem Lockenkopf und der mit Sommersprossen besprenkelten Nase und schließlich die blasse und dünnste von ihnen. Sie streichelten die auf den Beinen liegenden Schals, als wären es Haustiere. Man merkte, dass sie sich allein und fremd fühlten.

«Wir könnten es abwechselnd benutzen.»

«Jede zwei Tage.»

«Und sonntags?»

«Wird gelost.»

Am Ende der Diskussion räumte meine Frau Teetassen und Keksschale weg. Die Mädchen erhoben sich, wussten nicht genau, was sie tun sollten, bleiben oder sich verabschieden. Schließlich liefen sie hinter meiner Frau her durch die Wohnung, gingen ins Schlafzimmer und ins Bad, schauten aus dem Fenster und öffneten die Abstellkammer. Ihre Neugier war unstillbar.

«Und was ist hinter dieser Tür?»

Eine nach der anderen blickte in das kleine Zimmer. Mit

Feci un segno con la mano per incitarle ad accomodarsi. Si misero sedute sul lettino singolo nello stesso ordine in cui si erano messe sul divano. C'erano ancora le penne e i blocchi sulla scrivania, e un paio di scarpe col tacco sopra una scatola.

3.

Mia moglie ci raggiunse quasi subito. Io non sapevo piú che dire. Era come se mi fossi mangiato la lingua. Mi dette un'occhiata che sulle prime non seppi interpretare. Ma c'era gioia nei suoi occhi, di questo ero sicuro.

– Prendete quello che vi pare.

Le ragazze rimasero sedute. Quasi certamente ognuna di loro aveva già visto qualcosa che le sarebbe piaciuto, ma nessuna si azzardò a dire niente.

– Avanti. C'è tanta di quella roba qui dentro.

Per prima cosa tirai giú dagli scaffali i peluche. Orsetti, giraffe e maialini. Poi mia moglie apri l'armadio. Per un momento pensai di essere nel camerino di una grande boutique. Le ragazze impazzirono. Cominciarono a staccare dalle grucce vestiti e giacche e camicette. Confrontavano le misure: quello che non andava bene a una andava bene all'altra. Usavano la specchiera dell'armadio.

– Ma avete una figlia?

– La roba era di nostra figlia, sí.

La frenesia delle ragazze si tramutò subito in un dubbio. Mi avvicinai a mia moglie con fare scherzoso.

– Cosí crederanno che sia *morta*.

einer Geste forderte ich sie auf, reinzugehen. Sie setzten sich auf das Einzelbett, genau in der Reihenfolge, in der sie auf dem Sofa gesessen hatten. Auf dem Schreibtisch waren noch Stifte und Blöcke, auf einer Schachtel ein Paar Stöckelschuhe.

3.

Unversehens war meine Frau bei uns. Ich wusste nicht mehr, was ich sagen sollte. Als hätte ich meine Zunge verschluckt. Sie warf mir einen Blick zu, den ich zunächst nicht verstand. Aber es lag Freude in ihren Augen. Da war ich mir sicher.

«Nehmt, was euch gefällt!»

Die Mädchen blieben sitzen. Bestimmt hatte schon jede von ihnen etwas gesehen, was ihr gefiele, aber keine wagte etwas zu sagen.

«Los! Hier sind so viele Sachen drin.»

Als Erstes zog ich die Stofftiere aus dem Regal. Bärchen, Giraffen und Schweinchen. Dann öffnete meine Frau den Schrank. Einen Augenblick lang dachte ich, ich befände mich in der Umkleidekabine einer großen Boutique. Die Mädchen drehten schier durch, nahmen Kleider, Jacken und Blusen von den Bügeln, verglichen die Größen. Was der einen nicht passte, passte der anderen. Im Schrankspiegel sahen sie sich an.

«Haben Sie denn eine Tochter?»

«Ja, die Sachen gehörten unserer Tochter.»

Die Begeisterung der Mädchen schlug sofort in Zweifel um. Scherzend näherte ich mich meiner Frau:

«So werden sie glauben, sie sei tot.»

Mia moglie si mise a ridere, mentre le ragazze ci fissavano. Avevano perfino smesso di passarsi i vestiti.

– Non preoccupatevi. Nostra figlia sta benissimo. Si è dovuta trasferire dopo le prime udienze.

Le ragazze vollero saperne di piú. E stavolta toccò a mia moglie spiegare per filo e per segno di nostra figlia: quanti anni aveva, in che città si era dovuta trasferire, con quale votazione si era laureata. Vollero perfino sapere se era felice. Dopo essersi passata una mano fra i capelli, mia moglie rispose di sí.

– E non li vuole piú questi vestiti?

– Ormai porta solo tailleur.

– Davvero? Allora possiamo prenderli?

– Ma certo. Anche i peluche.

– Non sono ricordi d'infanzia?

– Li ha sempre odiati. Piú che altro sono ricordi dei suoi genitori.

A poco a poco le ragazze ripresero coraggio. Infilarono le cinture nei pantaloni e i braccialetti nei polsi. Liberarono i buchi dai vecchi orecchini e chiesero a gran voce un calzascarpe.

4.

Mettemmo le cose che le ragazze avevano scelto dentro alcune buste di plastica, e le accatastammo in corridoio. Quando anche l'ultimo capo d'abbigliamento fu preso in esame, era passato un tempo sufficiente perché la caldaia avesse scaldato due appartamenti anziché uno.

Meine Frau lachte, während die Mädchen uns anstarrten. Sie hatten sogar aufgehört, sich gegenseitig die Kleider zu reichen.

«Keine Sorge. Unserer Tochter geht es wunderbar. Nach den ersten Vorstellungsgesprächen musste sie umziehen.»

Die Mädchen wollten mehr darüber wissen. Jetzt war meine Frau an der Reihe, haarklein alles über unsere Tochter zu berichten – wie alt sie war, in welche Stadt sie ziehen musste, mit welcher Note sie Examen gemacht hatte. Sie wollten sogar wissen, ob sie glücklich war. Meine Frau fuhr sich mit der Hand durchs Haar und sagte ja.

«Will sie diese Kleider denn nicht mehr?»

«Sie trägt jetzt nur noch Kostüme.»

«Wirklich? Also können wir sie haben?»

«Ja sicher! Auch die Stofftiere.»

«Sind das keine Kindheitserinnerungen?»

«Sie hat sie immer gehasst. Es sind eher Erinnerungen ihrer Eltern.»

Nach und nach fassten die Mädchen wieder Mut, zogen Gürtel durch die Schlaufen ihrer Hosen und probierten die Armbänder. Sie nahmen ihre Ohrringe ab, baten laut um einen Schuhlöffel.

4.

Wir steckten die Sachen, die die Mädchen ausgesucht hatten, in Plastiktüten und stapelten sie auf dem Flur. Als sie selbst noch das letzte Kleidungsstück gemustert hatten, war so viel Zeit vergangen, dass der Heizkessel statt einer Wohnung gleich zwei hätte heizen können.

– Forse è meglio andare.
– È tardi?
– Non vogliamo disturbare troppo.
– Nessun disturbo.
– Forse è tardi per davvero.

Mia moglie, che fino a quel momento mi era sembrata padrona della situazione, ebbe un piccolo sussulto. Si guardò intorno.

– Rimanete ancora due minuti. Non abbiamo ancora visto *quei* cassetti.

Le ragazze si voltarono in direzione del mobile che mia moglie stava indicando con l'indice. Sapevo che c'era la biancheria e allora mi feci da parte. Cominciarono con i collant. Una delle ragazze mi rivolse uno sguardo più insistito delle altre. Socchiusi la porta e mi ritrovai in corridoio insieme alle buste di plastica. Non sapevo piú come comportarmi. Andai in soggiorno, dove avevamo bevuto il tè. Mi affacciai alla finestra. La rimessa e la rastrelliera delle biciclette erano immerse nell'oscurità. Poi tornai indietro. Incominciai a origliare.

– Sono tutti coordinati.
– Queste mutandine con cosa vanno?
– Con questo reggiseno a balconcino, vedi?

Mia moglie continuava a parlare ma le ragazze erano meno partecipi. Sentivo solo la voce di mia moglie e un frusciare di stoffe.

– Guardate questa sottoveste di seta.
– È bella. Però …
– Però?
– Sono indumenti troppo personali, troppo intimi.

«Vielleicht sollten wir besser gehen.»

«Ist es denn schon spät?»

«Wir wollen nicht allzu sehr stören.»

«Ihr stört nicht.»

«Vielleicht ist es wirklich schon spät.»

Meine Frau, die mir bis zu diesem Augenblick Herrin der Lage gewesen zu sein schien, zuckte kurz zusammen und sah sich um.

«Bleibt noch zwei Minuten. *Diese* Schubladen haben wir noch gar nicht gesehen.»

Die Mädchen drehten sich nach der Kommode um, auf die meine Frau deutete. Ich wusste, dass dort die Wäsche drin war, und zog mich lieber zurück. Sie fingen mit den Strumpfhosen an. Eines der Mädchen blickte mich eindringlicher als die anderen an. Ich lehnte die Tür an und befand mich wieder auf dem Flur, zusammen mit den Plastiktüten. Ich wusste nicht mehr, wie ich mich verhalten sollte, ging ins Wohnzimmer, wo wir Tee getrunken hatten, und blickte aus dem Fenster. Schuppen und Fahrradständer waren in Dunkelheit getaucht. Ich ging zurück und horchte an der Tür.

«Sie passen alle zusammen.»

«Wozu gehört dieses Höschen?»

«Zu diesem Balconette-BH, siehst du?»

Meine Frau redete und redete, aber die Mädchen hörten kaum hin. Ich hörte nur die Stimme meiner Frau und das Rascheln von Stoff.

«Seht mal, dieser Seidenunterrock!»

«Er ist schön. Aber ...»

«Aber?»

«Das sind doch viel zu persönliche, zu intime Kleidungsstücke!»

– Ma no. Meglio a voi che in un cassetto.

– Non viene proprio mai vostra figlia?

– Ogni tanto. Ogni tanto mi compare anche in sogno.

Accostai l'orecchio alla porta per sentire meglio. Mia moglie tirò fuori tutto quel che rimaneva. Una delle ragazze se ne usci con una risata nervosa. Cosí no, non l'avrebbero bevuta.

«Aber nein! Lieber bei euch als in einer Schublade.»

«Kommt Ihre Tochter denn nie?»

«Hin und wieder. Hin und wieder erscheint sie mir auch im Traum.»

Ich legte das Ohr an die Tür, um besser verstehen zu können. Meine Frau zog alles raus, was noch da war. Eines der Mädchen lachte nervös. So nicht, so würden sie es nicht schlucken.

La casa di fronte

1.

Era già da un po' che la tenevo d'occhio. Da principio fu un'osservazione sbadata, una contemplazione generica del panorama che, ovviamente, conteneva *anche* la casa di fronte. Poi invece mi ci soffermai con piú attenzione e curiosità. Trovai molto singolare che le finestre del piano terra fossero aperte, mentre quelle al primo piano rimanessero sempre chiuse. La casa di fronte, con ogni evidenza, era spezzata in due. Al piano terra la vita seguiva il suo corso: le luci accese, i panni stesi, la porta dell'ingresso che si apriva e si chiudeva. Il primo piano invece era come abbandonato a se stesso, vuoto, sfitto, disabitato. Eppure la famiglia della casa di fronte appariva normalissima. L'uomo usciva presto, la donna si occupava delle faccende domestiche, i bambini giocavano in giardino. Decisi di parlarne con mia moglie. Già da qualche tempo non parlavamo piú granché. A dirla tutta avevamo traslocato in una grande villa proprio per vederci il meno possibile.

– Non hai notato niente nella casa di fronte?

Mia moglie abbassò il volume della televisione infastidita e si fece ripetere la domanda prima di rispondere.

– Quelli della casa di fronte sono svitati.

– Perché?

– Sensazioni.

– Vivono al piano terra, le finestre di sopra sono chiuse.

Das Haus gegenüber

1.

Ich beobachtete es schon seit geraumer Zeit. Am Anfang eher beiläufig, wenn ich einfach nur die Umgebung betrachtete, zu der eben auch das Haus gegenüber gehörte. Schließlich aber blieb mein Blick daran hängen, ich wurde aufmerksamer und neugieriger. Ich fand es sehr merkwürdig, dass die Fenster im Erdgeschoss offen waren, während die im ersten Stock immer geschlossen blieben. Offensichtlich war das Haus gegenüber zweigeteilt. Im Erdgeschoss nahm das Leben seinen Lauf: Licht, aufgehängte Wäsche, die Eingangstür offen oder geschlossen. Der erste Stock hingegen war wie sich selbst überlassen, leer, unvermietet, unbewohnt. Doch die Familie vom Haus gegenüber wirkte völlig normal. Der Mann ging früh aus dem Haus, die Frau kümmerte sich um den Haushalt, die Kinder spielten im Garten. Ich beschloss, mit meiner Frau darüber zu sprechen. Wir redeten schon seit längerem nicht mehr besonders viel miteinander. Ehrlich gesagt sind wir in der Absicht, uns so wenig wie möglich zu sehen, in eine große Villa gezogen.

«Ist dir an dem Haus gegenüber eigentlich nichts aufgefallen?»

Gereizt machte meine Frau den Fernseher leiser und ließ mich die Frage wiederholen, bevor sie antwortete.

«Die vom Haus gegenüber sind doch Spinner.»

«Warum?»

«Das sagt mir mein Gefühl.»

«Sie bewohnen das Erdgeschoss und die Fenster oben sind geschlossen.»

– Sí, me l'hanno detto.
– Cosa ti hanno detto?
– Che al primo piano succedono cose *strane*.
– Quali cose?
– Non so, ci ho scambiato quattro parole appena.

Mia moglie alzò il volume della televisione: un marito e una moglie stavano divorziando. Me ne andai nella mia camera da letto e scelsi un altro programma. Una ragazzina mezza nuda aveva finito il suo balletto, il pubblico applaudiva. Forse c'era anche una base di applausi finti, per aumentare il pathos. Non riuscii a capire bene neanche quello.

2.

La zona dove avevamo traslocato non poteva offrire un panorama piú tranquillo e rassicurante. Se mi affacciavo dal lucernario del sottotetto vedevo un drappello di ville antiche. Sfilze di alberi sempreverdi garantivano un incoraggiante riserbo. Di sera, i lampioni emanavano una delicata luce arancione. Capitando per caso in questa parte di città non si sarebbe potuta constatare nessuna anomalia, nessuna imperfezione, nessuna stortura. A maggior ragione la casa di fronte prese a interessarmi. Divenne una vera e propria ossessione. Cominciai a girarci intorno. Il primo piano aveva due finestre per lato, otto in tutto, sempre rigorosamente chiuse.

In una serata di particolare noia, decisi di suonare il campanello. In fondo ero un vicino, non c'era mo-

«Ja, sie haben es mir gesagt.»

«Was haben sie dir gesagt?»

«Dass im ersten Stock seltsame Dinge passieren.»

«Was für Dinge?»

«Das weiß ich nicht. Ich habe nur ein paar Worte mit ihnen gewechselt.»

Meine Frau machte den Fernseher wieder lauter. Ein Mann und eine Frau ließen sich gerade scheiden. Ich ging in mein Schlafzimmer und wählte ein anderes Programm. Ein halbnacktes Mädchen hatte gerade sein Tänzchen beendet und das Publikum klatschte. Vielleicht waren auch Claqueure dabei, um dem Ganzen mehr Nachdruck zu verleihen. Aber auch das habe ich nicht richtig verstanden.

2.

Die Gegend, in die wir gezogen waren, hätte kein ruhigeres und vertrauenerweckenderes Bild bieten können. Wenn ich aus dem Oberlicht des Dachgeschosses blickte, sah ich auf eine kleine Gruppe alter Villen. Immergrüne Baumreihen boten angenehmen Schutz. Abends leuchteten die Straßenlaternen in sanftem orangefarbenem Licht. Geriete man zufällig in diesen Teil der Stadt, würde man nichts Außergewöhnliches feststellen, nichts Störendes, keinerlei Unstimmigkeit. Umso mehr weckte das Haus gegenüber mein Interesse. Es wurde zu einer regelrechten Obsession. Ich begann drum herumzuschleichen. Der erste Stock hatte zwei Fenster je Seite, acht insgesamt und alle immerzu geschlossen.

An einem besonders langweiligen Abend beschloss ich zu klingeln. Schließlich war ich ein Nachbar, also

tivo di essere imbarazzato. Venne ad aprirmi la donna. I bambini giocavano seduti a gambe incrociate sul tappeto, l'uomo se ne stava in poltrona a leggere il giornale. La tipica scena di una famiglia che aspetta l'ora di andare a dormire. Chiacchierammo di cose da poco: il supermercato piú vicino per la spesa, la strada piú conveniente per il lavoro. Mi fecero fare anche il giro della casa. Avevo già messo un piede sulle scale, ma i bambini mi tirarono per la giacca.

– Sopra ci abita l'uomo nero.

– Come?

– Dorme di sopra, se lo svegliamo si arrabbia e scende.

L'uomo e la donna interruppero la spiegazione mettendosi a ridere. Mi confidarono sottovoce che avevano inventato quella storia per impedire ai bambini di salire. Le tubature del primo piano erano scoppiate, sarebbe stato pericoloso. Per giorni e giorni l'acqua aveva continuato a gocciolare, allagando tutto.

– Le tubature sono scoppiate cosí, di botto.

– E non avete chiamato nessuno?

– Sí, ma non ci hanno saputo dire il motivo.

– Davvero strano.

– Poco male. Presto verranno a fare i lavori.

Guardai le scale perdersi nell'oscurità con sollievo. Ecco svelato il mistero: non c'era nessun mistero da svelare.

gab es keinen Grund, verlegen zu sein. Die Frau öffnete mir. Die Kinder saßen im Schneidersitz auf dem Teppich und spielten, der Mann las im Sessel Zeitung. Das typische Bild einer Familie vor dem Zubettgehen. Wir redeten über Belangloses, welches der nächste Supermarkt zum Einkaufen war oder der beste Weg zur Arbeit. Sie zeigten mir auch das Haus. Ich hatte den Fuß schon auf der Treppe, aber die Kinder zogen mich an der Jacke.

«Da oben wohnt der schwarze Mann.»

«Wie?»

«Er schläft da oben, und wenn wir ihn wecken, ärgert er sich und kommt runter.»

Lachend unterbrachen der Mann und die Frau die Erklärung und vertrauten mir leise an, dass sie die Geschichte erfunden hätten, damit die Kinder nicht nach oben gingen. Im ersten Stock seien die Wasserrohre geplatzt, es wäre gefährlich. Tagelang habe das Wasser getropft und alles überschwemmt.

«Die Rohre sind ganz plötzlich geplatzt, einfach so.»

«Und haben Sie denn niemanden geholt?»

«Doch, aber die konnten uns nicht sagen, woher es kam.»

«Wirklich seltsam.»

«Halb so wild. Sie werden es bald reparieren kommen.»

Erleichtert blickte ich auf die Treppe, die sich in der Dunkelheit verlor. Das Geheimnis war gelüftet, das heißt, es gab gar kein Geheimnis zu lüften.

3.

L'unica conseguenza della serata fu una lieve preoccupazione per le mie tubature. Non volevo che succedesse anche a me, che improvvisamente i tubi scoppiassero senza motivo. Mi limitai a verificarne il corretto funzionamento e non ci pensai piú. Lo dissi a mia moglie, in uno dei rari momenti in cui la incrociai.

– Il primo piano era allagato, nella casa di fronte.

– Hai parlato con gli svitati?

– Sono simpatici, potremmo invitarli a cena una di queste sere.

– Fai quello che vuoi, ma non coinvolgermi.

Mia moglie sapeva essere insopportabile, e io non ero da meno. In passato ce le eravamo anche date di santa ragione. Stupidaggini che sapevamo ingigantire a dismisura. Ci incolpavamo a vicenda perché le cose non si mettevano a posto, ma le cose non si possono mai mettere a posto del tutto. Poi erano cominciati i tradimenti. Però nessuno dei due aveva trovato la persona giusta, o forse avevamo capito che non esisteva.

– Hanno anche due bambini.

– Ah sí?

– Gli raccontano che al piano di sopra c'è l'uomo nero.

– E perché?

– Per non farli salire.

– Ottimo stratagemma. Peccato che a noi manchino i figli.

Conoscevamo le nostre debolezze, era facile fe-

3.

Die einzige Folge des Abends war eine leichte Besorgnis wegen meiner Wasserleitungen. Hoffentlich platzten nicht auch bei mir plötzlich grundlos die Rohre. Ich beschränkte mich darauf, ihre Funktionsfähigkeit zu prüfen, und dachte nicht mehr daran. In einem der wenigen Augenblicke, in denen ich meiner Frau begegnete, erzählte ich ihr davon.

«Im Haus gegenüber war der erste Stock überschwemmt.»

«Hast du mit den Spinnern geredet?»

«Sie sind sympathisch. Wir könnten sie demnächst einmal zum Abendessen einladen.»

«Mach, was du willst, aber halt mich da raus!»

Meine Frau konnte unausstehlich sein. Ich allerdings nicht weniger. Früher haben wir uns auch ganz schön geprügelt, wegen Kleinigkeiten, konnten aus einer Mücke einen Elefanten machen. Wir bekamen es einfach nicht in den Griff und gaben uns gegenseitig die Schuld, aber richtig in den Griff bekommt man es ja nie. Dann begannen wir damit, uns zu betrügen, doch keiner von uns hat den Richtigen gefunden. Vielleicht haben wir auch begriffen, dass es den gar nicht gab.

«Sie haben auch zwei Kinder.»

«Ach ja?»

«Sie erzählen ihnen, dass im oberen Stock der schwarze Mann sei.»

«Und warum?»

«Damit sie nicht nach oben gehen.»

«Tolle Strategie. Es ist schade, dass uns die Kinder fehlen.»

Wir kannten unsere Schwächen. Es war nicht schwer,

rirci. Avrei voluto raccontare a mia moglie dell'uomo nero della mia infanzia. Me lo immaginavo infagottato in un mantello scuro, possente eppure fatto d'ombra. Stava rintanato sotto il letto e se ti prendeva non c'era piú scampo. Dormivo con i miei genitori. Non che i miei genitori potessero proteggermi. Sarei morto comunque, se non avessi finto di dormire. A volte avevo perfino bagnato il letto per colpa dell'uomo nero. Chissà come se lo immaginavano i bambini della casa di fronte. Ogni tanto, piú per abitudine che per altro, mi capitava ancora di fermarmi a guardarla. Invidiavo l'uomo e la donna non meno dei bambini. Mi mancava la loro serenità, e mi chiedevo come fossero riusciti a ottenerla. Altro che svitati. Quando uscivano in giardino il loro vociare mi arrivava allegro, come un guizzo di vita confinante ma impossibile da raggiungere.

4.

Potevano passare intere settimane senza che io e mia moglie ci incontrassimo. A volte notavo alcune tracce minime del suo passaggio – un cartone di latte fuori dal frigorifero, una gruccia infilata nei cuscini del divano, un'agendina su un mobile –, ma non avrei saputo dire cosa combinasse esattamente. Un giorno sentii la televisione accesa nella sua camera da letto. Ancora un marito e una moglie stavano divorziando. Forse una replica. Entrai con l'insicurezza di un estraneo che viola l'intimità di un altro estraneo.

sich gegenseitig zu verletzen. Gern hätte ich meiner Frau von dem schwarzen Mann aus meiner Kindheit erzählt. Ich hatte ihn mir in einen dunklen Mantel gehüllt vorgestellt, groß und stark, jedoch aus Schatten. Er hatte sich unter dem Bett verkrochen, und wenn er einen packte, gab es kein Entrinnen. Ich schlief bei meinen Eltern. Nicht, dass sie mich hätten beschützen können. Wenn ich nicht so getan hätte, als schliefe ich, wäre ich bestimmt gestorben. Manchmal habe ich sogar deswegen ins Bett gemacht. Wer weiß, wie die Kinder vom Haus gegenüber ihn sich vorstellten. Ab und zu, eigentlich mehr aus Gewohnheit, blieb ich stehen, um es anzuschauen. Ich beneidete den Mann und die Frau, und die Kinder nicht weniger. Ihre Heiterkeit fehlte mir, und ich fragte mich, wie sie dazu kamen. Von wegen Spinner. Wenn sie im Garten waren, hörte ich ihre fröhlichen Stimmen, wie ein Aufblitzen von Leben, greifbar nah, aber unerreichbar.

4.

Wochen konnten vergehen, ohne dass meine Frau und ich uns begegneten. Manchmal bemerkte ich zwar geringfügige Spuren ihrer Anwesenheit – eine Milchtüte außerhalb des Kühlschranks, ein Kleiderbügel zwischen den Sofakissen, ein Notizbuch auf einer Kommode –, aber ich hätte nicht sagen können, was genau sie so trieb. Eines Tages hörte ich den Fernseher in ihrem Schlafzimmer. Schon wieder ließen ein Mann und eine Frau sich gerade scheiden. Vielleicht eine Wiederholung. Mit der Unsicherheit eines Fremden, der die Intimsphäre eines anderen Fremden verletzt, trat ich ein.

– Che vuoi?

Mi sdraiai sul letto, le andai vicino. Uno schiaffo m'infiammò la guancia. Cercai di non mollare.

– Voglio riprovarci, che ne dici?

– Devi andartene di qui, immediatamente.

Rimasi fermo al mio posto, senza sapere bene cos'altro dire. Il nostro rapporto si riduceva a una brutalità silenziosa, era diventato una corsa perennemente in salita. Cambiai canale col telecomando. La ragazzina mezza nuda aveva appena finito il suo balletto. Gli applausi del pubblico scrosciavano sonori. Non riuscivo a distinguere quelli veri da quelli finti. La ragazzina fece una specie d'inchino. Piú che altro ispirava tenerezza. Anche mia moglie, tanto tempo fa, mi faceva lo stesso effetto.

– Dammi il telecomando.

– No.

– Ti ho detto di darmelo.

Dei colpi secchi, carichi d'odio, mi rimbombarono nel petto. Mi lasciai scappare un gemito. Avevo una gran voglia di piangere. Mi riscosse il suono insistito del campanello: erano quelli della casa di fronte, li avevo invitati a cena. Mi precipitai in bagno, mi detti una rapida sistemata, controllai che lo schiaffo non avesse lasciato segni visibili e corsi ad aprire.

– Vi hanno riparato le tubature?

– Sembrerebbe di sí. Adesso stiamo facendo lucidare i pavimenti.

Eravamo ancora nell'ingresso, la porta spalancata,

«Was willst du?»

Ich legte mich aufs Bett, näherte mich ihr. Schon brannte eine Ohrfeige auf meiner Wange. Ich versuchte, nicht lockerzulassen.

«Ich will es noch einmal probieren. Was meinst du?»

«Raus hier, und zwar sofort!»

Ich rührte mich nicht von der Stelle, ohne genau zu wissen, was ich noch sagen sollte. Unsere Beziehung beschränkte sich auf wortkarge Brutalität, war nur noch ein ewiges Dagegenanrennen. Ich wechselte mit der Fernbedienung den Kanal. Das halbnackte Mädchen hatte gerade sein Tänzchen beendet. Tosender Beifall des Publikums. Ich konnte den echten nicht von dem falschen unterscheiden. Das Mädchen machte eine Art Verbeugung. In erster Linie rührte sie einen. Auch meine Frau hatte vor langer Zeit eine solche Wirkung auf mich ausgeübt.

«Gib mir die Fernbedienung!»

«Nein.»

«Gib sie mir, hab ich gesagt!»

Harte, hasserfüllte Schläge donnerten auf meine Brust. Mir entfuhr ein Stöhnen. Am liebsten hätte ich geweint. Der aufdringliche Ton der Klingel rüttelte mich auf. Es waren die vom Haus gegenüber. Ich hatte sie zum Abendessen eingeladen. Ich stürzte ins Bad, brachte mein Äußeres schnell in Ordnung, prüfte, ob die Ohrfeige auch keine sichtbaren Spuren hinterlassen hatte, und lief zur Tür, um zu öffnen.

«Sind die Rohre jetzt repariert?»

«Es sieht so aus. Jetzt lassen wir gerade die Böden polieren.»

Wir standen noch im Eingang, die Tür sperrangelweit

quando successe. Dal piano di sopra ascoltammo i passi scendere lentamente. Mia moglie spuntò dalle scale avvolta in uno scialle scuro.

A quel punto i bambini erano già scappati.

offen, als es geschah. Vom oberen Stock hörten wir langsame Schritte herunterkommen. In einen dunklen Schal gehüllt, tauchte meine Frau auf der Treppe auf.

Da hatten die Kinder schon Reißaus genommen.

Murales

1.

– Che te ne pare?

– Posso essere sincero?

– *Devi* essere sincero.

– Mi fa un po' paura.

Non so che le era preso, a mia moglie. Aveva recuperato due barattoli di tintura e impiastricciato la parete sopra il letto. Erano quelle tinture diaboliche che si spalmano con le mani, e che dànno la possibilità di dipingere anche all'ultimo degli sprovveduti. Il risultato si commentava da solo: due grosse figure a dimensioni reali – un uomo blu che abbracciava una donna rossa –, deturpavano la parete. Immagino che negli intenti artistici di mia moglie saremmo dovuti essere *noi,* ritratti nel momento in cui stavamo per addormentarci.

– Perché ti spaventa?

– È un pugno nello stomaco.

– Allora lo trovi semplicemente brutto.

Il murales era discutibile, ma non volevo ferire mia moglie.

– Forse è infelice la posizione.

– Che c'è di sbagliato nella posizione?

– Avercelo sopra la testa. Da sdraiati quasi non si vede.

Mia moglie finse di crederci, e io non tornai più sull'argomento. Le prime sere, però, prima di addormentarmi, m'infastidí parecchio la sensazione dell'immagine che replicava esattamente quello che

Das Wandbild

1.

«Wie findest du es?»

«Soll ich ehrlich sein?»

«Du *musst* sogar ehrlich sein!»

«Es macht mir ein wenig Angst.»

Ich weiß gar nicht, was in meine Frau gefahren ist. Sie hat irgendwo zwei Dosen Farbe aufgetrieben und damit die Wand über dem Bett beschmiert. Und zwar mit diesen Teufelsfarben, die man mit den Händen verstreicht und mit denen selbst der größte Dilettant malen kann. Das Ergebnis sprach für sich. Zwei riesige, lebensgroße Figuren verunstalteten die Wand: ein blauer Mann, der eine rote Frau umarmt. Ich nehme an, dass meine Frau die künstlerische Absicht hatte, *uns* darzustellen, und zwar beim Einschlafen.

«Warum macht es dir Angst?»

«Das ist wie ein Schlag in die Magengrube.»

«Du findest es also einfach scheußlich!»

Über das Wandbild konnte man streiten, aber ich wollte meine Frau nicht verletzen.

«Vielleicht ist die Stelle etwas unglücklich.»

«Was ist denn falsch an der Stelle?»

«Dass es über dem Kopf ist. Im Liegen sieht man es ja kaum.»

Meine Frau tat, als würde sie mir glauben, und ich redete nicht mehr davon. Die ersten Abende störte mich vor dem Einschlafen jedoch das Gefühl, dass das Bild genau wiedergab, was in der Realität geschah. ‹Stören› war vielleicht

succedeva nella realtà. Fastidio non era la parola giusta. Non capivo la *natura* dell'abbraccio tra l'uomo e la donna del murales. Certo, mia moglie non avrebbe mai voluto dipingere un uomo che soffocava una donna, eppure a volte mi sembrava proprio cosí. Il braccio sinistro dell'uomo finiva sopra il collo della donna, pesante come una catena. Il murales mi metteva i brividi, ecco. Nell'impossibilità di cancellarlo, tentai d'interrompere quell'assurda specularità a modo mio: smisi di abbracciare mia moglie a letto. Poi comprai una mascherina per gli occhi. Prendevo sonno soltanto nel buio piú assoluto e impenetrabile. Senza la mascherina, quei colori erano troppo sgargianti, troppo vivi. Riuscivano a farsi strada nell'oscurità, mi pareva che quel blu e quel rosso da un momento all'altro potessero *gocciolarmi* addosso.

– Posso dipingere ancora?

– E dove?

– La maggior parte dei muri è spoglia, mi è avanzata un po' di tintura.

Quando mia moglie me lo propose, con innocente entusiasmo, mi precipitai in soffitta a recuperare i quadri che ci aveva regalato sua madre, e che avevo sempre detestato. Quadretti in serie, per lo piú nature morte, acquarelli di fiori e frutti. Poggiai gli scatoloni impolverati nel corridoio. Non volevo attaccarli sul serio, ma per fortuna il gesto bastò a dissuadere mia moglie.

nicht das richtige Wort. Ich verstand nicht, um *welche Art* von Umarmung es sich zwischen dem Mann und der Frau auf dem Wandbild handelte. Ganz bestimmt wollte meine Frau keinesfalls einen Mann malen, der eine Frau erstickte, trotzdem kam es mir manchmal so vor. Der linke Arm des Mannes lag schwer wie eine Kette über dem Hals der Frau. Das Wandbild ließ mich schaudern. Da ich es nicht entfernen konnte, versuchte ich, diese absurden Spekulationen auf meine Weise loszuwerden: Ich umarmte meine Frau im Bett nicht mehr. Schließlich kaufte ich mir eine Augenmaske. Ich konnte nur einschlafen, wenn es absolut dunkel war. Ohne Maske waren die Farben viel zu grell, viel zu lebhaft. Es gelang ihnen, sich in der Dunkelheit einen Weg zu bahnen, und ich hatte das Gefühl, dieses Blau und dieses Rot könnten jeden Augenblick auf *mich runtertropfen*.

«Darf ich weitermalen?»

«Wo denn?»

«Die meisten Wände sind nackt, ich habe noch etwas Farbe übrig.»

Als meine Frau mit unschuldiger Begeisterung dieses Vorhaben äußerte, stürzte ich auf den Dachboden und holte die Bilder, die ihre Mutter uns geschenkt hatte und die ich immer verabscheut habe. Kleine Serienbilder, meistens Stillleben, Aquarelle mit Blumen und Früchten. Ich stellte die verstaubten Kartons im Flur ab. Ich hatte nicht ernsthaft vor, sie aufzuhängen. Zum Glück genügte das, um meine Frau umzustimmen.

2.

Mi ripetevo che era solo questione di abitudine. Il murales sopra al letto non mi piaceva, ma tutto sommato la sua costante vicinanza, il suo essere posizionato nel centro della nostra intimità, sarebbe potuto tornarmi utile. Con il passare del tempo non ci avrei fatto piú caso. Ero convinto che sarebbe andata cosí, poi successe l'irreparabile.

Da tempo mi affliggevano delle emicranie fortissime, che non mi sapevo spiegare. Mi avevano visitato un paio di specialisti: a quanto pareva, nessuno ci capiva niente. Il mal di testa andava e veniva a suo piacimento, gettandomi in uno stato d'impotenza dolorosa. In quei momenti, mi sdraiavo sul letto, con la mascherina sugli occhi. Non potevo fare altro che aspettare. Dopo una crisi piú virulenta delle altre, notai nel murales un cambiamento inquietante. All'altezza della testa dell'uomo, la vernice era venuta via. Si era scrostato proprio un pezzo di vernice, lasciando l'uomo blu con la testa *rotta*. Ne avevo abbastanza e decisi di dirlo a mia moglie.

– Ti rendi conto?

– Ma è normale che il muro si crepi, è una vernice da quattro soldi, e poi con tutta questa umidità …

– Non lo sopporto, questo murales.

– E solo una coincidenza, se ci pensi è buffo.

– Buffo? Non ci trovo niente di buffo. Voglio che tu prenda una spatola e gratti tutta la vernice.

– Dovrei distruggerlo?

– Sí.

– Ma alla fine avevi detto che ti piaceva.

2.

Ich redete mir ein, dass es nur eine Frage der Gewöhnung war. Das Wandbild über dem Bett gefiel mir zwar nicht, aber im Grunde genommen würde seine ständige Nähe, die Tatsache, dass es sich inmitten unserer Intimsphäre befand, für mich doch von Vorteil sein können. Mit der Zeit würde ich gar nicht mehr darauf achten. Ich war überzeugt, dass es so kommen wird. Doch dann geschah das Unabänderliche.

Seit einiger Zeit litt ich unter sehr starken Migräneanfällen, die ich mir nicht erklären konnte. Ich war schon von verschiedenen Fachärzten untersucht worden, aber wie es aussah, konnte sich das niemand erklären. Die Kopfschmerzen kamen und gingen und versetzten mich in einen Zustand schmerzvoller Ohnmacht. In solchen Augenblicken legte ich mich mit meiner Maske aufs Bett. Ich konnte nichts anderes tun, als abwarten. Nach einem dieser Anfälle, er war heftiger denn je, bemerkte ich an dem Wandbild eine beunruhigende Veränderung. Ganz oben am Kopf des Mannes war die Farbe weg. Tatsächlich war ein Stück abgeblättert, der Kopf des blauen Mannes war *beschädigt*. Jetzt reichte es mir. Ich beschloss, es meiner Frau zu sagen.

«Begreifst du das nicht?»

«Aber das ist doch ganz normal, dass die Wand bröckelt, es ist billige Farbe, und dann, bei dieser Feuchtigkeit hier!»

«Ich kann das Wandbild nicht ertragen.»

«Das ist nur Zufall. Was du denkst, ist lächerlich.»

«Lächerlich? Ich finde daran nichts Lächerliches. Ich will, dass du mit einem Spachtel die ganze Farbe abkratzt.»

«Ich soll es zerstören?»

«Ja.»

«Letzten Endes hast du doch gesagt, dass es dir gefällt.»

– Non l'ho mai detto.
– Non ti piace?
– No, non mi piace. Lo detesto.

I toni si scaldarono parecchio. Litigammo. E ovviamente rimanemmo ciascuno sulla propria posizione. Mia moglie non ne volle sapere, di cancellare il murales. Per giorni e giorni non ci rivolgemmo la parola. Decisi che ero stato uno stupido, che avevo esagerato, che tutto sommato poteva trattarsi davvero di semplici coincidenze. Feci un passo indietro, chiesi scusa a mia moglie. Quella notte facemmo l'amore senza precauzioni, *fino in fondo*.

– Anche domani notte?
– Anche domani notte.
– E anche dopodomani notte?
– Finché non avremo un figlio.

Mia moglie me l'aveva chiesto subito, e io avevo continuato a rimandare, come per i quadri di sua madre. L'armonia sembrava ristabilita, tranne che per un piccolo, decisivo dettaglio. Ero incredulo e allibito. Anche se non avevano lineamenti, non ci si poteva sbagliare: l'uomo e la donna del murales persero le bocche. La vernice blu e rossa si era scollata esattamente in quel punto.

3.

Non ne parlai direttamente con mia moglie, per evitare un altro litigio. A dirla tutta, non potevo credere che il murales fosse una sorta di grafico delle nostre disgrazie, e che in qualche modo le regi-

«Das habe ich nie gesagt.»

«Gefällt es dir denn nicht?»

«Nein, es gefällt mir nicht. Ich hasse es.»

Der Wortwechsel wurde immer hitziger. Wir stritten. Natürlich beharrte jeder auf seiner Position. Meine Frau wollte nichts davon wissen, das Wandbild zu entfernen. Tagelang wechselten wir kein Wort. Ich beschloss, dass es dumm von mir war, dass ich übertrieben hatte, dass es sich schließlich wirklich um einen Zufall handeln konnte. Ich lenkte ein und bat meine Frau um Verzeihung. In jener Nacht liebten wir uns, ungeschützt, *bis zum Ende.*

«Auch morgen Nacht?»

«Auch morgen Nacht!»

«Auch übermorgen Nacht?»

«Bis wir ein Kind bekommen.»

Meine Frau hatte es sich von Anfang an gewünscht, aber ich habe es immer wieder rausgeschoben, wie bei den Bildern ihrer Mutter. Die Harmonie schien wiederhergestellt, bis auf ein winziges, entscheidendes Detail. Ich konnte es nicht glauben und war bestürzt. Auch wenn der Mann und die Frau auf dem Wandbild keine Gesichtszüge hatten, es bestand kein Zweifel: Sie besaßen keinen Mund mehr. Die blaue und die rote Farbe hatten sich genau an der Stelle abgelöst.

3

Um neuen Streit zu vermeiden, sprach ich meine Frau nicht darauf an. Ehrlich gesagt, ich konnte es nicht glauben, dass das Wandbild in gewisser Weise ein Abbild unserer Probleme darstellte, sie sozusagen wie ein magischer

strasse come un feticcio magico dopo che erano avvenute. Pensai che c'entrasse mia moglie, che fosse opera sua. Che si divertisse a crepare il muro proprio nei punti nevralgici che ci riguardavano. Da quel momento tenni d'occhio ossessivamente la spatola nella scatola degli attrezzi. Ma sarebbe bastato un dito. Scalzare l'intonaco dipinto con un indice: niente di piú facile, niente di piú difficile da controllare.

L'annuncio della gravidanza di mia moglie ci trasse in salvo. In un attimo tutte le preoccupazioni, le ansie e gli attriti vennero spazzati via. Per mesi non ci fummo che noi, persone in carne e ossa, e il bambino che sarebbe venuto. Tra la diciannovesima e la ventiduesima settimana l'ecografia non poteva essere piú chiara: sarebbe arrivato un maschietto. Credevo di essermi lasciato il periodo critico alle spalle, mentre il peggio doveva ancora arrivare. Mia moglie svenne dal dolore. Chiamai un'ambulanza. Mi dissero di stare tranquillo, solo il venti per cento delle donne andava incontro a un aborto spontaneo, e nell'ottantacinque per cento dei casi avveniva nei primi tre mesi dal concepimento, mentre noi eravamo già al quinto. In sala operatoria le statistiche servirono a poco. L'interruzione di gravidanza fu inevitabile e ci precipitò in un baratro di disperazione. Tornarono le preoccupazioni, le ansie e gli attriti, per di piú amplificati dalla sciagura luttuosa.

E poi c'era quel maledetto murales: la pancia della donna era venuta via, si era screpolata tutta. Un grande spazio bianco simboleggiava la macabra assenza del bambino.

– Perché l'hai fatto?

Fetisch aufzeigte, sobald sie aufgetaucht waren. Ich dachte, meine Frau hätte ihre Hand im Spiel, dass es ihr Werk war. Dass es ihr Spaß machte, die Wand genau dort abzukratzen, wo unsere neuralgischen Punkte lagen. Von dem Moment an behielt ich wie besessen den Spachtel in der Werkzeugkiste im Auge. Aber es hätte ja auch ein Finger genügt. Die Wandfarbe mit dem Zeigefinger abzuheben, nichts leichter als das! Umso schwieriger die Kontrolle.

Die Ankündigung der Schwangerschaft meiner Frau rettete uns. Auf der Stelle waren alle Sorgen, Ängste und Unstimmigkeiten wie weggeblasen. Monatelang gab es nur uns, Menschen aus Fleisch und Blut, und das Kind, das geboren werden sollte. Zwischen der neunzehnten und zweiundzwanzigsten Woche konnte der Ultraschall nicht klarer sein – es würde ein Junge werden. Ich glaubte, die kritische Zeit hinter mir zu haben, doch sollte das Schlimmste erst noch kommen. Meine Frau wurde vor Schmerz bewusstlos. Ich rief einen Krankenwagen. Sie beruhigten mich, nur zwanzig Prozent der Frauen hätten einen spontanen Abgang, in fünfundachtzig Prozent der Fälle geschehe das in den ersten drei Monaten nach der Empfängnis, aber wir waren schon im fünften. Doch im Operationssaal nützen Statistiken wenig. Eine Schwangerschaftsunterbrechung war unvermeidlich. Wir stürzten in einen Abgrund der Verzweiflung. Sorgen, Ängste und Unstimmigkeiten kehrten zurück, und das verstärkt durch unsere schmerzliche Trauer.

Und dann dieses verfluchte Wandbild! Der Bauch der Frau war abgegangen, war völlig abgebröckelt. Ein großer weißer Fleck symbolisierte makaber das Fehlen des Kindes.

«Warum hast du das gemacht?»

– Cosa avrei fatto?
– L'hai fatto di nuovo, hai tolto il bambino dal ventre della donna.
– Tu sei pazzo.
– E allora tu?
– Io non l'ho toccato il murales.
– Sei bugiarda e masochista.
Mia moglie urlò che le impedivo di esprimersi artisticamente. Rincarò la dose minacciando di dipingere tutto il resto della casa, *perché le pareti erano bianche e fredde come una tomba.*

4.

Quando le cose cominciano a rotolare viene voglia di seguirle, buttarsi con loro a peso morto. Io e mia moglie ci aggiravamo per la casa come bestie ferite. Non riuscivamo a darci pace. Per il bambino, certo, e anche per tutte le altre faccende. Ognuno pensava che la sua parte di ragione fosse piú valida, piú *ragionevole* di quella dell'altro. Impedii comunque a mia moglie di dipingere ancora e continuai a ritenerla responsabile dei cambiamenti del murales. In casa non c'eravamo che noi, che altro avrei potuto pensare?

Aprii gli scatoloni dei quadri di sua madre, cominciai ad appenderli. Battevo con il martello svogliatamente. Piegai alcuni chiodi, mi feci male. L'unghia del pollice si annerí, uscí un po' di sangue. Mia moglie era sul divano a sonnecchiare. Passava le giornate cosí, la televisione inutilmente accesa.

«Was soll ich denn gemacht haben?»

«Du hast es schon *wieder* getan! Du hast das Kind aus dem Bauch der Frau entfernt.»

«Du bist verrückt!»

«Und du?»

«Ich habe das Wandbild nicht berührt.»

«Du bist eine Lügnerin und Masochistin!»

Meine Frau schrie, ich würde sie daran hindern, sich künstlerisch auszudrücken. Sie legte noch eins drauf und drohte damit, den Rest des Hauses zu bemalen, *denn die Wände seien weiß und kalt wie ein Grab.*

4.

Kommen die Dinge erst einmal ins Rollen, ist man versucht, ihnen zu folgen, sich ganz und gar von ihnen mitreißen zu lassen. Wie verwundete Tiere liefen meine Frau und ich durchs Haus. Wir konnten keine Ruhe finden. Wegen des Kindes natürlich, aber auch wegen allem anderen. Jeder von uns dachte, dass seine Ansicht die richtige war, vernünftiger als die des anderen. Ich hinderte also meine Frau daran, noch mehr zu malen, und machte sie weiter für die Veränderungen auf dem Wandbild verantwortlich. Außer uns war doch niemand im Haus, was hätte ich denn sonst denken sollen?

Ich öffnete die Kartons mit den Bildern ihrer Mutter und fing an, sie aufzuhängen. Lustlos hämmerte ich herum, verbog ein paar Nägel und tat mir weh. Der Daumennagel wurde schwarz und blutete etwas. Meine Frau lag dösend auf dem Sofa vor dem unbeachtet laufenden Fernseher – so verbrachte sie ihre Tage. Um sogleich das Wand-

Volli controllare subito il murales. Andai in camera da letto, mi avvicinai. Mi allontanai e mi avvicinai ancora. Dal dito dell'uomo si era staccato un impercettibile puntino di vernice. Mi sentii mancare, ebbi una vertigine. Stavolta non poteva essere stata mia moglie. Forse era colpa dell'umidità. Forse era normale che i dipinti sul muro venissero giú, a poco a poco. Ma perché mai non si era sciupato un polpaccio, un'anca, un gomito? Perché proprio l'unghia del pollice? Ridacchiai come un invasato. I capelli arruffati, le occhiaie, la barba di tre giorni. Mi succhiai il pollice, poi lasciai le braccia ciondolare. Non mi mossi dal letto fino a sera. Quando mia moglie mi raggiunse ero già sdraiato, già in posizione. Non mi degnò di uno sguardo, si voltò su un fianco. Quello era il momento: volli dirglielo in un sussurro.

– Ho cambiato idea sul murales.

– Come hai detto?

– Hai capito benissimo.

– Ti piace adesso?

– Hai dipinto un vero capolavoro.

Aspettai che il sonno la pietrificasse per abbracciarla. Le buttai il braccio sopra il collo, pesante come una catena.

bild zu kontrollieren, lief ich ins Schlafzimmer. Ich ging ganz nah an das Bild heran, dann etwas weiter weg und noch einmal nah heran. Vom Finger des Mannes hatte sich ein kaum wahrnehmbares Pünktchen Farbe gelöst. Mir wurde schwindlig, ich war der Ohnmacht nahe. Dieses Mal konnte es nicht meine Frau gewesen sein. Vielleicht war es die Feuchtigkeit. Vielleicht ist es ganz normal, dass Wandmalereien nach und nach abblättern. Aber warum wurde keine Wade, keine Hüfte, kein Ellbogen beschädigt? Warum ausgerechnet der Daumennagel? Mit zerzaustem Haar, Augenringen und Dreitagebart grinste ich wie blöde vor mich hin. Ich sog am Daumen, ließ die Arme hängen, blieb bis in den Abend hinein auf dem Bett liegen. Als meine Frau kam, lag ich schon ausgestreckt da, sozusagen in Position. Sie würdigte mich keines Blickes, drehte sich auf die Seite. Das war der richtige Augenblick, flüsternd wollte ich es ihr sagen.

«Ich habe meine Meinung über das Wandbild geändert.»

«Was hast du gesagt?»

«Du hast sehr gut verstanden!»

«Gefällt es dir jetzt?»

«Du hast wirklich ein Meisterwerk gemalt!»

Erst als der Schlaf sie erstarren ließ, umarmte ich sie. Schwer wie eine Kette warf ich den Arm über ihren Hals.

Il bastone da passeggio

1.

Quando mi accorsi del bastone, mia moglie aveva già superato il cancello del giardino e stava avviandosi verso la porta di casa. Fui io a richiamarla.

– E questo?

– Qualcuno l'avrà dimenticato.

Poggiato vicino alla buca delle lettere, l'impugnatura affondata nella siepe, c'era questo bastone da passeggio di un legno modesto. Mi aveva provocato da subito un'istintiva antipatia e non lo toccai. Mia moglie concordò per motivi del tutto differenti.

– Lascialo lí, chi l'ha perso tornerà a prenderlo.

Poteva darsi. Ma chi poteva perdere un bastone da passeggio? Come si poteva perdere un oggetto del genere? Entrammo in casa. Ci togliemmo i soprabiti, mia moglie si liberò delle scarpe col tacco, io accesi un po' di luci. Corridoio, soggiorno, cucina. Ci immergemmo entrambi nella sequela di gesti automatici che precedono l'operazione «mettersi a letto». Mi accaparrai il bagno per primo. Oltre la porta, sentivo mia moglie aprire e chiudere gli scomparti dell'armadio. Senza capirne il motivo, mi accorsi di provare un senso d'inquietudine. Come un brutto presentimento. Mia moglie bussò per dirmi di accelerare le operazioni e allora uscii. Invece di andare a letto gironzolai per casa. Controllai il contenuto del frigorifero: sottilette, prosciutto, pomodori, verdure, uova, birre, bibite, acqua, tutto rigorosamente al proprio

Der Spazierstock

1.

Als ich den Stock bemerkte, war meine Frau schon am Gartentor vorbei auf dem Weg zur Haustür. Ich rief sie zurück.

«Was ist das denn?»

«Den wird wohl jemand vergessen haben.»

Neben dem Briefkasten lehnte, mit dem Griff in der Hecke, ein Spazierstock aus einfachem Holz. Er weckte augenblicklich eine instinktive Abneigung in mir, und deshalb berührte ich ihn nicht. Meiner Frau ging es ebenso, wenngleich aus völlig anderen Gründen.

«Lass ihn stehen, wer ihn verloren hat, wird zurückkommen und ihn holen.»

Mag sein. Aber wer verliert denn einen Spazierstock? Wie kann man so etwas verlieren? Wir traten ins Haus, zogen die Mäntel aus, meine Frau befreite sich von ihren Stöckelschuhen und ich machte Licht. Im Flur, im Wohnzimmer und in der Küche. Wir machten uns an unsere allabendlichen Rituale vor dem «Ins-Bett-Gehen». Ich sicherte mir als Erster das Bad. Durch die Tür hörte ich meine Frau die Schranktüren öffnen und schließen. Ohne zu wissen warum, empfand ich eine gewisse Unruhe. Wie eine böse Vorahnung. Meine Frau klopfte, damit ich mich beeilte, also verließ ich das Bad. Doch statt mich ins Bett zu legen, lief ich durchs Haus. Ich begutachtete den Inhalt des Kühlschranks: Käsescheibletten, Schinken, Tomaten, Gemüse, Eier, Bier, andere Getränke, Wasser, alles streng geordnet an seinem Platz. Ich stellte den *timer* des Back-

posto. Feci partire il timer del forno. Dopo qualche minuto aprii lo sportello e infilai una mano per recuperare la teglia delle patate. Il calore m'investì come un guanto. Cambiai idea. Presi l'occorrente per un toast. Sistemai sul ripiano due fette di pancarrè, recuperai il prosciutto, scartai due sottilette. Cambiai idea ancora una volta.

– Vuoi un toast?

– Eh?

Alzai la voce per farmi sentire fino in bagno.

– Vuoi per caso un toast?

– Un toast? No, abbiamo appena finito di mangiare.

Mi ficcai in bocca le due sottilette, buttai nell'immondizia il pancarrè e riposi il prosciutto al suo posto nel frigorifero. La mia preoccupazione non era diminuita. Raggiunsi la camera da letto e trovai mia moglie già sotto le coperte. Guardò la sveglia, sorridendo.

– Stai tranquillo, manca un'ora.

– *Ancora un'ora?*

– Rilassati, non ha mai sgarrato di un minuto.

2.

Mia moglie, proseguendo la sequela dei gesti automatici, afferrò il romanzo sul comodino e cominciò a leggere. Io mi rialzai.

– E adesso che c'è?

– Vado a farmi un toast.

Ripresi a girare per casa. Spensi e accesi le luci

ofens an. Nach ein paar Minuten öffnete ich die Klappe und nahm mit einer Hand das Backblech heraus. Die Wärme umhüllte mich wie ein Handschuh. Ich änderte meine Meinung und holte mir die Zutaten für einen Toast, legte zwei Scheiben Brot auf das Blech, bedeckte sie mit Schinken und löste zwei Käsescheiben aus der Folie. Dann änderte ich meine Meinung noch einmal.

«Willst du einen Toast?»

«Was?»

Etwas lauter, damit sie es im Bad hören konnte:

«Möchtest du vielleicht einen Toast?»

«Einen Toast? Nein, wir haben doch gerade erst gegessen!»

Ich stopfte mir die beiden Käsescheiben in den Mund, warf das Brot in den Abfall und legte den Schinken zurück an seinen Platz im Kühlschrank. Meine Besorgnis war nicht weniger geworden. Ich ging ins Schlafzimmer, meine Frau lag bereits im Bett. Sie blickte auf den Wecker und lächelte.

«Beruhige dich, es ist noch eine Stunde Zeit.»

«Noch eine Stunde?»

«Entspann dich, sie war noch nie eine Minute zu spät!»

2.

Gemäß der allabendlichen Rituale nahm meine Frau ihren Roman vom Nachttisch und begann zu lesen. Ich stand wieder auf.

«Was ist denn jetzt los?»

«Ich mach mir einen Toast.»

Wieder lief ich durchs Haus. Ich schaltete das Licht in

della cucina un'infinità di volte. Poi mi sistemai sul divano del soggiorno, nell'oscurità. Alcune voci di ragazzi che stavano rientrando echeggiarono per strada. Andai nella camera di mia figlia. Il sabato sera le avevamo prorogato il rientro di un'ora. Guardai la pila dei libri sopra la scrivania, lo zaino pieno di spille e spillette buttato in un angolo. Alle pareti aveva poster di cantanti e calciatori che conoscevo anch'io. Mi piaceva essere al passo coi tempi, condividere per quel che potevo l'immaginario di mia figlia. A volte, solo a volte, mi pareva di non riconoscerla piú. I suoi gesti, le espressioni del viso, l'intonazione della voce, niente riusciva a ricondurla a me. Era un enigma pulsante, un'entità impenetrabile. Ci scherzavamo su e faticosamente, pezzo per pezzo, il puzzle della sua identità tornava a posto.

Trovai mia moglie ancora immersa nella lettura. Un grosso sbadiglio mi fece capire che il romanzo stava facendo effetto. Allora, prima di ritrovarmi completamente solo con la mia ansia, mi ricordai del bastone.

– Strano quel bastone, eh?

– In che senso?

– Dimenticare un bastone da passeggio, cosí.

– Sí è vero.

– C'è qualche ospizio nelle vicinanze?

Mia moglie mi lanciò un'occhiata interrogativa, cacciando un altro sbadiglio.

– Non so, magari qualcuno doveva portarlo a un parente e se l'è perso per strada.

Mia moglie annuí poco convinta. Ripose il ro-

der Küche x-mal an und aus, legte mich schließlich im Dunkeln aufs Wohnzimmersofa. Stimmen von Jugendlichen, die nach Hause gingen, hallten von der Straße herein. Ich ging in das Zimmer meiner Tochter. Wir hatten ihr Samstagsabend erlaubt, eine Stunde später nach Hause zu kommen. Ich betrachtete den Stoß Bücher auf dem Schreibtisch, den Rucksack voller großer und kleiner Anstecknadeln, den sie in die Ecke geworfen hatte. An den Wänden waren Poster von Sängern und Fußballern, die auch ich kannte. Es gefiel mir, mit der Zeit zu gehen und die Vorstellungswelt meiner Tochter so weit wie möglich zu teilen. Manchmal, aber nur manchmal, meinte ich sie allerdings nicht mehr wiederzuerkennen. Ihre Gesten, ihr Gesichtsausdruck, der Klang ihrer Stimme – nichts davon konnte sie mir mehr zurückbringen. Sie war ein pulsierendes Rätsel, ein unergründliches Wesen. Wir scherzten gemeinsam darüber, und mühsam, Stück für Stück, setzten sich die Puzzleteile ihrer Identität wieder zusammen.

Meine Frau war immer noch in ihre Lektüre vertieft. Anhaltendes Gähnen sagte mir, dass der Roman seine Wirkung tat. Um mit meinen Ängsten nicht wieder völlig allein zu sein, kam ich auf den Spazierstock.

« Eigenartig, dieser Stock, oder? »

« Wie meinst du das? »

« Einen Spazierstock einfach so vergessen! »

« Ja, das stimmt! »

« Ist hier in der Nähe ein Altersheim? »

Meine Frau warf mir einen fragenden Blick zu und unterdrückte ein weiteres Gähnen.

« Vielleicht sollte ihn jemand einem Verwandten bringen und hat ihn unterwegs verloren. »

Meine Frau nickte nicht besonders überzeugt. Sie legte

manzo sul comodino, allungò una mano verso l'interruttore.

– Che fai, rimani sveglio?

– Ancora un po'.

Sorrise di nuovo.

– Ancora un po' … Diciamo finché non torna tua figlia.

Il mio sorriso venne troncato da un buio istantaneo e abbandonai la camera da letto.

3.

Decisi di prendere una boccata d'aria. M'infilai il soprabito e raggiunsi il giardino. Il bastone era sempre lí, nella stessa identica posizione. Ebbi l'impulso di toccarlo e ancora mi fermai all'ultimo momento. Lo osservai meglio, però. Il puntale aveva una protezione di gomma, mentre l'impugnatura era curva. Un bastone comune, di per sé innocuo. Eppure, poggiato vicino alla cassetta delle lettere, lambito dai rami della siepe, aveva un'aria sinistra. Feci giusto qualche passo, indeciso sulla direzione, poi vidi una luce accendersi.

– Buonasera.

I vicini si voltarono, colti di sorpresa. Erano abbastanza in là con gli anni, si godevano la pensione. I figli, già grandi, si facevano sentire per telefono, o andavano a trovarli a Natale, a Pasqua. Forse neanche. Era questo, tutto il bene che ci volevano i nostri figli? Questa la ricompensa per averli generati?

den Roman auf den Nachttisch und streckte die Hand nach dem Lichtschalter aus.

«Was machst du? Bleibst du noch auf?»

«Noch ein bisschen.»

Sie lächelte.

«Noch ein bisschen … Sagen wir, bis deine Tochter zurück ist.»

Mein Lächeln wurde von plötzlicher Dunkelheit geschluckt und ich verließ das Schlafzimmer.

3.

Ich beschloss, noch etwas Luft zu schnappen, zog den Mantel an und ging in den Garten. Der Spazierstock lehnte unverändert an derselben Stelle. Es reizte mich, ihn zu berühren, doch wieder hielt ich mich im letzten Augenblick zurück, sah ihn mir aber genauer an. Die Spitze hatte einen Gummischutz, der Griff war gebogen. Ein ganz normaler Stock, eigentlich harmlos. Und doch, so nah am Briefkasten, die Zweige der Hecke berührten ihn leicht, kam er mir unheimlich vor. Ich machte ein paar Schritte, noch unschlüssig, wohin, da ging ein Licht an.

«Guten Abend.»

Die Nachbarn wandten sich überrascht um. Sie waren schon älter und erfreuten sich ihres Rentnerdaseins. Die Kinder waren längst erwachsen, riefen gelegentlich an, kamen Weihnachten oder Ostern zu Besuch. Vielleicht nicht einmal das. War das alles, was von der Liebe unserer Kinder übrig blieb? War das der Dank dafür, dass wir sie gezeugt haben?

– Passeggiatina notturna?

– Già.

Parlammo un po' del tempo – la gelata della settimana scorsa, il vento che era calato, l'umidità. Non sapevo come arrivare al punto.

– Non avete perso un bastone da passeggio, per caso?

I vicini si strinsero nelle spalle.

– Ho trovato un bastone, me l'hanno poggiato davanti a casa.

– No, ancora ce la facciamo con le nostre gambe.

Sorrisi, lievemente in imbarazzo.

– Buonasera, allora.

– *Buonanotte*, vista l'ora.

Guardai l'orologio: mia figlia stava ritardando. Non era mai successo prima, che ritardasse. Sentii la porta di casa dei vicini chiudersi, e tornai sui miei passi, fino al bastone. E se non lo avessero perso, ma avessero *voluto* lasciarlo lí, proprio dov'era? Guardai meglio, tra l'impugnatura e il fusto. Cercavo una fascetta con incisa una scritta, una data, una dedica, qualche informazione che magari mi sarebbe tornata utile. Non c'era niente. Rimasi ancora a osservarlo e mi parve una stortura, una cosa fuori posto, un'anomalia rispetto all'ordine e alla disposizione della mia vita e di quella della mia famiglia. E se fosse stato un oggetto magico, il simbolo di un rituale malevolo? Ebbi la netta impressione che il bastone portasse sfortuna. Lo misi in relazione col ritardo di mia figlia, e di nuovo mi venne l'impulso di prenderlo e gettarlo via, lontano dal cancello di casa. Stavo per dargli un calcio, ma mi limitai a strascicare i piedi sul marciapiede e rientrare.

«Kleiner nächtlicher Spaziergang?»

«So ist es.»

Wir redeten übers Wetter, den Frost der vergangenen Woche, den Wind, der sich gelegt hatte, die Feuchtigkeit. Ich wusste nicht, wie ich auf den Punkt kommen sollte.

«Sie haben nicht zufällig einen Spazierstock verloren?»

Die Nachbarn zuckten die Achseln.

«Ich habe einen Stock gefunden, er lehnt bei mir vor dem Haus.»

«Nein, noch schaffen wir es mit unseren Beinen.»

Ich lächelte verlegen.

«Also dann, guten Abend.»

«Um diese Zeit eher *gute Nacht*!»

Ich sah auf die Uhr. Meine Tochter verspätete sich. Sie hatte sich noch nie verspätet. Ich hörte die Haustür der Nachbarn ins Schloss fallen und ging denselben Weg zurück bis zu dem Stock. Und wenn er doch nicht verloren, sondern absichtlich dort stehengelassen worden war, genau an der Stelle? Ich sah ihn mir gründlich an, unterhalb des Griffs, suchte nach einem Schildchen mit eingravierter Schrift, einem Datum, einer Widmung, irgendetwas, das mir vielleicht einen Hinweis gegeben hätte. Aber da war nichts. Ich studierte ihn noch eine Weile; er kam mir befremdlich vor, fehl am Platz, ein Störfaktor in der Ordnung und Bestimmung meines Lebens und des Lebens meiner Familie. Und wenn er ein magischer Gegenstand war, das Symbol eines böswilligen Rituals? Ich hatte das deutliche Gefühl, der Stock würde Unglück bringen. Gab es einen Zusammenhang mit der Verspätung meiner Tochter? Wieder reizte es mich, ihn zu nehmen und wegzuwerfen, weit weg vom Gartentor. Fast hätte ich ihm einen Fußtritt gegeben, beschränkte mich dann aber darauf, auf dem Gehweg nach Hause zu schlurfen.

4.

Mia figlia accumulò un'ora di ritardo: un tempo interminabile. Un'ora in piú rispetto all'ora extra che le avevamo concesso, che le concedevamo il sabato. Quando una macchina imboccava la strada, e la sentivo avvicinarsi, mi precipitavo alla finestra del salotto che dava sul giardino. Non sapevo neanche chi la riaccompagnasse, dove fosse andata, chi vedesse. Mi buttai la croce addosso. Ma non era facile avere a che fare con una adolescente. Se provavo a informarmi metteva il broncio, si chiudeva nella sua camera, lamentandosi che ormai «era cresciuta, aveva la sua vita». Tutta la mia attenzione si rivolse ai rumori che provenivano dall'esterno. La sirena di un'ambulanza mi fece quasi sobbalzare. Svegliai mia moglie.

– Che ore sono?

– È tardi.

– Prova sul cellulare.

Timidamente, composi il numero. Sapevo bene che doveva essere l'ultima spiaggia. Ma che altro mi era rimasto? Poi non potei credere a quello che sentii. Il cellulare di mia figlia squillò dalla sua camera. Percorsi il corridoio a passi frettolosi, la trovai a letto: i jeans, il maglione, le scarpe scagliati a terra alla rinfusa.

– Ma che vuoi?

– E quando saresti rientrata?

– All'una, come da accordi.

Aveva ancora il trucco intorno agli occhi.

– Ah, perché io ero fuori e allora ... Non me ne sono accorto.

4.

Meine Tochter hatte bereits eine Stunde Verspätung – eine unendlich lange Zeit. Eine Stunde mehr als die Extrastunde, die wir ihr zugestanden hatten, die wir ihr nur samstags zugestehen. Wenn ein Auto in die Straße einbog und ich es näherkommen hörte, stürzte ich ans Wohnzimmerfenster, das zum Garten hinausging. Ich wusste ja nicht einmal, wer sie nach Hause bringen würde, wo sie hingegangen war, mit wem sie sich traf. Ich quälte mich schrecklich. Es war nicht leicht mit einem jungen Mädchen. Wenn ich den Versuch machte, mich zu erkundigen, schmollte sie, schloss sich in ihr Zimmer ein und beschwerte sich, sie sei jetzt groß und hätte ihr eigenes Leben. Meine ganze Aufmerksamkeit galt den Geräuschen, die von draußen kamen. Die Sirene eines Krankenwagens ließ mich zusammenfahren. Ich weckte meine Frau.

«Wie spät ist es?»

«Spät.»

«Versuch es auf dem Handy.»

Zögernd wählte ich die Nummer. Das war, wie ich nur allzu gut wusste, wirklich das äußerste Mittel. Doch was sollte ich sonst tun? Was ich dann hörte, konnte ich nicht glauben! Das Handy meiner Tochter klingelte in *ihrem* Zimmer. Eilig lief ich den Gang entlang – und fand sie im Bett! Jeans, Pullover, Schuhe lagen wild verstreut am Boden.

«Was *willst* du denn?»

«Ja, seit wann bist du denn da?»

«Seit eins, wie vereinbart!»

An den Augen hatte sie immer noch Schminke.

«Ach so. Ich war nämlich draußen und deswegen … Ich habe es nicht gemerkt.»

– È un problema tuo.

Guardai oltre la finestra: tra poco l'alba ci avrebbe consegnato una domenica mattina d'inverno, indolente e piena di profumi festivi. Mia moglie continuava a ridere dalla nostra camera da letto.

– Hai sonno?

– Cosí cosí.

Mia figlia mi guardò incuriosita: a quell'età non si ha mai sonno.

– Andiamo a fare colazione?

– Ci trovi quelli della discoteca, a quest'ora.

– Ti vergogni di me?

Fuori, ci aspettava il bastone. Lo guardai di sbieco, un poco sollevato, ma con l'intenzione di tirare dritto. Mia figlia invece si fermò.

– Hai visto?

– Sí, neanche i vicini ne sanno niente.

Mia figlia lo afferrò cominciando a ruotarlo scherzosa. Fece quel che io non avevo avuto il coraggio di fare. Poi – i capelli castani rigogliosi, il seno dritto, le gambe affusolate, tutta la sua bellezza elastica in movimento –, lo scagliò con violenza, come una cosa da nulla, sul marciapiede.

– Vieni, tu appoggiati a me.

«Das ist dein Problem!»

Ich blickte aus dem Fenster. Bald würde uns die Morgenröte einen winterlichen Sonntagmorgen bescheren, geruhsam und voller feiertäglicher Düfte. Aus unserem Schlafzimmer hörte ich immer noch meine Frau lachen.

«Bist du müde?»

«So lala.»

Meine Tochter sah mich neugierig an. In diesem Alter war man nie müde.

«Gehen wir frühstücken?»

«Um diese Zeit triffst du da die Leute aus der Disco.»

«Schämst du dich mit mir?»

Draußen wartete der Stock. Ein wenig erleichtert blickte ich ihn aus dem Augenwinkel an, hatte aber vor, vorbeizugehen. Meine Tochter jedoch blieb stehen.

«Hast du gesehen?»

«Ja, die Nachbarn wissen auch nichts.»

Meine Tochter nahm ihn und ließ ihn fröhlich kreisen. Sie tat das, wozu ich nicht den Mut besessen hatte. Das üppige kastanienbraune Haar, die spitzen Brüste, die wohlgeformten Beine – ihre ganze Schönheit in geschmeidiger Bewegung. Sie schmetterte den Stock mit aller Kraft auf den Gehsteig, einfach so.

«Komm, du kannst dich ja auf mich stützen!»

La nuova filosofia

1.

Alle otto in punto, cascasse il mondo, ci mettevamo seduti e cominciava la cena. Mia moglie preparava da mangiare, mio figlio apparecchiava. Tutti collaboravano a instaurare un'atmosfera tranquilla. Non c'erano conflitti, perché avevamo provato a trascorrere una giornata seguendo le rispettive inclinazioni. Questa era la nostra filosofia, o almeno quella che avevo cercato di insegnare. La stabilità economica non c'entrava per niente. Conoscevo famiglie benestanti che al primo problema si erano sfasciate. Era questione d'approccio, di rispetto e tolleranza. Se mia moglie voleva rifare il vialetto del giardino utilizzando una ghiaia meno polverosa, nessuno glielo impediva. Se mio figlio desiderava dieci pacchetti di figurine giornalieri per il suo album, sapeva che sarebbe stato accontentato. Tanto per citare due fatti che si erano verificati ultimamente. Era questione di assecondare i desideri altrui, di farsi in quattro per capirli e, se possibile, non ostacolarli.

Anche noi avevamo attraversato turbolenze. Prima ognuno tirava l'acqua al suo mulino, l'egoismo si depositava sulle cose come polvere, e bastava un niente per tirarlo su. Il clima da guerriglia culminò in una fiammata che annerí il soffitto. Questione di una cena in cui eravamo in disaccordo sul menu. Io avrei voluto carne, mia moglie pesce, e mio figlio gelato come primo, secondo e dolce. Ci

Die neue Philosophie

1.

Punkt acht, und ginge die Welt unter, setzten wir uns zum Abendessen. Meine Frau bereitete das Essen, mein Sohn deckte den Tisch. Jeder trug zu einer friedlichen Atmosphäre bei. Es gab keine Konflikte, weil wir versuchten, den Tag unseren jeweiligen Neigungen entsprechend zu verbringen. Das war unsere Philosophie oder zumindest das, was ich versucht habe, ihnen beizubringen. Wirtschaftliche Stabilität hatte damit überhaupt nichts zu tun. Ich kannte wohlhabende Familien, die schon beim ersten Problem auseinanderbrachen. Es war einfach eine Frage der Einstellung, des Respekts und der Toleranz. Wenn meine Frau den kleinen Gartenweg neu gestalten wollte und dazu Kies verwendete, der weniger staubte, hinderte sie keiner daran. Wenn mein Sohn täglich zehn Päckchen von diesen Bildchen für sein Album wollte, wusste er, dass er sie bekommen würde – um nur zwei Dinge aus der letzten Zeit zu erwähnen. Es ging darum, den Wünschen anderer entgegenzukommen, sich größte Mühe zu geben, Verständnis für sie zu haben und ihnen möglichst nicht im Wege zu stehen.

Auch wir waren durch turbulente Zeiten gegangen. Am Anfang kochte jeder sein eigenes Süppchen, Egoismus legte sich auf alles wie Staub, und es genügte eine winzige Kleinigkeit, um ihn aufzuwirbeln. Die feindselige Atmosphäre gipfelte in einer Flamme, die die Decke schwärzte. Wegen eines Abendessens, bei dem wir uns über die Speisenfolge nicht einigen konnten. Ich wollte Fleisch, meine Frau Fisch und mein Sohn Eis als Vorspeise, als Hauptgericht und als

dimenticammo dei fornelli accesi. La pentola prese fuoco, i manici di gomma si sciolsero. Mia moglie si buttò a terra. Continuava a ripetere che in basso si respirava meglio. L'aveva letto in un pieghevole che spiegava come fronteggiare un incendio domestico. Mi urlò di sdraiarmi. Ubbidii soltanto per tranquillizzarla. Quando riuscii a soffocare le fiamme con il coperchio della pentola, capii che cosí non poteva piú andare. C'era bisogno di un salto di qualità ermeneutico, di una proposizione chiara e inequivocabile: *non c'era niente oltre l'amore, l'amore era la sorgente del fiume*.

Io ero il primo beneficiario della nostra filosofia. La mia famiglia sapeva che dopo cena, da un po' di tempo a questa parte, mi accendevo un sigaro nella solitudine del mio studio. Di solito nel primo pomeriggio facevo una pennichella, poi mi trastullavo con il mio bulldog in attesa della cena. Quando arrivava l'ora, mi limitavo a infilarmi il sigaro in bocca e a dirigermi nello studio.

Questo almeno fino al giorno in cui mia moglie venne a spalancare le finestre indispettita. Ci mancò poco che mi lasciassi cadere il sigaro di bocca. Fui molto stupito del suo atteggiamento.

– Che succede cara?

– Mi spiace, il fumo appesta tutta la casa.

La ascoltai mentre agitava le mani, nel tentativo di far circolare un po' d'aria.

– Com'è possibile? Quando fumo mi chiudo dentro.

– Il fumo passa da *sotto* la porta.

Non risposi, ma il mio silenzio doveva essere molto

Nachspeise. Wir vergaßen die eingeschalteten Herdplatten. Der Topf fing Feuer, die Gummigriffe schmolzen. Meine Frau warf sich auf den Boden und sagte ständig, dass man unten besser atmen könne. Sie hatte in einem Faltblatt gelesen, wie man sich im Falle eines Wohnungsbrandes verhalten soll. Sie brüllte mich an, ich solle mich hinlegen. Nur um sie zu beruhigen, gehorchte ich. Als es mir gelungen war, die Flammen mit dem Deckel des Topfes zu ersticken, wurde mir klar, dass es so nicht weitergehen konnte. Es bedurfte eines Sprungs geradezu hermeneutischer Qualität, einer klaren und unmissverständlichen Aussage: *Nichts ging über die Liebe, die Liebe war die Quelle des Flusses.*

Ich war der erste Nutznießer unserer Philosophie. Meine Familie wusste, dass ich mir seit einiger Zeit nach dem Abendessen in der Stille meines Arbeitszimmers eine Zigarre anzündete. Ich machte gewöhnlich am frühen Nachmittag ein Nickerchen und spielte dann bis zum Abendessen mit meiner Bulldogge. Zu gegebener Zeit begnügte ich mich damit, mir die Zigarre nur zwischen die Lippen zu stecken, und begab mich ins Arbeitszimmer.

So war es zumindest bis zu dem Tag, an dem meine Frau verärgert die Fenster aufriss. Es fehlte nicht viel und ich hätte die Zigarre aus dem Mund fallen lassen, so perplex war ich angesichts ihres Verhaltens.

«Was ist los, Liebste?»

«Tut mir leid, aber der Rauch verpestet das ganze Haus.»

Ich hörte ihr zu, während sie mit den Händen herumwedelte, um die Luft ein wenig in Bewegung zu bringen.

«Wie kann das sein? Ich mach doch die Tür zu, wenn ich rauche!»

«Der Rauch zieht *unter* der Tür durch.»

Ich erwiderte nichts, doch mein Schweigen war ausge-

eloquente. Mi sembrava un'esagerazione, né piú né meno. Una stupida fissa che metteva a repentaglio la nostra filosofia di vita.

– Sul serio?

– Sul serio. Di là soffochiamo.

Spensi il sigaro, senza fare una piega. Ci si doveva venire incontro, questo era fondamentale per una pacifica convivenza. Mi sforzai perfino di sorridere.

– Non c'è problema cara.

2.

All'inizio mi pesò rinunciare al mio sigaro. Si trattava di una preziosa scatola di cubani, un regalo di un amico a cui tenevo molto. Tuttavia l'interesse della famiglia veniva prima del mio interesse personale. Me lo ripetevo spesso, quando mi prendeva una voglia matta di fumare nel mio studio, e invece dovevo uscire in giardino, a bivaccare come uno zingaro. L'atmosfera di casa rimase distesa. Bastava evitare di farsi domande troppo scomode. Ad esempio: perché mia moglie e mio figlio facevano quello che gli pareva, mentre io ero costretto a sacrificarmi? Mi distraevo giocando con il mio bulldog. Col passare degli anni era diventato decisamente piú mansueto, trascorreva gran parte della giornata sonnecchiando. Gli carezzavo il pelo liscio per ore. Il muso perennemente imbronciato, e i sospiri che ogni tanto emetteva, m'illudevano che potesse comprendere il mio disappunto.

A una certa ora accompagnavo mio figlio a com-

sprochen vielsagend. Ich fand es einfach übertrieben, sonst nichts. Eine dumme, fixe Idee, die unsere Lebensphilosophie gefährdete.

«Meinst du das im Ernst?»

«Ich meine es ernst. Wir ersticken da drüben!»

Ohne eine Miene zu verziehen, drückte ich die Zigarre aus. Man musste sich entgegenkommen, das war grundlegend für ein friedliches Zusammenleben. Ich zwang mich sogar zu einem Lächeln.

«Kein Problem, Liebste.»

2.

Anfangs fiel es mir schwer, auf meine Zigarre zu verzichten. Sie stammte aus einer Kiste wertvoller kubanischer Zigarren, Geschenk eines Freundes, den ich sehr schätzte. Trotzdem, die Interessen meiner Familie gingen vor. Das sagte ich mir immer, wenn ich wahnsinnige Lust hatte, eine in meinem Arbeitszimmer zu rauchen, statt draußen im Garten wie ein Zigeuner zu kampieren. Die Atmosphäre im Haus blieb entspannt. Ich musste nur vermeiden, mir ärgerliche Fragen zu stellen, wie zum Beispiel, warum meine Frau und mein Sohn taten, was sie wollten, während ich mich opfern musste? Ich lenkte mich ab und spielte mit meiner Bulldogge. Mit den Jahren war sie deutlich ruhiger geworden, verbrachte die meiste Zeit des Tages dösend. Stundenlang streichelte ich ihr glattes Fell. Wegen des ständig mürrischen Gesichts und der Seufzer, die sie ab und zu von sich gab, bildete ich mir ein, dass sie meinen Verdruss verstand.

Zur gewohnten Stunde begleitete ich meinen Sohn zum

prare le figurine. Sicuro, l'interesse della famiglia veniva prima del mio interesse personale, eppure la storia dei sigari proprio non mi andava giù. Avevo bisogno di sfogarmi, di prendermela con qualcuno.

– Dieci pacchetti.

Guardai mio figlio col portafoglio già in mano, pronto a saldare il conto. Nessun altro bambino aveva la faccia tosta di pretendere ben dieci pacchetti al giorno. I piú viziati potevano arrivare a cinque, sei. Mi montò una specie di rabbia, una ferocia inaudita.

– Da oggi sono nove, capito?

– Ma tu dicevi che dieci andavano bene.

– Mi sbagliavo.

– Nove o dieci che differenza fa?

Il viso gli diventò paonazzo. Stringeva i pacchetti che avevo deciso di accordargli nel pugno, con frustrazione. Si stava per mettere a piagnucolare lí davanti all'edicola. Doveva trovare quell'improvviso cambiamento un'insopportabile ingiustizia. Tale e quale a quella che avevo subito io.

– Un'enorme differenza, credimi.

3.

Dopo il torto inflitto arbitrariamente a mio figlio mi sentii subito meglio. Piú leggero, piú rilassato. Il divieto di fumare passò quasi in secondo piano. La vita, dopo una brusca interruzione, aveva ripreso il suo andamento privo di scossoni. Passavo la maggior parte del tempo con il bulldog. Gli tiravo degli

Bildchenkaufen. Gewiss, das Interesse der Familie kam vor meinen eigenen Wünschen, aber die Sache mit den Zigarren konnte ich einfach nicht schlucken. Ich musste mich abreagieren, musste mich mit jemandem anlegen.

«Zehn Päckchen.»

Das Portemonnaie schon in der Hand, um zu zahlen, blickte ich meinen Sohn an. Kein anderes Kind hatte die Stirn, ganze zehn Päckchen pro Tag zu verlangen. Die verwöhntesten konnten es vielleicht auf fünf oder sechs bringen. Unglaubliche, mit Grausamkeit gepaarte Wut stieg in mir hoch.

«Ab heute nur *neun*, verstanden?»

«Du hast aber gesagt, dass zehn in Ordnung sind.»

«Ich habe mich eben geirrt.»

«Neun oder zehn, was ist da für ein Unterschied?»

Sein Gesicht färbte sich dunkelrot. Frustriert umklammerte er die Päckchen, die ich ihm zu genehmigen beschlossen hatte. Er war kurz davor, dort vor dem Kiosk zu heulen anzufangen. Die plötzliche Änderung musste er als unerträgliche Ungerechtigkeit empfinden. So wie es auch mir ergangen war.

«Ein Riesenunterschied, das kannst du mir glauben!»

3.

Nachdem ich meinem Sohn willkürlich Unrecht zugefügt hatte, ging es mir gleich besser. Ich fühlte mich leichter und entspannter. Das Rauchverbot trat sozusagen an zweite Stelle. Nach einer abrupten Unterbrechung nahm das Leben wieder seinen störungsfreien Lauf. Ich verbrachte die meiste Zeit mit meiner Bulldogge, warf ihr Gummiknochen

ossi di gomma a cui non era per niente interessato. Non me li riportava mai. Mi sembrava un cane con molta personalità. Si limitava ad aprire un occhio, rimanendo accucciato. All'osso riservava uno sguardo di sufficienza, a me di tenerezza. Quasi fosse troppo vecchio e saggio per perdersi dietro ai passatempi che gli proponevo.

Poi ci fu la tragedia del vialetto. Mia moglie cominciò a sbraitare come un'invasata. Le urla provenivano dal giardino. Io mi trovavo nello studio, andai alla finestra e mi sporsi di sotto. Vidi uno spettacolo apocalittico. La ghiaia del vialetto era stata buttata nell'erba del giardino. Scarpate qua e là attestavano un accanimento fuori dal comune. Naturalmente, risalire al colpevole non fu complicato. L'impronta della scarpa devastatrice era identica a quella di mio figlio. Il processo per direttissima si svolse poco dopo, in salotto.

– Perché l'hai fatto?

Mia moglie, ancora scossa, lo chiese balbettando. Mio figlio si trincerava dietro un mutismo inscalfibile. Io sapevo bene che cosa gli passasse per la mente. Aveva semplicemente fatto a mia moglie ciò che io avevo fatto a lui, e mia moglie a me. Era una catena di torti dolorosi, ma non per questo incomprensibili.

– Sai quanto ci tengo al vialetto, perché l'hai fatto?

Ogni tanto mia moglie mi faceva cenno con la testa di dire qualcosa. E non soltanto perché, stretto tra due fuochi, mio figlio sarebbe stato piú vulnerabile. In fondo ero io il capo filosofico della famiglia.

zu, an denen sie nicht im Geringsten interessiert war. Sie brachte sie mir nie. Ich fand, sie war ein Hund mit viel Persönlichkeit. Sie öffnete höchstens ein Auge und blieb liegen. Für den Knochen hatte sie nur einen müden Blick übrig, für mich einen zärtlichen. Als sei sie zu alt und weise, um mit solchen von mir vorgeschlagenen Spielchen ihre Zeit zu vergeuden.

Dann kam die Tragödie mit dem Gartenweg. Meine Frau brüllte plötzlich wie eine Wahnsinnige. Das Geschrei kam aus dem Garten. Ich befand mich im Arbeitszimmer, ging ans Fenster und sah hinunter. Es bot sich mir ein apokalyptisches Spektakel. Der Kies des Weges war in die Wiese geworfen worden. Fußspuren hier und da zeugten von außergewöhnlicher Wut. Natürlich war es nicht schwer, den Schuldigen auszumachen. Der Abdruck des zerstörerischen Schuhs stimmte mit dem meines Sohnes überein. Der Prozess im Eilverfahren fand kurz danach im Wohnzimmer statt.

«Warum hast du das getan?»

Stotternd fragte ihn meine innerlich noch bebende Frau. Mein Sohn verschanzte sich hinter undurchdringlichem Schweigen. Ich wusste sehr gut, was ihm durch den Kopf ging. Er hatte meiner Frau einfach das angetan, was ich ihm angetan hatte und meine Frau mir. Es war eine Kette schmerzhafter, deswegen aber nicht unverständlicher Ungerechtigkeiten.

«Du weißt doch, wie viel mir an dem Weg liegt! Warum hast du das getan?»

Hin und wieder machte meine Frau mir Zeichen mit dem Kopf, damit auch ich etwas sagte. Nicht nur, weil mein Sohn zwischen zwei Feuern verwundbarer gewesen wäre, sondern weil im Grunde ich der Spezialist für Philosophie in der

Avevo sempre cercato di elaborare concetti precisi riguardo ai comportamenti da tenere in gruppo, e in particolare in quel gruppo insolito, eppure comunissimo, denominato famiglia. Ma stavolta non dissi niente. Non volli dire niente. Se solo avessi potuto fumare il sigaro nello studio, non saremmo mai arrivati a tanto. Poi mio figlio parlò.

– È cosí e basta, non c'è un perché.

4.

Continuavamo a cenare alle otto in punto, cascasse il mondo. Mia moglie cucinava e mio figlio apparecchiava. Ma dovevo ammettere che il clima adesso era molto teso. Se io e mio figlio tutto sommato avevamo superato i rispettivi traumi, e davamo l'impressione di esserceli in qualche modo lasciati alle spalle, per mia moglie l'affronto del vialetto si rivelò un colpo davvero duro da digerire. Divenne intrattabile. Borbottava tra sé, e passava lunghi periodi della giornata lontano da casa. Non volli drammatizzare. Il cerchio dei torti si era chiuso: tutti e tre ne avevamo subiti e inflitti.

– Me ne compri dieci oggi?

Ovviamente mio figlio si riferiva ai pacchetti di figurine, voleva tornare ai vecchi tempi. Ci riflettei, ma nemmeno poi tanto.

– Oggi te ne compro undici, solo oggi intesi?

– E domani di nuovo nove?

– No, domani di nuovo dieci, come prima.

Se io non potevo fumare il sigaro, almeno mio

Familie war. Ich habe mich immer bemüht, ausgefeilte Konzepte für ein Verhalten in der Gruppe zu erarbeiten, insbesondere in so einer ungewöhnlichen, wenngleich alltäglichen Gruppe, Familie genannt. Aber diesmal sagte ich nichts. Ich wollte nichts sagen. Hätte man mich meine Zigarre im Arbeitszimmer rauchen lassen, wäre es nie so weit gekommen. Schließlich sprach mein Sohn.

«Es ist einfach so und basta. Da gibt es kein Warum.»

4.

Und ginge die Welt unter, wir aßen weiterhin Punkt acht zu Abend. Meine Frau bereitete das Essen, mein Sohn deckte den Tisch. Ich muss allerdings zugeben, dass die Stimmung jetzt sehr gespannt war. Wenn mein Sohn und ich im Großen und Ganzen unsere jeweiligen Traumata auch überwunden hatten und den Eindruck erweckten, sie in gewisser Weise hinter uns gelassen zu haben, entpuppte sich für meine Frau der Affront mit dem Weg als harter, wirklich schwer zu verdauender Schlag. Sie wurde ungenießbar, maulte vor sich hin und verbrachte viel Zeit außer Haus. Ich wollte kein Drama daraus machen. Der Kreis der Ungerechtigkeiten hatte sich geschlossen. Alle drei hatten wir zugefügt und erlitten.

«Kaufst du mir heute zehn?»

Mein Sohn sprach offenbar von seinen Bildchen und wollte zu den alten Zeiten zurückkehren. Ich überlegte nicht einmal lange.

«Heute kaufe ich dir *elf*. Aber nur heute. Ist das klar?»

«Und morgen wieder neun?»

«Nein, morgen wieder zehn, wie vorher.»

Wenn ich schon nicht meine Zigarre rauchen durfte,

figlio avrebbe avuto ciò che desiderava. D'un tratto aver insistito a comprare nove pacchetti anziché dieci mi apparve solo una crudele stupidaggine. Chissà, magari anche il meccanismo «una gentilezza tira l'altra» avrebbe funzionato. Dovevo invertire la rotta. Durò poco, praticamente niente. Quando rientrammo dall'edicola, mia moglie usci dal mio studio con una risata squillante. Erano giorni che non rideva piú, e il fatto mi allarmò.

– Perché eri nel mio studio?

– Perché ti amo.

Non seppi cosa opporre a quella risposta contorta e stralunata. Mia moglie fece guizzare il suo sguardo nel mio. Uno sguardo onnipotente che mi fece balbettare.

– Mi ami? E cosa c'entra?

– Ma non c'è niente oltre l'amore, l'amore è la sorgente del fiume.

Entrai nello studio con una brutta sensazione. Apparentemente era tutto in ordine. L'enciclopedia universale occupava l'ultimo ripiano della libreria, la vetrinetta custodiva gli scheletri di alcuni dinosauri in miniatura. Poi c'erano ancora il fermacarte, una lampada estensibile che illuminava una pila di documenti e la vecchia poltrona imbottita che usavo come pensatoio. Il mio bulldog era steso sul tappeto. La testa massiccia abbandonata su una zampa, le pieghe della pelle inerti.

Avevamo appena cominciato, con la nuova filosofia.

dann sollte wenigstens mein Sohn bekommen, was er sich wünschte. Plötzlich darauf bestanden zu haben, nur neun statt zehn Päckchen zu kaufen, kam mir wie eine grausame Dummheit vor. Wer weiß, vielleicht würde ja auch der Mechanismus «eine Gefälligkeit zieht die nächste nach sich» funktionieren. Ich musste den Kurs ändern. Es hielt nicht lange an, praktisch überhaupt nicht. Als wir vom Kiosk zurückkehrten, kam gerade meine Frau laut lachend aus meinem Arbeitszimmer. Seit Tagen hatte sie nicht mehr gelacht, deshalb beunruhigte es mich.

«Warum warst du in meinem Zimmer?»

«Weil ich dich liebe.»

Ich wusste nicht, was ich dieser abwegigen und seltsamen Antwort entgesetzen sollte. Meine Frau blitzte mich kurz an. Ein machtbewusster Blick, der mich ins Stottern brachte.

«Du liebst mich? Und was hat das damit zu tun?»

«Aber es geht doch nichts über die Liebe, die Liebe ist die Quelle des Flusses.»

Mit ungutem Gefühl betrat ich das Arbeitszimmer. Es schien alles in Ordnung. Das Konversationslexikon stand im letzten Fach des Regals, im Glasschränkchen befanden sich die Skelette einiger Miniaturdinosaurier. Dann waren da noch der Briefbeschwerer, eine ausziehbare Lampe, die Licht auf einen Stoß Dokumente warf, und der alte Polstersessel, der mir als Ort des Nachdenkens diente. Meine Bulldogge lag ausgestreckt auf dem Teppich, der mächtige Kopf niedergesunken auf eine Pfote, die Falten des Fells regungslos.

Wir hatten mit der neuen Philosophie gerade erst begonnen.

Ultimi fuochi

1.

I fuochi d'artificio erano sempre uno spettacolo significativo. Non saprei dire se bello o brutto. Se piú gioioso o straziante. Ogni volta che mi mettevo a guardarli, pensavo che era passato un anno dall'ultima volta che li avevo visti. E poi sí, portavano in sé questo elemento di caducità, venivano sparati in alto, fiorivano lassú nel cielo, e subito dopo appassivano. Rappresentavano il tempo. Il tempo e la vita.

Dopo ci eravamo comprati lo zucchero filato, e avevamo seguito il flusso di persone che a poco a poco, chi da una parte chi dall'altra, si stava disperdendo.

– Che cosa ti sembra?

– Un batuffolo di cotone.

– A me una nuvola.

– Una nuvola caduta su un bastoncino.

Annuii e mia moglie sorrise. Succedeva talmente di rado nell'ultimo periodo che, come tutte le cose a cui non si è piú abituati, vederla sorridere mi fece quasi male. Fu in quel momento che mi sentii *afferrare* una mano. Guardai in basso e la bambina era lí. Mi dava la mano con estrema naturalezza, senza timore. Per quanto assurdo potesse apparire, a spaventarci fummo noi: mia moglie si immobilizzò, rivolgendomi uno sguardo interrogativo, e io per qualche istante non spiccicai parola. Era un'intrusione del tutto inaspettata, che ci aveva presi alla sprovvista.

Letztes Feuerwerk

1.

Das Feuerwerk war immer ein bedeutungsvolles Schauspiel. Ich könnte nicht sagen, ob es gut war oder schlecht, ob fröhlich oder quälend. Jedes Mal, wenn ich hinging, um es mir anzusehen, dachte ich, dass seit dem letzten Mal nun schon wieder ein Jahr vergangen war. Nun, Feuerwerk hat ja auch etwas Vergängliches an sich. Die Raketen werden hinaufgeschossen, blühen dort oben am Himmel auf, um gleich wieder dahinzuwelken. Sie stehen für die Zeit. Die Zeit und das Leben.

Danach kauften wir uns Zuckerwatte und folgten dem Strom von Menschen, der sich nach und nach in die eine oder andere Richtung verlor.

«Woran erinnert dich das?»

«An einen Wattebausch.»

«Mich an eine Wolke.»

«Eine Wolke, die auf ein Stöckchen gefallen ist.»

Ich nickte und meine Frau lächelte. Das geschah so selten in letzter Zeit. Sie lächeln zu sehen, tat mir fast weh, wie so vieles, woran man nicht mehr gewöhnt ist. Genau in diesem Moment fühlte ich, wie meine Hand ergriffen wurde. Ich blickte hinab, und da war dieses kleine Mädchen. Mit der größten Selbstverständlichkeit und gar nicht ängstlich gab sie mir die Hand. So absurd es auch erscheinen mag – wir waren es, die erschraken. Meine Frau erstarrte, warf mir einen fragenden Blick zu, und ich konnte erstmal kein Wort hervorbringen. Ein völlig unerwartetes Eindringen hatte uns aus heiterem Himmel überfallen.

– E tu chi sei?

La bambina si limitò a farmi una linguaccia. Come se non ci fosse nient'altro da aggiungere. La sua mano era sempre chiusa nella mia. Non stringeva, non tirava in nessuna direzione particolare. Rimanemmo tutti e tre immobili, a ostacolare il flusso delle persone. Mi venne in mente l'immagine di una pietra in un ruscello. Lentamente riacquistammo plasticità, ci avvalemmo di un movimento. Cominciammo a camminare. Un passo dopo l'altro per una dozzina di passi, tutto qui. In un certo senso accettammo l'assurdità della situazione: ritrovarci con una bambina al seguito che non si era annunciata né presentata. Poi, finalmente, parlò.

– Mi sono persa.

2.

La bambina centellinava le parole. A volte le spezzava in sillabe, prendendosi pause esageratamente lunghe fra una sillaba e l'altra. Piú di frequente se le mangiava, o le faceva scomparire in lunghi respiri. Poi magari faceva una linguaccia. Continuammo a camminare, ignorando se ci stessimo avvicinando al punto in cui la bambina si era persa.

– Hai perso mamma e papà?

– Sí.

– Ti ricordi il loro numero di cellulare?

– Non me lo ricordo.

– E dove li hai persi?

– Per di qua.

Indicò con l'indice un punto indeterminato alle no-

«Wer bist du denn?»

Das kleine Mädchen streckte mir nur die Zunge raus. Als wäre dem nichts hinzuzufügen. Ihre Hand war immer noch in meiner. Sie drückte sie nicht, zog auch nicht in eine bestimmte Richtung. Wir blieben alle drei regungslos stehen, behinderten den Menschenstrom. Ich hatte plötzlich das Bild eines Steines in einem Bach vor mir. Langsam kam wieder Leben in uns, setzten wir uns in Bewegung, gingen weiter, Schritt für Schritt, etwa ein Dutzend Schritte. Das war alles. In gewisser Weise fügten wir uns in die absurde Situation, plötzlich ein Kind bei uns zu haben, das sich weder angekündigt, noch vorgestellt hat. Schließlich sprach es.

«Ich habe mich verlaufen.»

2.

Die Worte des Kindes kamen nur tropfenweise. Manchmal trennte sie sie in Silben, machte zwischen der einen und der anderen übertrieben lange Pausen. Noch öfter verschluckte sie sie oder ließ sie in langen Atemzügen verschwinden. Dann streckte sie auch mal die Zunge raus. Wir gingen weiter, ohne zu wissen, ob wir uns dem Punkt näherten, von dem aus das Mädchen sich verlaufen hatte.

«Hast du Mama und Papa verloren?»

«Ja.»

«Weißt du ihre Handynummer?»

«Nein, die weiß ich nicht.»

«Wo hast du sie denn verloren?»

«Da irgendwo.»

Sie deutete mit dem Zeigefinger auf einen unbestimmten

stre spalle. Ci fermammo, pronti a girare i tacchi, ma la bambina non ne volle sapere.

– Adesso bisogna andare per di qua.

Ci lasciammo guidare. La bambina in mezzo, io e mia moglie al suo fianco. Presi a osservarla. Al polso aveva un braccialetto di corda, uno di quelli multicolore che si comprano sulle bancarelle. Le maniche della camicia svolazzavano sopra i gomiti e la gonna arrivava al polpaccio. Dava l'impressione di una bambina abbastanza curata. Mi accorsi anche del fango sulle scarpe. Erano scarpe da tennis, e risaltava sul bianco della gomma. Mi abbassai per controllare meglio: c'erano pezzi di fanghiglia e fili d'erba attaccati al bordo delle suole.

– Dov'eri a vedere i fuochi?

– Sulle spallette del fiume.

In effetti per raggiungere le spallette si poteva camminare lungo l'argine.

– E ti sono piaciuti?

Dondolò il capo in segno di assenso. Mia moglie sorrise di nuovo. Due volte nella stessa serata, un successo oltre ogni aspettativa. Dopo si mise addirittura a ridacchiare. La bambina la stava conquistando, poco ma sicuro. Le metteva allegria, le dava un senso di famiglia. Quante volte mi aveva ripetuto che un uomo e una donna da soli non bastavano a formare una famiglia? Che una famiglia, per definizione, per la sua personale definizione, necessitava almeno di un terzo elemento? Mi preparai al peggio: non era passato neanche un mese dall'ultima volta che le avevo negato un figlio.

Punkt hinter uns. Wir blieben stehen, um auf dem Absatz kehrtzumachen, doch die Kleine wollte nichts davon wissen.

« Jetzt müssen wir hier langgehen. »

Wir ließen uns führen. Das Kind in unserer Mitte. Ich beobachtete es. Am Handgelenk trug es ein Freundschaftsbändchen, eines von diesen bunten Armbändchen, die es an Ständen zu kaufen gibt. Die Ärmel ihrer Bluse flatterten über den Ellbogen, der Rock reichte bis zu den Waden. Das Mädchen machte einen recht gepflegten Eindruck. Ich bemerkte auch den Schlamm an ihren Schuhen. Es waren Tennisschuhe, auf dem weißen Gummi fiel er besonders auf. Ich bückte mich, um es besser sehen zu können. Am Rand der Sohlen klebten Schlamm und Gras.

« Von wo aus hast du dir das Feuerwerk angeschaut ? »

« Vom Hochufer. »

Tatsächlich konnte man am Ufer entlang zum Hochufer gehen.

« Hat es dir gefallen ? »

Sie nickte zustimmend. Meine Frau lächelte wieder. Zweimal am selben Abend, ein Erfolg, der alle Erwartungen übertraf. Dann *kicherte* sie sogar. Langsam, aber sicher eroberte das Kind sie. Es machte sie fröhlich, gab ihr ein Gefühl von Familie. Wie oft schon hatte sie zu mir gesagt, dass ein Mann und eine Frau allein keine Familie seien ! Dass Familie dem allgemeinen wie auch ihrem eigenen Begriff nach mindestens ein drittes Elements erfordere ! Ich war auf das Schlimmste gefasst. Es war noch kein Monat vergangen, seit ich ihr das letzte Mal ein Kind verweigert hatte.

3.

– Com'è che fa la mucca?

– Muuu.

– E la pecora?

– Beee.

– E il cane?

– *Miao*.

– Sicura?

Mia moglie e la bambina erano affiatate. Non avrei saputo dire chi stava facendo giocare chi. E neanche chi si stesse divertendo di piú. Nonostante non avessi mollato la presa della mano, me ne stavo in disparte, senza dire una parola. La fontana era abbastanza distante dal punto in cui ci trovavamo. La bambina la indicò e corse a perdifiato. Noi la guardammo prendere lunghe sorsate d'acqua. E rimanemmo soli.

– È un amore o no?

– È un amore.

– E se la *rapissimo*?

– Ottima trovata.

– Magari non ce la richiederebbero indietro.

– Magari sí.

– Non ti sembra la figlia ideale?

Lo scherzo smise di essere divertente quasi subito. Mi voltai di scatto. C'eravamo ricascati: ci stavamo dando le spalle. Succedeva anche a casa. Era umiliante non sapere come venire a capo di un problema, e in quell'atto c'era anche una forma di pudore, un tentativo di rendere la situazione dignitosa, se non proprio sopportabile.

3.

«Wie macht die Kuh?»

«Muh.»

«Und das Schaf?»

«Mäh.»

«Und der Hund?»

«Miau.»

«Bist du sicher?»

Meine Frau und das Kind waren längst miteinander vertraut. Ich hätte nicht sagen können, wer wen zum Spielen animierte. Auch nicht, wer sich mehr amüsierte. Obwohl ich die Hand nicht losgelassen hatte, blieb ich außen vor, sagte kein Wort. Der Brunnen war ziemlich weit entfernt von der Stelle, an der wir uns gerade befanden. Das Kind zeigte auf ihn und lief so schnell es konnte hin. Wir sahen ihm zu, wie es in langen Zügen Wasser trank. Und waren allein.

«Ist sie nicht süß?»

«Ja, sie ist süß.»

«Und wenn wir sie entführen würden?»

«Tolle Idee!»

«Vielleicht würden sie sie gar nicht zurückverlangen.»

«Vielleicht, ja.»

«Findest du nicht, dass sie die ideale Tochter wäre?»

Auf einen Schlag war der Scherz nicht mehr komisch. Ich drehte mich abrupt weg. Es war wieder so weit. Wir kehrten uns den Rücken zu. Das geschah auch zu Hause. Ein Problem nicht in den Griff zu bekommen, ist demütigend. Unser Verhalten zeigte auch eine Art Scham, ein Versuch, die Situation, wenn sie schon nicht erträglich ist, so doch wenigstens würdevoll erscheinen zu lassen.

Rividi mio padre e mia madre sotto la luce conica del lampadario di cucina. Stavano discutendo se tenere o meno il loro secondo figlio. Mia madre piangeva a dirotto. Pareva squittire dal dolore. Allora il volto di mio padre s'irrigidì, io mi feci ancora piú piccolo di quello che ero, nascondendomi dietro allo stipite della porta, e le sue parole mi si tatuarono indelebilmente da qualche parte, molto in profondità. *Tu sei una madre a prescindere, come tutte le donne, mentre io devo scegliere di essere un padre, sceglierlo ogni giorno. Non ho intenzione di moltiplicare questo peso per due.*

4.

La bambina tornò e riprendemmo a camminare. Dopo la pausa alla fontana però qualcosa era cambiato. La bambina si liberava dalla nostra presa e s'involava di frequente in una delle sue corse a rotta di collo. Poi tornava, ma era come se tornasse per prendere lo slancio e involarsi in una nuova corsa. Mia moglie provò a trattenerla, ma le sfuggì.

– È giusta questa direzione?

– Sí sí.

Poi, improvvisamente, partirono tre fuochi, uno dopo l'altro. Si allargarono nel buio in cerchi concentrici. Quel che rimaneva del flusso di persone si arrestò ipnotizzato. E per un breve periodo tornarono tutte le emozioni che i fuochi suscitavano. Non saprei dire se belle o brutte, se gioiose o strazianti. Tornò la rappresentazione del tempo, come se fosse

Ich sah wieder meinen Vater und meine Mutter im Lichtschein der Küchenlampe vor mir. Sie stritten, ob sie das zweite Kind behalten sollten oder nicht. Meine Mutter weinte bitterlich. Sie winselte geradezu vor Schmerz. Das Gesicht meines Vaters wurde starr und ich machte mich noch kleiner, als ich schon war, versteckte mich hinter dem Türstock. Seine Worte gruben sich mir unauslöschlich ein, irgendwo in der Tiefe. *Du bist von Natur aus Mutter, wie alle Frauen, ich aber muss wählen, ob ich Vater sein will, jeden Tag aufs Neue. Ich habe nicht die Absicht, diese Bürde mit zwei zu multiplizieren.*

4.

Das Mädchen kam zurück und wir gingen weiter. Nach der Pause am Brunnen hatte sich jedoch etwas verändert. Immer öfter befreite sie sich aus unserem Griff, rannte Hals über Kopf weg und kehrte zurück, aber offenbar nur, um neuen Anlauf zu nehmen. Meine Frau versuchte sie zurückzuhalten, aber sie entwischte ihr.

«Ist das unsere Richtung?»

«Ja, ja.»

Plötzlich gingen drei Feuerwerkskörper los, einer nach dem anderen. Sie öffneten sich in der Dunkelheit in konzentrischen Kreisen. Die noch verbliebenen Menschen hielten wie hypnotisiert inne, und für kurze Zeit kehrten all die Gefühle wieder, die so ein Feuerwerk auslöst. Ich könnte nicht sagen, ob gute oder schlechte, ob fröhliche oder quälende. Der Gedanke an die Zeit war

passato un altro anno inutilmente. Un altro anno senza prendere una decisione, senza capire davvero che cosa fare. Forse mia moglie li guardò con uno stato d'animo simile al mio, immaginandosi che il terzo scoppio simboleggiasse la bambina. Mi riscossi da una specie di torpore che veniva da lontano. Stavo quasi per commuovermi per quel fratellino o sorellina che non aveva avuto la possibilità di nascere.

– Vieni subito qui.

A quel richiamo perentorio, la bambina tornò a sistemarsi fra di noi. Alcune ambulanze ci sorpassarono a sirene spiegate. Dopo gli ultimi tre fuochi, e la relativa fase meditabonda che li aveva accompagnati, si susseguirono risate troppo alte, schiamazzi, e il clima divenne frenetico, da guerriglia urbana. A quanto pareva alcuni ragazzini erano riusciti a superare la sorveglianza e a intrufolarsi nell'arsenale dei fuochi. Ecco il motivo di quel triplice, superlativo scoppio ritardato. Il passaparola fra le persone si sviluppò in crescendo. La bambina si spazientí quasi subito, e ancora una volta prese a correrci davanti.

– Sta' attenta.

– Va bene.

– Non allontanarti, è pericoloso.

Dal fiume cominciò a spirare un vento freddo, e molti di quelli che camminavano rimpiansero di aver lasciato i maglioni a casa. Di bocca in bocca arrivarono altri aneddoti sull'evento della serata. I ragazzini non avevano lasciato niente al caso. Sapevano che nell'arsenale c'era una scorta di fuochi supplementari. Si erano muniti di tronchesi per bucare la rete di protezione. Le ambulanze andavano e veni-

wieder da, als wäre ein weiteres Jahr nutzlos verstrichen. Noch ein Jahr ohne Entscheidung, ohne wirklich zu wissen, was tun. Vielleicht betrachtete meine Frau sie in einer ähnlichen Stimmung, stellte sich vor, der dritte Knall stehe für das Kind. Wie aus einer fernen Taubheit rüttelte ich mich auf. Dieses Brüderchen oder Schwesterchen, das nicht die Möglichkeit hatte, geboren zu werden, rührte mich beinahe.

«Komm sofort her!»

Nach dieser eindeutigen Aufforderung begab sich das Kind wieder zwischen uns. Etliche Krankenwagen fuhren mit lautem Sirenengeheul an uns vorüber. Nach den letzten drei Feuerwerkskörpern und der eher nachdenklichen Phase, die sie begleitete, folgten Gekreische und Gegröle, die Stimmung brodelte jetzt, bekam etwas von einem kleinen Bürgerkrieg. Anscheinend war es ein paar Jungen gelungen, die Absperrung zu überwinden und sich heimlich an das Feuerwerksarsenal zu machen. Das war wohl die Erklärung für diese dreifache, verspätete Riesenexplosion. Die Nachricht verbreitete sich wie ein Lauffeuer. Das Kind wurde gleich wieder ungeduldig und rannte voraus.

«Sei vorsichtig!»

«Ja, gut.»

«Geh nicht so weit weg. Es ist gefährlich.»

Vom Fluss her wehte jetzt ein kalter Wind. So mancher bedauerte, den Pullover zu Hause gelassen zu haben. Immer wieder wurden neue Geschichten über die Ereignisse des Abends erzählt. Die Jungen hatten nichts dem Zufall überlassen. Sie wussten, dass es in dem Arsenal einen zusätzlichen Vorrat an Feuerwerkskörpern gab, und hatten Zangen mitgebracht, um den Maschendraht durchzuschneiden. Die Krankenwagen fuhren hin und

vano. Alcuni accelerarono il passo, quelli che avevano bevuto troppo dettero in escandescenze. Io mi guardai intorno a lungo. Mia moglie mi strinse la mano. La bambina non c'era piú. Era bastato un attimo, una folata di vento.

L'altra voce ci arrivò poco piú avanti. Era morta una bambina, caduta dalle spallette del fiume qualche ora prima, mentre aspettava i fuochi con la sua famiglia.

her. Einige Leute beschleunigten ihre Schritte, ein paar hatten zu viel getrunken und brüllten rum. Ich sah mich lange um. Meine Frau drückte meine Hand. Das Kind war nicht mehr da. Ein Augenblick hatte genügt, ein Windstoß.

Etwas weiter vorne erreichte uns das andere Gerücht. Ein kleines Mädchen war tödlich verunglückt. Es war ein paar Stunden vorher vom Hochufer gestürzt, als es mit seiner Familie auf das Feuerwerk wartete.

Diciassette sedie

1.

La casa sembrava un campo di battaglia, e non eravamo che all'inizio della festa. Una festa di compleanno durante il carnevale, esiste una situazione peggiore? Il corridoio si disseminò all'istante di coriandoli e stelle filanti. I bambini correvano di qua e di là. Non si sarebbero stancati tanto facilmente. Nostra figlia compiva dieci anni. Era bionda, con gli occhi azzurri. Una bambola paffutella che io e mia moglie facevamo a gara per coccolare: non sapemmo proprio come dirle di no.

All'inizio i bambini si avventarono sul tavolo del buffet. Fecero cadere le patatine sul cotto e lasciarono i bicchieri di plastica col nome scritto a pennarello sul bordo delle finestre. Era una giornata di sole, anche se fredda, e dopo corsero in giardino.

– Speriamo che nessuno si faccia male.

– Al massimo rovesceranno qualche vaso.

Io e mia moglie cominciavamo già a ripulire. Buttavamo i piattini con i residui delle tartine, i tovaglioli appallottolati e le forchette con i dentini spezzati: ci piaceva vedere la casa in ordine, anche se sapevamo che il pomeriggio sarebbe stato lungo e spossante.

– Non è stata una buona idea.

– Andrà tutto bene.

– Vorrei sapere chi ha portato i coriandoli.

Mia moglie sorrise, coprendosi la bocca con una mano.

Siebzehn Stühle

1.

Das Haus glich einem Schlachtfeld, dabei hatte das Fest doch gerade erst begonnen. Eine Geburtstagsfeier während des Karnevals, kann man sich etwas Schlimmeres vorstellen? Der Flur war in null Komma nichts mit Konfetti und Luftschlangen übersät. Die Kinder rannten hin und her. Die würden so bald nicht müde werden! Unsere Tochter wurde zehn. Sie war blond und hatte blaue Augen. Ein pausbackiges Püppchen, das meine Frau und ich um die Wette verhätschelten. Wir konnten ihr einfach nichts abschlagen.

Am Anfang stürzten sich die Kinder aufs Büffet. Sie ließen die Chips auf den Fliesenboden fallen und die Plastikbecher, auf denen mit Filzstift ihr Name stand, auf dem Fensterbrett stehen. Danach liefen sie in den Garten, es war ein sonniger, aber kalter Tag.

«Hoffentlich tut sich keiner weh!»

«Sie werfen höchstens den einen oder anderen Topf um.»

Meine Frau und ich begannen schon wieder sauber zu machen, warfen die kleinen Pappteller mit den Brötchenresten, die zusammengeknüllten Papierservietten und Gabeln mit abgebrochenen Zinken weg. Wir hatten es gern ordentlich im Haus, auch wenn wir wussten, dass der Nachmittag lang und aufreibend werden würde.

«Das war wohl keine gute Idee.»

«Es wird schon gut gehen!»

«Ich möchte mal wissen, wer Konfetti mitgebracht hat.»

Meine Frau musste lächeln und hielt die Hand vor den Mund.

– Vuoi proprio saperlo?
– Sí.
– Sicuro?
– Certo che sono sicuro.
– È stata tua figlia.

Impugnammo le scope e ripulimmo il corridoio da cima a fondo. Gli schiamazzi dei bambini ci arrivavano distinti dal giardino: erano allegri e spensierati. Tutto sommato era il compleanno di nostra figlia, era giusto che si divertisse.

2.

Il sole cominciò a calare abbastanza presto. Se ne andò dietro i rami degli alberi, sembrava un insetto intrappolato in una ragnatela. I bambini tornarono dentro: c'erano i vampiri e le streghe. Uno addirittura era vestito da *caramella*. Per un po' io e mia moglie guardammo i costumi. Per nostra figlia avevamo noleggiato un meraviglioso vestito da fata. I veli azzurri riprendevano i suoi occhi. Le piccole ali erano fatte di una struttura leggera: filo di ferro e tulle bianco. Nostra figlia svolazzava da un gruppo all'altro di bambini, giocava e scherzava con tutti, da perfetta padrona di casa.

– Hai visto che ne è valsa la pena?
– Forse è meglio sgomberare il salotto.

Io e mia moglie ci mettemmo al lavoro. Arrotolammo i tappeti, spostammo i tavoli, togliemmo di mezzo le poltrone. Il risultato fu un vero e proprio

«Willst du es wirklich wissen?»

«Ja.»

«Bist du sicher?»

«Natürlich.»

«Es war deine Tochter.»

Wir nahmen Besen in die Hand und kehrten den Flur von vorn bis hinten. Das Geschrei der Kinder im Garten war deutlich zu hören. Sie waren fröhlich und unbeschwert. Unsere Tochter hatte schließlich Geburtstag, da sollte sie doch ihren Spaß haben.

2.

Die Sonne ging schon ziemlich früh unter. Sie verschwand hinter den Zweigen der Bäume und sah aus wie ein Insekt, das sich in einem Spinnennetz verfangen hatte. Die Kinder kamen wieder rein, Vampire und Hexen waren dabei. Eines war sogar als Bonbon verkleidet. Meine Frau und ich schauten uns eine Zeitlang die Kostüme an. Für unsere Tochter hatten wir ein wunderschönes Feenkleid geliehen. Der himmelblaue Schleier nahm die Farbe ihrer Augen wieder auf. Die Flügelchen waren ganz leicht, aus Draht und weißem Tüll. Unsere Tochter flatterte von einer Gruppe zur anderen, spielte und scherzte als perfekte Gastgeberin mit allen.

«Siehst du, es hat sich gelohnt!»

«Vielleicht ist es besser, das Wohnzimmer leer zu räumen.»

Wir machten uns an die Arbeit, rollten Teppiche zusammen, verrückten Tische und zogen Polstersessel zur

zo a disposizione dei bambini. Tirammo il fiato, disfatti del colpo d'occhio.

– Sai che da bambina anch'io mi sono vestita da fata?

– Ti facevano la corte?

– Anche un paio di ragazzini piú grandi.

Non era difficile crederlo. Mia moglie era sempre stata una bellezza da copertina. Aveva regalato a nostra figlia i suoi colori pastello. Per un attimo, un attimo solo, mi scordai dei bambini in casa. La nostalgia diventò un sentimento *materiale*, mi si sciolse sulla punta della lingua. Poi vidi i sacchi dell'immondizia accatastati al muro.

– Li butto via.

– Puoi farlo anche dopo.

– Rubano spazio ai bambini.

– La verità è che ti infastidiscono.

– È vero, m'infastidiscono.

Mi caricai i sacchi dell'immondizia in spalla, e ripresi a mettere un po' d'ordine in tutta quella confusione.

3.

I bambini tornarono a prendere d'assalto il buffet. Ci fu un'altra diaspora di bicchieri e piatti e tovaglioli e forchette. Nostra figlia soffiò sulle candeline della torta e gli altri applaudirono contenti. Accatastammo al muro diversi altri sacchi dell'immondizia. A quel punto subentrò una fase anomala: i bambini erano stanchi e non sapevano piú che cosa fare. Divennero ancora piú rumorosi e molesti. Smaniavano per un nonnulla, si facevano i dispetti, si picchiavano.

Seite. Das Ergebnis war ein schöner großer Platz für die Kinder. Zufrieden mit dem Anblick atmeten wir auf.

«Ich habe mich als Kind übrigens auch als Fee verkleidet.»

«Und haben sie dir den Hof gemacht?»

«Ja, sogar ein paar von den größeren Jungen.»

Es war nicht schwer, das zu glauben. Meine Frau war immer schon eine Titelblattschönheit. Ihre Pastelltöne hat sie unserer Tochter vererbt. Für einen Augenblick, nur für einen kurzen Augenblick vergaß ich die Kinder im Haus. Die Nostalgie wurde zum greifbaren Gefühl, zerging mir auf der Zungenspitze. Dann sah ich die an der Wand aufgeschichteten Müllsäcke.

«Ich gehe sie wegwerfen.»

«Das kannst du auch später machen.»

«Sie nehmen den Kindern Platz weg.»

«In Wahrheit stören sie dich doch.»

«Stimmt, sie stören mich.»

Ich schulterte die Säcke und fuhr fort, Ordnung in dieses ganze Chaos zu bringen.

3.

Die Kinder stürzten sich von neuem auf das Büffet. Wieder überall Becher, Teller, Servietten und Gabeln in der Gegend verstreut. Unsere Tochter blies die Kerzen auf der Torte aus, die anderen klatschten zufrieden Beifall. Wir schichteten weitere Müllsäcke an der Wand auf. Da begann die Sache aus dem Ruder zu laufen. Die Kinder waren müde und wussten nichts mehr mit sich anzufangen. Sie wurden noch lauter und lästig, rasteten wegen jeder Kleinigkeit aus, ärgerten und schlugen sich gegenseitig.

– Perché non gli insegni il gioco delle sedie?

– Buona idea.

L'avevamo fatto a Capodanno. Se aveva funzionato con un gruppo di adulti ubriachi, forse avrebbe tenuto buoni anche i bambini.

Mentre mia moglie li portava nel salotto, io andai nel capanno a recuperare le sedie. Erano vecchie sedie di legno, che usavamo d'estate per i barbecue all'aperto. Mi ci vollero diversi viaggi per trasportarle dentro tutte. Le disposi su due linee parallele, molto ravvicinate. I bambini ci giravano intorno e quando interrompevo la musica dovevano accaparrarsi un posto: chi rimaneva in piedi faceva penitenza. Era bastato contare i bambini e mettere una sedia in meno. Una cosetta semplice ma efficace. Il baccano confluí nel gioco e in un certo senso venne smorzato. Nostra figlia era bravissima a mettersi seduta. Faceva dei piccoli balzelli in punta di piedi e riusciva sempre a battere il suo diretto concorrente.

– Dici che è merito delle *ali*?

Mia moglie sorrise, si aggrappò al mio avambraccio per qualche secondo.

Dopo che tutti i bambini ebbero capito il meccanismo, quando il ritmo divenne incalzante e sarebbe stato un peccato spezzarlo, ripresi a mettere in ordine. Interrompevo la musica a distanza, col telecomando dello stereo. Lasciavo ai bambini la parte relativa alla penitenza e alle conseguenti polemiche. Rigavano dritto perché volevano riprendere a giocare in fretta. Andai a sparecchiare quello che rimaneva del buffet, buttai la tovaglia di carta. Mia moglie pulí il tavolo con una spugna.

«Zeig ihnen doch die ‹Reise nach Jerusalem›.»

«Gute Idee!»

Wir hatten es an Neujahr gespielt. Wenn es mit einer Gruppe betrunkener Erwachsener geklappt hat, dann würde es vielleicht auch die Kinder im Zaum halten.

Während meine Frau sie ins Wohnzimmer brachte, holte ich die Stühle aus dem Schuppen. Es waren alte Holzstühle, die wir im Sommer beim Grillen im Freien benutzten. Um sie alle hineinzutragen, musste ich mehrmals gehen. Ich stellte sie sehr dicht in zwei parallelen Reihen auf. Die Kinder liefen um sie herum, und wenn die Musik aufhörte, mussten sie sich einen Platz schnappen. Wer stehen blieb, bekam eine Strafe. Man musste die Kinder nur zählen und dann einen Stuhl weniger aufstellen. Einfach, aber wirkungsvoll. Der Lärm wurde ins Spiel eingebracht und somit auf gewisse Weise gedämpft. Unsere Tochter war prima im Stuhlergattern. Sie hüpfte auf den Fußspitzen herum, und es gelang ihr immer, ihren direkten Kontrahenten auszustechen.

«Meinst du, das machen die Flügel aus?»

Meine Frau lächelte und hielt sich kurz an meinem Unterarm fest.

Nachdem es alle Kinder begriffen hatten, der Rhythmus immer drängender wurde und es schade gewesen wäre, ihn zu unterbrechen, fing ich wieder an aufzuräumen. Ich stoppte die Musik mit der Fernbedienung der Stereoanlage. Die Sache mit der Strafe und die daraus folgenden Streitereien ließ ich die Kinder alleine regeln. Sie benahmen sich aber einigermaßen anständig, sie wollten nämlich möglichst schnell mit dem Spiel weitermachen. Ich räumte den Rest vom Büffet ab und warf die Papiertischdecke weg. Meine Frau wischte den Tisch mit dem Schwamm ab.

– Hanno fatto danni in giardino?
– I vasi sono in ordine.
– Questa festa è un vero successo.
Cominciai a crederlo anch'io.

4.

I bambini continuarono a giocare mentre io e mia moglie cercavamo di rendere la casa presentabile. Tra poco il campanello avrebbe iniziato a suonare. Sarebbero arrivati i genitori, uno dopo l'altro, sancendo la fine delle ostilità. Già mi pregustavo il momento, quando i bambini mi chiamarono a gran voce. Ce l'avevano con nostra figlia perché non voleva fare la penitenza.

– Perché no?
– Non vale, mi hanno fatto lo sgambetto.

Controllai rapidamente la situazione: le diciassette sedie erano occupate. Nostra figlia se ne stava in piedi. Era rossa come un peperone.

– Sono *cattivi.*
– Non puoi vincere sempre.
– Non è per il gioco.

Allora li guardai. Guardai i bambini uno alla volta – damine, pirati, sergenti e diavolesse. Non volevo perdere la pazienza proprio all'ultimo momento.

– Che cosa è successo?

Non ebbi risposta. Presi nostra figlia da parte e ripetei la domanda.

– Mi hanno rovinato la festa.

«Haben sie im Garten etwas kaputtgemacht?»

«Die Töpfe sind in Ordnung.»

«Das Fest ist wirklich ein Erfolg.»

Langsam glaubte auch ich es.

4.

Während die Kinder weiterspielten, versuchten meine Frau und ich das Haus wieder ansehnlich zu gestalten. Es würde ja bald zu klingeln anfangen. Die Eltern würden kommen, einer nach dem anderen, und das Gezanke beenden. Auf diesen Moment freute ich mich jetzt schon, aber da riefen die Kinder laut nach mir. Sie ärgerten sich über unsere Tochter, weil sie sich weigerte, ihre Strafe anzunehmen.

«Warum?»

«Das gilt nicht, sie haben mir ein Bein gestellt.»

Ich verschaffte mir schnell einen Überblick. Alle siebzehn Stühle waren besetzt. Unsere Tochter stand. Sie war rot wie eine Tomate.

«Die sind *gemein*!»

«Du kannst doch nicht immer gewinnen!»

«Es ist ja gar nicht wegen dem Spiel.»

Also schaute ich sie alle an, ein Kind nach dem anderen – kleine Damen, Piraten, Soldaten und Teufelinnen. Ich wollte nicht gerade im allerletzten Augenblick noch die Geduld verlieren.

«Was ist passiert?»

Ich bekam keine Antwort. Ich nahm unsere Tochter zur Seite und wiederholte meine Frage.

«Sie haben mir mein Fest verdorben!»

– Perché?

– Volevano sapere di te e mamma.

Adesso nel salotto c'era un silenzio irreale. I bambini stavano immobili. Avevano paura che mi arrabbiassi. Poi suonò il campanello. Andai ad aprire accompagnato da mia moglie. Feci gli onori di casa, recuperai i cappotti al piano di sopra. Alcuni bambini se ne andarono con un'aria strana. Forse si erano spaventati. Arrivarono altri genitori. Ancora saluti e cappotti. Li avevamo ammucchiati in camera da letto. C'erano anche le valigie già pronte. La mia parte d'armadio e i miei cassetti svuotati. Le immagini della festa appena conclusa mi scorrevano davanti agli occhi. Il tavolo del buffet, gli schiamazzi in giardino, la torta con le candeline, il capanno consumato dalle intemperie.

In salotto, le diciassette sedie erano ancora come le avevo sistemate.

– Le tolgo io. Rimetto a posto anche i mobili.

– Ce la fai da solo?

– Prima comincio meglio è.

– Allora io vado in cucina.

– C'è da finire di raccogliere l'immondizia.

– Va bene.

– Controlla anche sotto il tavolo. Anche dentro il camino.

A quel punto mia moglie ruppe in singhiozzi furtivi.

«Warum?»

«Sie wollten von dir und Mama wissen.»

Unnatürliche Stille herrschte plötzlich im Wohnzimmer. Die Kinder rührten sich nicht. Sie hatten wohl Angst, ich könnte wütend werden. Dann klingelte es. Gemeinsam mit meiner Frau ging ich zur Tür. Ich begrüßte die Eltern und holte die Mäntel aus dem oberen Stock. Manche Kinder verließen uns mit etwas eigenartigem Gesichtsausdruck. Vielleicht hatten sie sich erschrocken. Immer mehr Eltern kamen. Wieder Begrüßungen und Mäntel. Wir hatten sie im Schlafzimmer auf einen Haufen gelegt. Dort standen auch die bereits gepackten Koffer. Mein Teil des Schrankes und meine Schubladen waren leer. Die Bilder des soeben zu Ende gegangenen Festes liefen vor meinen Augen vorüber. Das Buffet, das Gekreische im Garten, die Torte mit den kleinen Kerzen, der verwitterte Schuppen.

Im Wohnzimmer standen immer noch die siebzehn Stühle, so wie ich sie hingestellt hatte.

«Ich räume sie auf und stelle auch die Möbel wieder an ihren Platz.»

«Schaffst du es alleine?»

«Je früher ich damit anfange, desto besser.»

«Dann geh ich in die Küche.»

«Der Abfall muss noch fertig eingesammelt werden.»

«Ja, gut.»

«Schau auch unter den Tisch. Und im Kamin.»

Da fing meine Frau verstohlen an zu weinen.

Un candelabro

1.

Dopo il funerale, frugo tra le cose di mia moglie. Credo sia una reazione normale. Anche l'oggetto piú insignificante si trasforma in una specie di reliquia. In qualcosa di sacro. Me l'aveva detto anche il prete: la memoria trionfa sulla morte. Però non fila tutto liscio. Me ne accorgo quasi subito: c'è una chiave misteriosa.

– Non può essere spuntata cosí, dal nulla.

– Non ne so niente.

Il ragazzo sostiene il mio sguardo. Gli è venuta fuori una voce da baritono e un fisico tozzo da giocatore di rugby.

Osservo il mazzo con attenzione: la chiave del portone, della posta, del garage, dell'appartamento e della macchina. È uguale al mio, eccetto che per *quella* chiave.

– Ce l'hai messa tu?

– No.

Rimango in silenzio. Continuo a toccare la chiave. La sfilo dal mazzo. Considero il tipo di dentellatura, la dimensione. Mi spazientisco quasi subito.

– Adesso tu mi dici la verità.

– Non ti conviene.

Finalmente gli mollo una sberla. È la prima volta che alzo le mani, ed è quasi una liberazione. Forse per tutti e due.

Mia moglie si dedicava al ragazzo anima e corpo.

Ein Kerzenleuchter

1.

Nach der Beerdigung krame ich in den Sachen meiner Frau. Ich glaube, das ist eine normale Reaktion. Selbst ein noch so unbedeutender Gegenstand verwandelt sich in eine Art Reliquie, in etwas Heiliges. Auch der Priester hat gesagt, die Erinnerung triumphiere über den Tod. So glatt läuft das allerdings nicht. Das merke ich ziemlich schnell. Da gibt es nämlich einen geheimnisvollen Schlüssel.

«Der kann doch nicht aus dem Nichts aufgetaucht sein!»

«Ich kenne ihn nicht!»

Der Junge hält meinem Blick stand. Er hat inzwischen eine Baritonstimme und die gedrungene Figur eines Rugbyspielers.

Ich sehe mir den Schlüsselbund genauer an: der Schlüssel von der Haustür, vom Briefkasten, von der Garage, von der Wohnung und vom Auto. Genau wie bei mir, bis auf *diesen* einen Schlüssel.

«Hast du den drangemacht?»

«Nein.»

Ich schweige, fasse diesen Schlüssel immer wieder an, löse ihn vom Schlüsselbund, begutachte die Zähne, die Größe. Da reißt mir ganz plötzlich der Geduldsfaden.

«Du sagst mir jetzt auf der Stelle die Wahrheit!»

«Die wird dir aber nicht gefallen!»

Ich gebe ihm schließlich eine Ohrfeige. Es ist das erste Mal, dass ich die Hand erhebe, und es ist fast eine Befreiung. Vielleicht für uns beide.

Meine Frau hatte sich dem Jungen mit ganzer Seele ge-

Soprattutto i primi tempi, tutte quelle giornate trascorse sui dizionari. Gli aveva insegnato la lingua una parola alla volta. Avrei dovuto essere contento e invece mi sentivo messo da parte. Ce lo avevano portato già grandicello. Gli zigomi marcati non suscitavano alcun istinto di protezione. Ero un padre neanche svagato: disgiunto. Mi ripetevo che sarebbe andata diversamente con un figlio *nostro*. E continuai a ripetermelo anno dopo anno. Intanto il ragazzo cresceva. Piú cresceva, piú si allontanava. Gli spuntò una barbetta simile a una ditata di sporco, e sembrava terribilmente arrabbiato con tutti. Il nostro rapporto diventò sfiancante, un battibecco mai consumato. Solo con mia moglie riusciva ad aprirsi: le parlava come se non avesse mai smesso d'imparare parole nuove.

– Ma di che parlate?

– Fatti nostri.

– Sono anche fatti *miei*.

– E chi lo dice?

2.

Il ragazzo ha continuato a piangere. Non credo piangesse solo per la sberla. A una certa ora gli ho portato da mangiare. È la seconda o la terza volta che gli preparo qualcosa: prima c'era mia moglie. Ho infilato il mazzo di chiavi nella tasca dei pantaloni. Non me ne sono dimenticato. Il ragazzo è l'unico che può sapere. Non so come

widmet. Vor allem in der ersten Zeit – all diese über Wörterbüchern verbrachten Tage! Wort für Wort hat sie ihm die Sprache beigebracht. Ich hätte mich eigentlich darüber freuen sollen, fühlte mich jedoch ausgeschlossen. Er war schon etwas größer, als er zu uns kam. Seine ausgeprägten Backenknochen weckten in mir keinerlei Schutzinstinkt. Ich war nicht nur ein zerstreuter Vater, sondern auch ein distanzierter. Immer wieder sagte ich mir, dass es mit einem *eigenen* Kind anders gewesen wäre. Ich wiederholte es mir ständig, Jahr für Jahr. In der Zwischenzeit wuchs der Junge heran. Je älter er wurde, desto mehr entfernte er sich von mir. Ihm wuchs ein Bärtchen am Kinn, das aussah wie mit dem Finger hingeschmiert, und er schien auf alle schrecklich wütend zu sein. Unsere Beziehung war zermürbend, ein nie ausgetragener Disput. Nur bei meiner Frau gelang es ihm, sich zu öffnen. Er sprach mit ihr, als hätte er nie aufgehört, neue Wörter zu lernen.

«Worüber sprecht ihr denn?»

«Unsere Sache.»

«Das ist auch *meine* Sache.»

«Wer sagt das?»

2.

Der Junge weinte immer noch. Ich glaube nicht, dass er nur wegen der Ohrfeige weinte. Irgendwann brachte ich ihm etwas zu essen. Es ist erst das zweite oder dritte Mal, dass ich etwas für ihn mache. Vorher war ja meine Frau da. Ich steckte den Schlüsselbund in die Hosentasche. Ich habe es nicht vergessen. Der Junge ist der Einzige, der etwas wissen kann. Ich weiß zwar nicht, wie und mit welcher

né con quali energie, ma andrei in capo al mondo per risolvere la questione.

– Era buono il pranzo?

– Mmm.

– Buono o mmm?

– Mmm.

Non siamo meno estranei, ma gli eventi ci costringono a una vicinanza del tutto inedita. Gli dico che *devo* sapere. Non cerco alibi, non accampo giustificazioni, non chiedo scusa per il passato. Il ragazzo mi guarda in modo strano. Penso che stavolta non voglia farmi un dispetto. Forse sta zitto per non farmi soffrire. Allora mi preoccupo sul serio. Tiro fuori il mazzo dalla tasca dei pantaloni, afferro la chiave.

– Portamici.

– Dove?

– Dovunque porti questa.

In macchina seguo le sue indicazioni. È come se gliele estorcessi. Viaggiamo a vista, senza una meta dichiarata. Mi indica dove svoltare, il cartello segnaletico giusto, il crocevia da lasciarsi alle spalle. Il ragazzo sa tutto, ormai è chiaro. Ogni tanto provo a strappargli qualche informazione in piú.

– È una casa?

– Sí.

– E di chi sarebbe?

– La prendeva in affitto.

– Come lo sai?

– Me l'ha detto.

– Ci sei mai stato? Ce l'hai mai *accompagnata*?

Energie, aber ich würde bis ans Ende der Welt gehen, um die Sache zu klären.

«War das Essen gut?»

«Hm.»

«Gut oder hm.»

«Hm.»

Wir sind uns zwar nicht weniger fremd, die Ereignisse zwingen uns aber zu einer völlig ungewohnten Nähe. Ich sage ihm, dass ich es wissen *muss*. Ich suche nicht nach einem Alibi, ich führe keine Rechtfertigungen an, bitte nicht um Verzeihung für die Vergangenheit. Der Junge sieht mich seltsam an. Ich glaube, dieses Mal will er mich nicht ärgern. Vielleicht schweigt er, weil er mir nicht wehtun möchte. Jetzt bin ich erst richtig beunruhigt. Ich ziehe den Schlüsselbund aus der Hosentasche und nehme den Schlüssel in die Hand:

«Bring mich dorthin!»

«Wohin?»

«Wo immer *der* hinführt.»

Im Auto folge ich seinen Anweisungen. Es ist, als müsste ich sie ihm aus der Nase ziehen. Wir fahren einfach drauflos, ohne erklärtes Ziel. Er sagt mir, wo ich abbiegen soll, zeigt auf das entsprechende Straßenschild, die Kreuzung, über die wir fahren sollen. Der Junge weiß alles, das ist inzwischen klar. Hin und wieder versuche ich, etwas mehr aus ihm herauszulocken.

«Ist es ein Haus?»

«Ja.»

«Von wem soll das sein?»

«Sie hat es gemietet.»

«Woher weißt du das?»

«Sie hat es mir gesagt.»

«Warst du schon mal da? Hast du sie jemals *begleitet*?»

Il ragazzo scosta la cintura di sicurezza dal petto, come per liberarsi da un fastidio. Se insisto troppo si schermisce, vuol tornare indietro.

3.

Non ho mai pensato che mia moglie fosse una santa. Non ho mai pensato niente al riguardo. Ci lasciavamo i nostri spazi, dopo tanti anni di matrimonio. Il ragazzo non lo dice apertamente, me lo lascia capire. Parla come un complice. A un certo punto mi viene un dubbio. Questa non è altro che la sua vendetta. Ha messo la chiave nel mazzo e ha cominciato a torturarmi. Mi sta portando chissà dove. Improvvisa, si diverte, se la ride sotto i baffi. Inchiodo.

– Di qua si va al mare.

– Sí.

– Sei sicuro?

– Sí.

– Sí. Dici sempre sí.

Non ho la forza per un'altra sberla. Stavolta sono io a mettermi a piangere. Però allo stesso tempo urlo, inveisco, offendo.

– Credi di conoscere mamma meglio di me?

– Non capisci niente.

– Cosa hai detto?

– Per te era già morta da un pezzo.

Gli vengono fuori due occhi da zingaro che mettono paura. Non so come, ma il viaggio riprende. Dai finestrini entra il profumo della pineta. Il ru-

Der Junge zieht den Sicherheitsgurt von der Brust ab, als wollte er sich von etwas Lästigem befreien. Wenn ich zu sehr in ihn dringe, blockt er ab und will umkehren.

3.

Ich habe meine Frau nie für eine Heilige gehalten. Darüber habe ich mir auch nie Gedanken gemacht. Nach so vielen Ehejahren ließen wir uns unsere Freiräume. Der Junge sagt es nicht offen, gibt es mir nur zu verstehen, spricht wie ein Komplize. Plötzlich kommen mir Zweifel. Das hier ist nichts anderes als seine Rache. Er hat den Schlüssel an dem Schlüsselbund befestigt und quält mich jetzt damit. Er führt mich weiß Gott wohin, gerade wie es ihm einfällt. Er amüsiert sich und lacht sich ins Fäustchen. Abrupt bleibe ich stehen.

«Hier geht es zum Meer.»

«Ja.»

«Bist du sicher?»

«Ja.»

«Ja. Du sagst immer nur ja.»

Ich habe nicht die Kraft für eine weitere Ohrfeige. Dieses Mal bin ich es, der zu weinen anfängt. Aber gleichzeitig brülle ich, schimpfe ich und werde ausfallend.

«Glaubst du vielleicht, du kennst Mama besser als ich?»

«Du verstehst überhaupt nichts.»

«Was sagst du da?»

«Für dich war sie doch schon seit langem tot.»

Seine Augen sind plötzlich die eines Zigeuners, geradezu beängstigend. Ich weiß zwar nicht, wie, aber unsere Fahrt geht weiter. Der Duft des Pinienwaldes dringt durch die

more delle onde che si rompono sugli scogli. Il ragazzo parla all'improvviso.

– Ci venivo a fare il bagno.

– Salivi su?

– Qualche volta. Usavo la doccia.

– Cosa ci aveva portato?

– Ma niente. Metteva tutto in borsa.

Come ho fatto a non accorgermene? Valuto la mia condotta di marito. Pesco momenti alla rinfusa. Il regalo per il primo anno di matrimonio comprato cosí, di sfuggita. Un filo di perle molto costoso: una banalità. Le cene nei ristoranti incastrate tra un viaggio di lavoro e l'altro. Ma anche tanta tenerezza. I film sul divano. I barbecue in giardino. Le passeggiate mano nella mano sempre piú silenziose. Poi i discorsi strampalati dei dottori, il puzzo degli ospedali. La fine si avvicinava. Era qualcosa di abominevole che cercavo di rendere sopportabile. Mia moglie si metteva a tossire nel cuore della notte. Per farla addormentare l'accarezzavo. Potevo andare avanti per ore.

Troppa tenerezza, forse.

4.

All'interno della casa l'aria di mare ha impregnato i muri e i tessuti. Tutto sa di conchiglie e di sabbia. Prima di salire ho suonato il campanello. La targhetta era corrosa dal salmastro, ma credo fosse bianca. Tiro su gli avvolgibili e mi affaccio dal balcone.

Fenster herein, auch das Tosen der an den Felsen sich brechenden Wellen. Da redet der Junge auf einmal:

«Ich bin hier zum Baden hergekommen.»

«Bist du hochgegangen?»

«Manchmal zum Duschen.»

«Was hat sie hierher mitgenommen?»

«Nichts Besonderes. Sie hat es alles in die Tasche gesteckt.»

Wie konnte es sein, dass ich nichts bemerkt habe? Ich überdenke mein Verhalten als Ehemann, rufe mir die eine oder andere Situation in Erinnerung. An das in Eile gekaufte Geschenk zum ersten Hochzeitstag. Eine sehr teure Perlenkette – ziemlich einfallslos. An die zwischen zwei Geschäftsreisen eingeschobenen Abendessen im Restaurant. Aber auch an viel Zärtlichkeit. Die Filme auf dem Sofa. Das Grillen im Garten. Die zunehmend schweigsam verlaufenen Spaziergänge Hand in Hand. Dann das abgehobene Gerede der Ärzte, der üble Geruch der Krankenhäuser. Es ging dem Ende zu. Etwas Schreckliches, was ich erträglich zu machen versuchte. Meine Frau fing mitten in der Nacht an zu husten. Damit sie wieder einschlief, streichelte ich sie. Stundenlang konnte ich das machen.

Zu viel Zärtlichkeit vielleicht.

4.

Die Wände und Stoffe im Inneren des Hauses sind durchdrungen von der Seeluft. Alles riecht nach Muscheln und Sand. Bevor ich hinaufging, klingelte ich. Das Namensschild war zerfressen vom Salz, ich glaube, es war mal weiß. Ich ziehe die Rollläden hoch und schaue vom Balkon.

– Non vieni?

Il ragazzo alza la testa, si ripara dal sole con una mano.

– Ti ho detto di no. Non voglio venirci.

Torno dentro. Sulla parete del salottino c'è una brutta stampa. Scosto la cornice come un ladro. Come se sotto potesse esserci una cassaforte. Mi rimane soltanto uno strato di polvere sulle dita. Mi metto seduto sul divanetto e accavallo le gambe. Vado in cucina e apro tutti i cassetti. Qualche posata, un cavatappi. In bagno ci sono ancora i tappetini e gli asciugamani. Mi stupisce l'ordine con cui sono sistemati. Ho un sussulto: forse, per la prima volta, riconosco il tocco di mia moglie. Apro un armadietto pieno di piccoli profumi. Ne conto trentasette. Conto di nuovo, mi aiuto con l'indice: trentasette. Vado in camera e mi butto sul letto. I comodini sono vuoti. Accendo e spengo le lampade a ripetizione. Non succede niente, il contatore della luce è staccato. Piú che altro lo faccio per sentire il suono dell'interruttore, per sfogarmi.

L'unico oggetto fuori dal comune è un candelabro. Una rosa con il gambo spinoso in ferro battuto. La candela è consumata per metà, le gocce di cera sono colate sul basamento. È romantico, perfino sensuale, o soltanto una vecchia chincaglieria? Lo trovo perfetto per descrivere la situazione insensata in cui sono capitato, le cose che ignoro. In questa specie di boudoir, o di casa per le vacanze, non esistono tracce riconoscibili di mia moglie. Non so neanche cos'altro potrei cercare. Una fotografia? Un indumento? Una lettera d'amore? E poi le stanze finiscono qui.

«Kommst du nicht?»

Der Junge hebt den Kopf, schirmt sich mit einer Hand gegen die Sonne ab.

«Ich habe nein gesagt. Ich will da nicht rein!»

Ich gehe wieder zurück. An der Wand des kleinen Wohnzimmers hängt ein hässlicher Druck. Wie ein Dieb schiebe ich den Rahmen zur Seite, als könnte ein Safe dahinter sein. Aber mir bleibt nur eine Staubschicht an den Fingern. Ich setze mich auf das kleine Sofa und schlage die Beine übereinander. Ich gehe in die Küche und ziehe sämtliche Schubladen auf. Etwas Besteck, ein Flaschenöffner. Im Bad sind noch die Badematten und die Handtücher. Mich verblüfft, wie ordentlich sie dort liegen. Ich zucke zusammen, erkenne, vielleicht zum ersten Mal, die Handschrift meiner Frau. Ich öffne ein Schränkchen voller kleiner Parfumfläschchen, zähle siebenunddreißig, nehme den Zeigefinger zu Hilfe und zähle noch einmal: siebenunddreißig. Ich gehe ins Schlafzimmer und werfe mich aufs Bett. Die Nachttische sind leer. Ich schalte mehrmals die Lampen an und aus. Nichts tut sich. Die Leitung ist unterbrochen. Ich will nur das Klicken des Schalters hören, um mich abzureagieren.

Das Einzige, was aus dem Rahmen fällt, ist ein Kerzenleuchter. Eine schmiedeeiserne Rose mit dornigem Stiel. Die Kerze ist zur Hälfte runtergebrannt, das Wachs auf seinen Fuß getropft. Ist er romantisch, oder sogar sinnlich, oder nur alter Trödel? Ich finde, er passt genau, um die törichte Lage, in die ich geraten bin, und all die Dinge, von denen ich nichts weiß, zu beschreiben. Es gibt in dieser Art Boudoir oder Ferienhaus keinerlei erkennbare Spuren meiner Frau. Ich weiß auch nicht, wonach ich sonst noch suchen könnte. Ein Foto? Ein Kleidungsstück? Einen Liebesbrief? Außerdem, mehr Zimmer gibt es nicht.

Torno sul balcone. Il salmastro ha corroso anche la ringhiera. Le onde lasciano sulla spiaggia di tutto. Il ragazzo fuma una sigaretta appoggiato alla macchina. Lo guardo, non so se fidarmi oppure no. Non sapevo neanche avesse iniziato a fumare.

Ich gehe zurück auf den Balkon. Die salzhaltige Luft hat auch das Geländer zerfressen. Die Wellen hinterlassen alles Mögliche am Strand. Der Junge lehnt am Auto und raucht eine Zigarette. Ich betrachte ihn, ich weiß nicht, ob ich ihm trauen soll oder nicht. Ich wusste ja nicht einmal, dass er zu rauchen angefangen hatte.

«Eigentlich war alles normal», das könnte als Motto über den Geschichten von Luca Ricci stehen. Aber nicht nur über diesen. Wenn Sie gern weitere Erzählungen zeitgenössischer italienischer Autoren in italienisch-deutschem Paralleldruck lesen möchten, so finden Sie diese zum Beispiel in der Anthologie ‹Tutto sembrava normale. Eigentlich was alles normal›, herausgegeben und übersetzt von Ina-Maria Martens und Emma Viale-Stein (dtv 9396).

Darüber hinaus hält die Reihe dtv zweisprachig weitere Entdeckungen bereit. Wenn Ihr Interesse geweckt ist, schicken wir Ihnen gern ein Verzeichnis aller Bände zu.

Deutscher Taschenbuch Verlag
Friedrichstraße 1a, 80801 München
www.dtv.de zweisprachig@dtv.de

Ein Spaziergang auf der Reise in den Süden

Am Trasimenischen See
Vom Bahnhof Terontola nach Tuoro

Diese Wanderung fällt in zweierlei Hinsicht aus dem Rahmen (dieses Buches). Sie hat nur ihren Ausgangspunkt in der Toscana, verläuft zum größeren Teil in Umbrien. Und sie ist nicht als Ausflug von einer größeren Stadt aus durchzuführen, sondern auf der Reise in den Süden (oder der Rückfahrt in den Norden). Aber die Schönheit der Landschaft am Trasimenischen See und die Bequemlichkeit der An- und Abfahrt, sei es mit der Bahn, sei es mit dem Auto, rechtfertigen diese ›Ausnahme‹.

Der Weg führt durch eines der großen Schlachtfelder der Weltgeschichte: Hier besiegte Hannibal 217 v. Chr. die römische Armee. Aber nichts, außer einigen Gedenktafeln und dem Namen des Ortes Sanguineto (von sangue – Blut), erinnert mehr an das grausame Geschehen. Im Gegenteil, der Weg ist außerordentlich friedlich. Nach einem ersten Teilstück am Rand der Ebene des Val di Chiana verläuft er in großem Bogen auf halber Höhe über dem Trasimenischen See und erreicht schließlich den Ort Tuoro. Fast durchgehend hat man den See vor Augen. Der große Wasserspiegel, aber auch die Ölbaumkulturen, der Laubwald an den Hängen der Berge, die verfallenen Bauernhäuser, die wenigen herandringenden Geräusche vermitteln den Eindruck der Idylle.

Der Weg ist sehr leicht zugänglich: Er beginnt an der D-Zug-Station Terontola und endet am Bahnhof von Tuoro, von dem aus man problemlos nach Terontola zurückfahren kann. Gepäck lasse man am Bahnhof Terontola zurück.

Wegbeschreibung

Aus dem Bahnhof Terontola kommend, geht man geradeaus (Via XX Settembre), überquert bald eine Querstraße, wendet sich an der darauffolgenden Querstraße nach rechts, überquert eine größere Straße, geht geradeaus in die Via Petrarca. Diese biegt nach rechts; man geht hier geradeaus auf einen Fahrweg. Diesem folgt man, bis er vor einem neueren Gebäude nach rechts führt (Schild ›Passo privato‹); weiter geradeaus auf kleinerem Weg zwischen Weinstöcken und Olivenbäumen. Man gelangt zu einer Kreuzung bei einer großen Schirmpinie (25 min), geht nach links zu den Häusern des Dorfes Terontola (nicht zu verwechseln mit ›Terontola Stazione‹, der Ansiedlung am Bahnhof!) und zur Asphaltstraße, auf der man sich nach rechts wendet.

Einen Kilometer auf der Straße, mit Blicken auf das westliche Ufer des Sees. Bei Kilometer 48,4 Provinzgrenze Arezzo – Perugia (Schild), d. h. auch Grenze Toscana – Umbrien. Bei Kilometer 48,0 nach links in einen aufwärts führenden Fahrweg (45 min). Zwischen Ölbäumen, Ginster, kleinen Eichen erreicht man nach einer Rechtskurve des Weges eine Anhöhe, bei der ein kleinerer Fahrweg

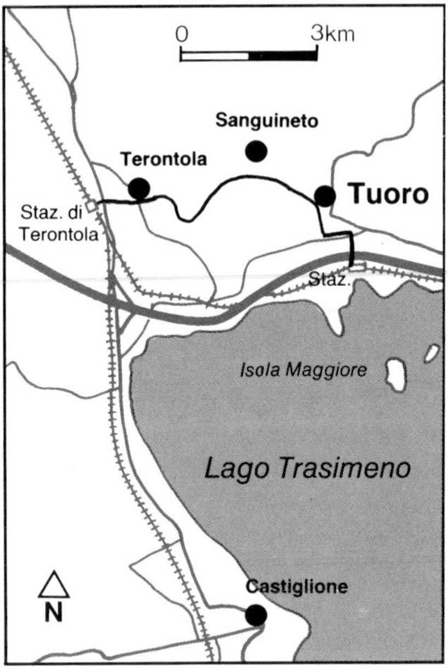

Wanderung von Terontola nach Tuoro

nach links abzweigt (1 Std.). Man nimmt diesen Weg. Hundert Meter darauf biegen in einer Linkskurve des Weges drei verschiedene Wege nach rechts ab; man schlägt den mittleren der drei Wege ein, geht am Hang, leicht abwärts. Nach 1:20 Std. eine Kreuzung; geradeaus, auf ein verfallenes Haus zu, an diesem rechts vorbei, weiter auf einem Weg durch einen Olivenhain.

Bald darauf eine weitere Hausruine oberhalb eines Gestüts (1:30 Std.). Unmittelbar vor diesem Haus geht man auf einem Weg zwischen Ölbäumen nach rechts abwärts, gelangt auf das Gelände des Gestüts. Rechts am Wohngebäude vorbei, auf breitem Weg aus dem Gestüts-Gelände heraus, in Richtung auf eine Zypressenallee. Sobald man diese erreicht, geht man nach links, in Richtung Sanguineto. Unterhalb des Dorfes (kurz vor einem weißen Haus) wendet man sich in einen Weg nach rechts, geht zwischen Ölbäumen, bald darauf auch an Reben vorbei. Der Weg beschreibt eine Rechtskurve, wenig später hält man sich bei einer Gabelung links, passiert dann einige Tabakfelder. Ein breiter Querweg, nach links abbiegen. Zwischen zwei Häusern hindurch, bald darauf in einen Fahrweg nach rechts (Via Fornello), in Richtung Tuoro (2:10 Std.). Der Weg wird asphaltiert (2:20 Std.); hier wendet man sich nach links und gleich darauf wieder nach rechts. Mit schönen Blicken auf den See erreicht man eine Asphaltstraße unterhalb des Ortskerns von Tuoro (2:30 Std.).

[Geht man auf der Asphaltstraße nach links, so findet man nach hundert Metern linker Hand einen Zeitschriftenkiosk; ab hier verkehren Busse nach Terontola, Passignano, Perugia (Fahrplan schräg gegenüber). Wenig oberhalb das Zentrum von Tuoro.]

Um weiterzuwandern zum Bahnhof von Tuoro, überquert man die Asphaltstraße, geht dann schräg rechts abwärts; kurz darauf auf der Hauptstraße nach links, dann in die zweite Straße nach rechts (Schild ›Senso unico‹). An einer Gabelung rechts, gleich wieder auf Straße links. Vorbei an einer Säule vom römischen Forum mit Text, welcher an die Hannibal-Schlacht erinnert. Weiter geradeaus abwärts, vorbei an neueren Häusern. An Querstraße (2:40 Std.) links. Blick auf das von Neubauten umgebene alte Tuoro. Entlang der Straße bis zu einer Kreuzung, dort nach rechts abbiegen zum Bahnhof (Wegweiser ›stazione‹). Bahnhof Tuoro nach 2:55 Std.

Unterhalb des Bahnhofs, der in unmittelbarer Nähe des Sees liegt, ein Strand (Hinweisschilder).

Wichtige Hinweise

Dauer: knapp drei Stunden.

Wegbeschaffenheit: bequeme, breite Fahrwege; 15 min im ersten Teil und 25 min am Schluß (Tuoro – Bahnhof Tuoro) asphaltiert.

Anstiege: ca. 100 m.

Schwierigkeitsgrad: leicht:

Orientierung: mittelschwer.

Restaurants in Terontola Stazione.

Anfahrt: Der Bahnhof Terontola ist von allen Bahnhöfen an den Linien Florenz – Rom

und Foligno – Perugia – Terontola erreichbar. Wer nur den interessantesten Teil der Wanderstrecke zurücklegen möchte, fahre ab Bahnhof Terontola mit Taxi bis Kilometer 48 der Straße Riccio – Terontola Paese – Tuoro (ca. 3 km).

Rückfahrt: Zug Bahnhof Tuoro – Bahnhof Terontola. Verbindungen etwa stündlich, Fahrzeit 15 min.

Gepäckaufbewahrung im Bahnhof Terontola.

Mit Pkw: Rückfahrt wie oben.

Am Wege

Trasimenischer See, viertgrößter See Italiens, nur bis zu sechs Metern tief.

An den Ufern des Sees – in dem Gebiet, welches man durchwandert – fand 217 v. Chr. eine Schlacht zwischen den karthagischen Truppen Hannibals und den Römern unter dem Konsul C. Flaminius statt. Hannibal drängte die Römer in einer Umfassungsschlacht in den See, welcher damals einen höheren Wasserstand hatte und das gesamte Becken ausfüllte, welches man umwandert.

Wanderungen in Latium

Spaziergänge und Tagesausflüge

Von Rom aus

Kein anderes der in diesem Buch beschriebenen Gebiete ist so vielfältig wie das Land um Rom. Von den Tuffschluchten des nördlichen Latium zu den Seen des Albanergebirges, von den kargen Lepinischen Bergen zu den Dörfern am Rand des Apennin – von Rom aus erschließt sich die latinische Landschaft in ihrer Vielgestalt und ihrer Tiefe. Alles, was unten S. 140ff. über die Landschaft Latiums gesagt wird, gilt auch für die im folgenden geschilderten römischen Wanderungen; diese bedürfen daher keiner weiteren Vorstellung.

Die Kleinstädte und Dörfer in Roms Umgebung sind mit der Hauptstadt durch häufig fahrende Busse verbunden. Überraschend schnell gelangt man in die Campagna; die Ausgangs- und Endpunkte vieler Wanderungen lassen sich in sechzig- bis neunzigminütiger Fahrt erreichen. Bei einigen weiter entfernten Wanderungen ist die Übernachtung außerhalb Roms zu erwägen – ein Vergnügen, das man sich schon wegen der ruhigen Atmosphäre der latinischen Ortschaften gelegentlich gönnen sollte.

In Rom gibt es keinen zentralen Busbahnhof; man beginnt die Fahrten bei der Stazione Termini, bei den U-Bahn-Stationen Flaminio, Lépanto, Subaugusta oder am Viale Castro Pretorio, 500 Meter nordöstlich vom Hauptbahnhof. Im Hotelverzeichnis der Stadt Rom (erhältlich bei Ente Provinciale per il Turismo, Via Parigi 11, Nähe Hauptbahnhof) sind auf einem Stadtplan die Bushaltestellen für Fahrten in die Provinz eingezeichnet.

Ein gedruckter Fahrplan der latinischen Busverbindungen existiert gegenwärtig nicht. Die genauen Abfahrtszeiten sind an den Abfahrtsstellen zu erfahren. Telefonische Auskunft erteilt die Busgesellschaft ACOTRAL unter der Nummer (06) 57531. Die im Text angegebenen Busverbindungen gelten nur für die Werktage; sonn- und feiertags fahren die Busse seltener.

Im allgemeinen sind die öffentlichen Verkehrsmittel für die Wanderungen nützlicher als der Pkw. Man gelangt nämlich, da ›alle Wege nach Rom führen‹, vom Endpunkt der Wanderung in den meisten Fällen schneller nach Rom zurück als an den Ausgangspunkt (wo der Wagen steht). Die Ausnahmen von der Regel sind jeweils vermerkt.

Wer zwischen Palestrina und Subiaco wandern möchte, kann der Einleitung zur mehrtägigen Wanderung Palestrina – Alatri (S. 186f.) einige zusätzliche Informationen entnehmen.

Von Rom aus lassen sich außer den im folgenden Abschnitt beschriebenen auch die Wanderungen bei Norchia (mit Pkw, vgl. S. 169ff.) und am Vico-See (vgl. S. 155ff.) durchführen.

Doktor Faustus' Schicksalsort
Von Palestrina nach San Vito Romano

In Thomas Manns Roman ›Doktor Faustus‹ schließt die Titelgestalt, der Komponist Adrian Leverkühn, in dem latinischen Bergstädtchen Palestrina ihren Pakt mit dem Teufel. Thomas Mann beschreibt den Ort – in dem er einen Sommer verbracht hat, an den ›Buddenbrooks‹ schreibend – als »eine pittoresk am Berge lehnende Siedlung, in welche vom unteren Kirchplatz eine von den Häusern beschattete, nicht eben reinliche Treppengasse hineinführte. Eine Sorte kleiner schwarzer Schweine lief darauf herum, und leicht konnte von den breitbepackten Eseln einer, die dort ebenfalls auf und ab schritten, mit seiner ausladenden Last den unachtsamen Fußgänger an die Häuserwand drücken.«

Schweine und Esel wird man heute in Palestrina nicht mehr finden. Die »nicht eben reinliche Treppengasse« heißt mittlerweile »Via Thomas Mann« (was sich der Schriftsteller wohl kaum hätte träumen lassen). Sie steigt hinter dem Denkmal des Komponisten Giovanni Pierluigi da Palestrina an, der den Namen des Ortes, zumindest unter Musikkennern, weltbekannt gemacht hat.

Im Altertum befand sich in Palestrina eines der größten Heiligtümer Italiens, der Tempel der Fortuna Primigenia, eine Orakelstätte, die schon vor der Gründung Roms bestand. Hier suchten die italischen Stämme und später die Römer Rat bei wichtigen Entscheidungen, ähnlich wie die Griechen in Delphi. Die Reste des gewaltigen Tempels sind in der Stadt zu sehen.

Wie viele große Heiligtümer der Antike, so wurde auch dasjenige von Palestrina in beeindruckender landschaftlicher Umgebung errichtet: am Hang der prenestinischen Berge, an einer Stelle, an der man bei klarer Sicht durch eine Senke zwischen Albaner- und Lepinerbergen zum Meer blickt. Das Tal von Palestrina ist heute leider in häßlicher Weise verbaut. Wendet man sich aber nach Süden und Westen – wie auf der im folgenden beschriebenen Wanderung, so gelangt man binnen kurzem in einsames, bergiges Gebiet von großer Schönheit. Weite Blicke über das Land um Rom, die kahlen Vorgebirge des Apennin (eine Landschaft, in der zahlreiche Filme gedreht wurden), die schönen Orte Capranica Prenestina und San Vito Romano, im Hintergrund die Gipfel des Hochgebirges.

Die Wanderung von Palestrina bis San Vito Romano ist lang und wegen zweier steiler Anstiege recht anstrengend. Man kann sie in vielfacher Weise verkürzen und variieren; entsprechende Hinweise finden sich am Schluß der Wegbeschreibung.

Wegbeschreibung

In Palestrina steigt man durch den Ort auf zum Museo Barberini (Besuch lohnend, vgl. unten). Aus dem Museum kommend, wendet man sich nach rechts, steigt auf einer Straße leicht an, schlägt dann – vor einer kleinen Piazza (Telefonzelle) – einen schräg nach rechts aufwärts führenden Weg ein. Diesem folgt man bis zu einer Gabelung vor einem Kirchenportal, biegt hier nach rechts und nimmt gleich darauf den rechten von zwei ansteigenden Treppenwegen. An der nächsten Gabelung auf ein Asphaltsträßchen nach links

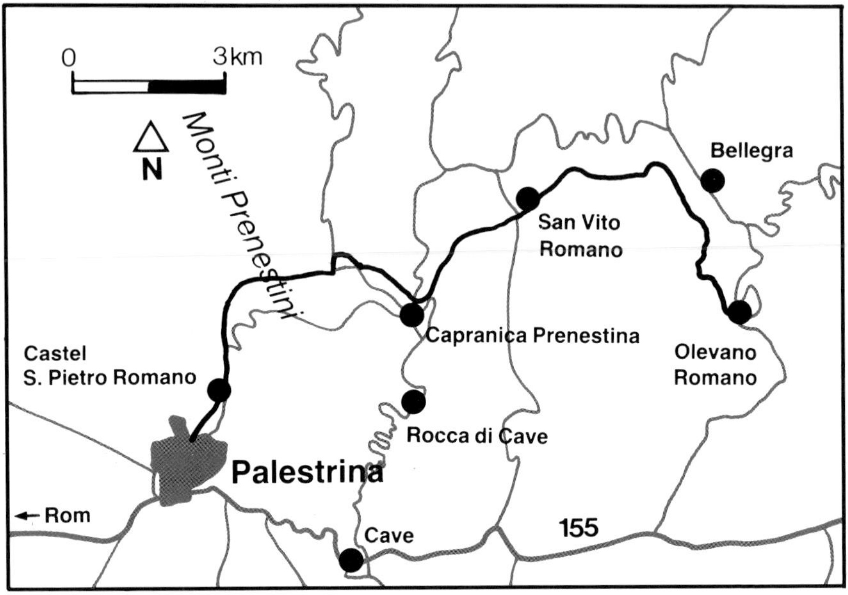

Wanderungen von Palestrina nach San Vito Romano und von San Vito Romano nach Olevano Romano

aufwärts. Man passiert das letzte Haus auf der linken Straßenseite (Hausnummer 33), biegt kurz darauf nach rechts in einen Weg, der dem Anschein nach nur zu zwei Häusern führt, in Wirklichkeit aber an diesen vorbei ansteigt. Auf diesem Maultierpfad steigt man – einmal die Straße überquerend – an bis Castel San Pietro (45 min).

Man verläßt Castel San Pietro in nordöstlicher Richtung, schneidet die Kurven der aus dem Ort führenden Straße auf einem Treppenweg bzw. kleineren Sträßchen und erreicht unterhalb des Ortes die Straße Palestrina – Capranica, geht auf ihr nach links. Nach wenigen Metern, vor einer Trattoria, biegt man auf einen Weg nach rechts, passiert den Friedhof, geht weiter auf schmalem Pfad parallel zur Straße. Man folgt dem Lauf der Straße, zum Teil auf der Straße selbst, zum Teil auf Pfaden oder querfeldein neben ihr, bis die Straße in mehreren großen Kurven anzusteigen beginnt (1:20 Std.). Hier wendet man sich in einen nach links abzweigenden Weg, der sich nach wenigen Metern zu einem schmalen Pfad verengt.

Teils querfeldein, teils auf sehr kleinen Pfaden steigt man links von der Straße an, unterhalb einer Elektrizitätsleitung, bis diese sich schräg nach rechts wendet und die Straße überquert (scharfe Rechtskurve der Straße). Hier folgt man der Leitung nicht, sondern behält in etwa die gleiche Wegrichtung bei wie bisher (NNO), steigt z. T. auf Ziegenpfaden, z. T. querfeldein steil den Hang hinauf. (Die Gehrichtung wird recht genau von einem kleinen Steinwall bezeichnet, der sich links oberhalb der Straße befindet, an der Stelle, wo man die Elektrizitätsleitung verläßt.)

Zielpunkt des Anstiegs ist der rot-weiß gestrichene Sendemast auf dem Gipfel des Berges, an dem man sich befindet; man geht auf diesen aber nicht direkt zu (würde sich dabei in dichtem Gesträuch verfangen), sondern steigt zunächst auf dem Hang, den man unmittelbar vor sich hat, geradeaus an. Steiler, etwas mühseliger, aber sehr schöner Anstieg,

zum großen Teil über steinige Wiesen; kleinere Ginstergebüsche werden auf Pfaden durch- bzw. umgangen.

Man erreicht nach rund vierzigminütigem Anstieg den Kamm des Berges (2 Std.), etwa 400 Meter links vom Gipfel. Sich nach rechts wendend, gelangt man zum Gipfel (2:20 Std.). Sehr schöne Blicke auf Berge und Dörfer, bei klarer Sicht aufs Meer und bis nach Rom.

Vom Gipfel auf kleinem Sträßchen in nordöstlicher Richtung absteigen (querfeldein gehend die Kurven der Straße schneiden). Man gelangt zur Straße Guadagnolo – Capranica (2:30 Std.). Nach rechts gehend, erreicht man auf der Straße in ca. 40 Minuten Capranica.

Wesentlich schöner, wenn auch etwas mühseliger und länger ist hier der folgende Weg: Man geht auf der Straße nach *links,* biegt nach 50 Metern nach rechts, steigt über eine Wiese und am Waldrand entlang zu einem kleinen Sattel auf. Hinter dem Sattel in gleicher Richtung hinab, dann in ein nach schräg rechts abwärts (in Ostnordost-Richtung) verlaufendes kleines Tal. Über Weiden talabwärts bis zu zwei kleinen grauen Gebäuden, von dort schräg nach rechts aufwärts zu einem kleinen Paß. Auf dem Paß angelangt (2:50 Std.), erblickt man Capranica, geht in südöstlicher Richtung auf einem über Weiden führenden Pfad weiter (auf diesem Stück rot-gelb-rote Markierung).

Man erreicht neuerlich die Straße (3 Std.), geht auf ihr nach links, biegt nach 50 Metern durch ein Gatter nach links auf einen abwärts führenden Pfad. Immer auf gleicher Höhe bleibend, geht man in östlicher Richtung auf Capranica zu. Der Weg führt nochmals zur Straße; man hält sich weiter auf Pfaden an der linken Seite des Hanges; Capranica taucht immer wieder vor den Augen auf. Zum Schluß steiler absteigend, vor dem Friedhof nach rechts biegend, erreicht man Capranica (3:35 Std.).

Von der Piazza in Capranica (Piazza Pietro Baccelli) schlägt man einen Weg ein, welcher in nordöstlicher Richtung leicht absteigt, unterhalb der Via sulle Mura. Bei einer Gabelung links abwärts; man gelangt zu einem Haus, geht an diesem vorbei auf einem Pfad weiter. Man erreicht die Straße Capranica – San Vito, überquert sie (sich leicht rechts haltend), findet einen weiter abwärts verlaufenden steinigen Pfad. Dieser führt zu einem Bach; zunächst an dessen rechter, dann an seiner linken Seite weiter abwärts.

Etwas mühseliger Abstieg auf steinigem Weg, schöne Blicke. Eine Kreuzung (4:05 Std.); man geht geradeaus, steigt in Kastanienwald weiter ab. Der Weg wendet sich nach rechts, führt zu einem Zaun; man geht vor dem Zaun nach rechts, gleich wieder nach links. Man steigt, sich mehr oder minder am Kamm des Hügels haltend, durch Wald in südöstlicher Richtung ab; der Weg beschreibt einige Serpentinen. Ein Querweg (4:25 Std.); man geht rechts, folgt dem Weg nach wenigen Minuten (unterhalb eines Häuschens) in einer Linkskurve. (In dieser Linkskurve zweigt nach rechts ein kleiner Pfad ab; man bleibt auf dem breiteren, nach links führenden Weg.)

Der Weg wird schmaler; man geht auf ihm in östlicher Richtung; sobald er leicht anzusteigen beginnt, steigt man in Kurven – im großen und ganzen die Ost-Richtung beibehaltend – nach rechts ab bis zu einem Gatter. Man übersteigt das Gatter, folgt dem Weg an einem Häuschen vorbei zu einem weiteren Gatter; kurz danach oberhalb eines Baches ein Querpfad; man geht nach links, findet nach hundert Metern einen Bachübergang (4:35 Std.). Man überquert den Bach, steigt auf dessen anderem Ufer auf schmalem Pfad an, geht zwischen Weinstöcken, Öl- und Obstbäumen links an einem kleinen Häuschen vorbei, findet, sich links haltend, gleich ein weiteres Häuschen, biegt vor diesem nach rechts, steigt in östlicher Richtung weiter an, gelangt schließlich auf einen stark bewachsenen Fahrweg, auf dem man nach rechts geht. Gleich darauf kommt man zu einem breiteren Fahrweg, biegt hier nach links in Richtung auf San Vito.

(Die Pfade in diesem Teilstück ändern sich von Jahr zu Jahr ein wenig; die Beschreibung ist also nicht unbedingt völlig präzis; wenn

Capranica Prenestina vor dem Hintergrund des Apennin

man in östlicher Richtung durch die Pflanzungen ansteigt, muß man früher oder später den Fahrweg erreichen. – Mehr noch als anderswo gilt in diesem Bereich die Bitte, kein Obst, keine Weintrauben zu pflücken, so verlockend es sein mag: die Bauern, oft Nebenerwerbslandwirte, besitzen häufig nur sehr kleine Wein- und Obstgärten und spüren es schnell, wenn Wanderer bei ihnen miternten.) In der nächsten Rechtskurve des Weges biegt man nach links in einen kleinen Pfad, welcher sich nach drei Metern nach rechts wendet, über Stufen ansteigt (leicht zu übersehen). (Man kann auch auf dem Fahrweg bleiben, erreicht auf ihm die Straße Capranica – San Vito, auf dieser San Vito; schöner aber ist der kleine Pfad.) Der Pfad, zum Teil recht bewachsen, steigt sehr schön oberhalb eines Tales nach San Vito an; relativ steil und anstrengend.

Bei einer Gabelung kurz vor den ersten Häusern von San Vito geht man links, auf dem weniger steil ansteigenden Pfad, erreicht ein Sträßchen, geht nach rechts zur Straße Capranica – San Vito (5:20 Std.).

Auf der Straße nach links zum Ortszentrum von San Vito Romano, das man in 15 Minuten erreicht – oder auch nach rechts, wo man in fünf Minuten zur Trattoria del Mago gelangt.

Wichtige Hinweise

Dauer: 5:30 Std. Abkürzungsmöglichkeiten: Jedes der Teilstücke Palestrina – Castel San Pietro (45 min), Castel S. Pietro – Capranica (2:50 Std.), Capranica – San Vito (2 Std.) kann für sich allein gegangen werden. Am schönsten ist für mein Empfinden das Teilstück Castel San Pietro – Capranica.

Wegbeschaffenheit: Berg- und Waldpfade; einige Wegstrecken querfeldein über Wiesen; kurze Strecken auf Asphaltstraßen.

Anstiege: Zwei relativ steile und anstrengende Anstiege: von Palestrina aus etwa 550 m Anstieg (davon 250 m bis Castel S. Pietro); vor San Vito nochmals ca. 200 m Anstieg. Zwischen Capranica und San Vito ein recht langer Abstieg (ca. 400 m Höhenunterschied).

Palestrina liegt etwa 500 m ü. M., der höchste Punkt der Wanderung liegt über 1000 m hoch, Capranica auf 915 m Höhe, San Vito 700 m ü. M.

Schwierigkeitsgrad: anstrengende, lange Wanderung mit steilen Anstiegen.

Orientierung: bis Capranica mittelschwer, zwischen Capranica und San Vito schwierig.

Restaurants, Bars, Geschäfte in allen vier Orten; Hotels in Palestrina und S. Vito (vgl. S. 195).

Busverbindungen: von und nach allen Orten häufige Busverbindungen mit Rom. Abfahrt in Rom vor dem Hauptbahnhof; Fahrzeiten zwischen 1:30 Std. und zwei Std. Rückfahrt: letzter Bus S. Vito – Palestrina – Rom 19.30 (werktags).

Mit dem Pkw: Rückfahrt mit Bus von allen auf der Wanderung berührten Orten bis Palestrina möglich.

Am Wege

Palestrina, eine der ältesten Städte Latiums, der Legende nach von Telegonos, einem Sohn des Odysseus, oder von Caeculus, einem Sohn des Vulkan, gegründet. In Palestrina befand sich der *Tempel der Fortuna Primigenia,*

Orakelstätte der latinischen Völker. Die Ruinen der großen Tempelanlage kamen nach Bombardements im Zweiten Weltkrieg unter dem mittelalterlichen Ortskern zum Vorschein, wurden dann 1952–55 systematisch ausgegraben.

Die heute sichtbare Tempelanlage stammt vermutlich aus dem 1. Jahrhundert v. Chr. (Die Orakelstätte selbst ist erheblich älter, wurde – vielleicht nach Zerstörungen in den römischen Bürgerkriegen – in den heute erhaltenen Formen erneuert.) Sie besteht aus zwei getrennten Teilen. Das *untere Heiligtum* (Zugang rechts neben dem Dom) umfaßt den großen Hof der Area sacra, die Orakelgrotte (Antro dell Sorti) mit Resten eines Fußbodenmosaiks und den sogenannten Apsidensaal. Es ist allerdings umstritten, ob dies »untere Heiligtum« wirklich zum Tempel gehörte oder nicht vielmehr den Forumsbezirk des antiken Palestrina darstellte.

Das *obere Heiligtum* steigt in grandiosen Rampen und Terrassen an; an seinem höchsten Punkt befindet sich heute der Palazzo Barberini mit dem *Archäologischen Museum*. Im Museum sind insbesondere bemerkenswert: Fragment eines *Reliefs* mit Darstellung eines Triumphzuges (4. Jh.; im Erdgeschoß); wiederaufgebauter *Rundtempel* von einer Tempelterrasse; das *Modell des Tempelbaus*, welches erlaubt, sich eine genaue Vorstellung von der Gesamtanlage des ›oberen Heiligtums‹ zu machen; das *Nilmosaik*, eines der schönsten und besterhaltenen Mosaiken aus römischer Zeit. Das Mosaik ist nicht eindeutig datiert (die Vermutungen schwanken zwischen 1. Jh. v. Chr. und 3. Jh. n. Chr.); es stammt vielleicht von ägyptischen Künstlern, stellt eine Nil-Landschaft während der Überschwemmungsperiode dar, mit zahlreichen Tieren, Jagd- und religiösen Szenen.

Im unteren Ortsteil Palestrinas Reste großer *polygonaler Mauern* (6. Jh. v. Chr.)

Castel S. Pietro Romano, Dorf an der Stelle der Akropolis des antiken Palestrina.

Capranica Prenestina, kleiner Ort, in 915 Meter ü. M. vor eindrucksvollem Gebirgshintergrund gelegen (Farbt. 7). *Pfarrkirche S. Maddalena,* um 1520 in Renaissanceformen erbaut, vermutlich nach Entwurf von G. Pantigati (einem Schüler Michelangelos) oder aber nach einem Plan Bramantes, des Architekten des Petersdoms; ungewöhnliche Kuppel.

San Vito Romano, mit gut erhaltenem, sehr malerischem alten Ortskern (Farbt. 14).

Im Paradies der romantischen Maler
Von San Vito Romano nach Olevano Romano

San Vito und Olevano gehören zu den schönsten alten Orten unter den vielen schönen alten Orten in der Nähe Roms. (Allerdings sind ihre Ortskerne heute von häßlichen, durch den Kontrast besonders unglückselig wirkenden Neubauvierteln umgeben.) Großartig ist die Umgebung, in der sich diese kleinen Städte befinden. Die klar geschnittenen, bewegten Umrisse des Apennin und seiner Vorgebirge bilden den Hintergrund einer vielfältig bebauten und bewachsenen Landschaft, in der Wein- und Olivenkulturen vorherrschen, sich aber immer wieder auch wildwuchernde Vegetation findet. In tiefen Tälern fließen kleine Bäche; weite Ausblicke eröffnen sich über die Ebene des Flusses Sacco zu den Lepinischen Bergen.

Die Gegend ist, wie Eckart Peterich bemerkt hat, »reich sowohl an ‘heroischen’ wie an intimeren romantischen Motiven«. Im frühen 19. Jahrhundert zog sie zahlreiche – vorwiegend deutsche – Maler an, welche sich insbesondere in Olevano niederließen. Ludwig Richter, einer dieser Maler, notierte begeistert: »Von überwältigen-

der Schönheit ist die nähere und fernste Umgebung ... Man denke sich nun, wie ... hier Effekte entstehen mußten, die Herz und Sinn aufjubeln oder auch ganz verstummen machten.«

In vielen deutschen Kunstmuseen finden sich Bilder mit Motiven der Landschaft um Olevano. Von den ›romdeutschen‹ Malern haben außer Richter hier gearbeitet: Johann Christian Reinhart, Joseph Anton Koch, Carl Philipp Fohr, Carl Rottmann, Heinrich Reinhold, Julius Schnorr von Carolsfeld und zahlreiche andere. Sie bildeten eine ›Künstlerkolonie‹ in der oberhalb Olevanos gelegenen Casa Baldi. Die Casa Baldi und der sie umgebende Eichenwald der Serpentara wurden 1873 vom Deutschen Reich erworben; heute wohnen hier deutsche Stipendiaten.

Die Wanderung führt, vielfach auf kleinen Pfaden, durch diese malerische Landschaft. Die Orientierung ist nicht leicht, man muß damit rechnen, den Weg nicht immer auf Anhieb zu finden. Die Schönheit der Gegend lohnt es aber, diese Schwierigkeit auf sich zu nehmen.

Wegbeschreibung

(Karte s. S. 118)

In San Vito geht man, aus dem alten Ortskern kommend, am Palazzo Theodoli vorbei zur Piazza Augusto Baccelli vor dem Palazzo, von dieser auf einer Straße schräg nach rechts abwärts. Man überquert eine größere Straße, geht geradeaus weiter auf der Via del Canale. Die Asphaltierung hört auf; man bleibt bei einem nach rechts abzweigenden Weg auf dem oberen (linken) Fahrweg, gelangt zu einer Gabelung (25 min), bei der man rechts abwärts geht.

In Kurven hinab, am Ende des Abstiegs, gut fünf Minuten nach der Gabelung, biegt man auf einen nach links abzweigenden Weg, welcher einen Bach überquert. Bei einer Gabelung links halten, auf Fahrweg ansteigen. Am Ende des Fahrwegs biegt man auf einen kleinen Pfad nach links, passiert ein verfallenes Haus, geht weiter in östlicher Richtung. Man gelangt zu einem kleinen Gemüsegarten, überquert einen Bach, geht zehn Meter nach dem Bach auf einem Pfad nach links.

100 Meter weiter eine Gabelung; man biegt nach rechts (50 m nach links befindet sich eine Quelle; Trinkwasser). Auf Pfad aufwärts, um ein Haus rechts herumgehen; gleich darauf passiert man ein Steinhäuschen (linker Hand); weiter geradeaus. Einige Minuten später ein weiterer Bach; man überquert ihn, findet einen nach rechts führenden Weg, gelangt auf diesem zu einem Querweg; auf diesem nach links aufwärts.

Der Weg beschreibt zwei Rechts- und zwei Linkskurven. Nach der zweiten Linkskurve, zehn Meter oberhalb eines Steinhäuschens, biegt man in einen Weg nach rechts, der zu einem weiteren Haus führt. Man geht dicht links an dem Haus vorbei, nimmt hinter dem Haus bei einer Gabelung den linken, oberen Pfad. (Zehn Meter danach zweigt ein dritter Pfad von diesem nach links ab; man geht hier geradeaus.) Bei einer Abzweigung (150 m nach dem Haus) geradeaus, 100 Meter weiter auf dem Weg im Bogen nach links. Aufsteigend erreicht man ein weiteres Häuschen, an dem man sehr dicht vorbeigeht, den ›Vorplatz‹ passierend (Besitzer sind einverstanden). Man gelangt zu einem Asphaltsträßchen.

(Sollte man in diesem Bereich Schwierigkeiten haben, den Weg zu finden, so gehe man irgendwie auf Pfaden bergauf; man trifft dann früher oder später auf das Asphaltsträßchen, wendet sich auf ihm nach rechts abwärts.)

Man geht auf dem Sträßchen nach rechts hinab, steigt recht steil ab. Das Sträßchen beschreibt eine Rechtskurve, passiert ein neue-

Olevano Romano, charakteristisches latinisches Landstädtchen ▷

res Haus linker Hand. Wenig später biegt vor einem weiteren Häuschen ein Weg nach links. Ab hier hat man die Wahl zwischen einem schöneren, aber für ein kurzes Stück sehr mühselig zu gehenden Weg (nach größeren Regenfällen, bei schwerem Boden, nicht passierbar) und einer einfacheren – ebenfalls interessanten – Variante.

1. Variante:
Man biegt in den Weg nach links. Dieser führt in knapp fünf Minuten zu einem kleinen Steinhaus. Etwa 100 Meter vor diesem Haus, vor einer leichten Rechtsbiegung des Weges, steigt man am Rand eines Schilfgebüschs auf sehr kleinem, kaum sichtbarem Pfad schräg nach rechts ab zu einem Ölbaumhain. – Wenn man diesen Pfad nicht findet, muß man etwa 150 Meter vor dem Steinhaus nach rechts in den Olivenhain biegen, hat dann einen sehr steilen Abstieg im oberen Teil der Olivenpflanzung.

Man geht etwa 100 Meter in südöstlicher Richtung, steigt dann nach links in östlicher Richtung ab, in Richtung auf einige unterhalb sichtbare Häuser. Beim ersten Haus trifft man auf einen Pfad, gleich darauf auf einen Querweg, geht nach rechts (weiter abwärts), erreicht wenig später einen breiten Querweg (1:35 Std.); auf diesem nach links. Man passiert ein Haus (hier eine Abzweigung nach links, man geht geradeaus; gleich darauf eine Abzweigung nach rechts, weiter geradeaus), trifft oberhalb eines zweiten Hauses auf einen Querweg (1:55 Std.), dem man nach rechts folgt und auf dem man eine Asphaltstraße erreicht (2:15 Std.). Weiter wie unten beschrieben.

2. Variante:
Man geht auf dem Sträßchen weiter geradeaus. Wenig später hört die Asphaltierung auf. Man steigt auf dem Weg, welcher sich bald zu einem Pfad verengt, weiter ab. Im Tal angelangt – etwa 300 Meter, bevor man einen im Tal entlang führenden Fahrweg erreicht – biegt man unterhalb eines Hauses in einen Pfad, der nach links zu einem Bach führt. Man überquert den Bach, steigt auf der anderen Seite an, gelangt zu einem breiteren Weg (2:05 Std.), geht auf diesem nach links. Eine Rechtskurve, ein kurzer steiler Anstieg, dann ein Querweg, auf dem man nach links geht. Bei einer Abzweigung geradeaus, nochmals ein steiler Anstieg, ein weiterer Querweg, man geht rechts. Wenig später gelangt man bei einem großen Haus zu der Asphaltstraße (2:25 Std.).

Bei der Asphaltstraße treffen die beiden Wege wieder zusammen. Man geht links, steigt auf dem Sträßchen steil an, biegt nach etwa zehn Minuten Anstieg – nach einer Linkskurve der Straße – in einen nach rechts abzweigenden, zunächst asphaltierten Fahrweg, der steil abwärts führt. Blick auf den schönen alten und den häßlichen neuen Ortsteil von Olevano. Die Asphaltierung des Weges endet; man geht auf dem Weg, der eine Linkskurve beschreibt, weiter auf Olevano zu. Man folgt immer dem Weg, biegt dann – in einer scharfen Rechtskurve des hier abwärtsführenden Weges – nach links in einen bewachsenen Fahrweg (2:40 Std.). (Man kann an dieser Stelle auch dem Hauptweg folgen, einfacher zu finden und zu gehen, aber ein Stück länger als die im folgenden beschriebene Abkürzung, welche nach zehn Minuten auf den Hauptweg zurückführt.)

Der abzweigende Weg führt nach wenigen Metern zu einem Schuppen. Man geht vor dem Schuppen auf einen kleinen Pfad nach rechts, steigt in südlicher Richtung relativ steil ab, gelangt zu einem Haus, vor dem man in einen Pfad nach links biegt. Der Pfad führt zu einem Weinberg. Durch den Weinberg nach rechts abwärts zu dem unterhalb entlang führenden Fahrweg (2:50 Std.); man biegt auf diesem nach links.

Nochmals ein etwa zehnminütiger steiler Anstieg; anschließend geht man auf ebenem Weg auf Olevano zu. Unterhalb des Ortes beginnt der Weg wiederum anzusteigen; man folgt entweder dem Hauptweg zum oberen Teil von Olevano, von wo aus man sehr schön durch den malerischen Ort absteigt; oder aber man biegt in einer Linkskurve des Fahrweges

nach rechts in einen Pfad, auf dem man, etwas weniger ansteigend, ebenfalls Olevano erreicht (3:30 Std.). Schöner wohl der erste Weg.

Wichtige Hinweise

Dauer: 3:30 Std.
Wegbeschaffenheit: Fahrwege und schmale Pfade.
Anstiege: drei Anstiege, z.T. auf steilem Weg. Insgesamt ca. 400 m Anstieg.
Schwierigkeitsgrad: anstrengende Wanderung.
Orientierung: schwierig.
Hotels und Restaurants in San Vito und Olevano (vgl. S. 195).
Busverbindungen: Häufige Verbindungen Rom – S. Vito (7.40, 8.30, 9.00, 10,15, 11.45, 12.15, 12.40 Uhr) und Olevano – Rom (alle 30 bis 60 min). Abfahrt in Rom vor dem Hauptbahnhof. Letzte Busse Olevano – Rom 18.45 und 20.45 Uhr. Fahrzeit Rom – S. Vito 1:30 Std.; Olevano – Rom zwei Std.

Am Wege

San Vito Romano, mit gut erhaltenem, sehr malerischem alten Ortskern.

Olevano Romano, gleichfalls mit schöner Altstadt (Umschlagklappe vorn). Am oberen Ortsrand Ruinen der Colonna-Burg (13. Jh.).

Zu den Klöstern von Subiaco
Von Olevano nach Subiaco

In Subiaco entstand das Mönchstum des Abendlandes. Hier gründete Benedikt von Nursia, nachdem er drei Jahre lang in einer Felsgrotte ein Einsiedlerdasein geführt hatte, die ersten Klostergemeinschaften in der Geschichte des Christentums. Zwölf Klöster erhoben sich im engen Tal des Aniene; zwei stehen dort heute noch.

»Keine der entzückenden Fernsichten, an denen die Campagna Roms so reich ist, lockt hier den Sinn in das sonnigwarme Leben, sondern der Horizont wird durch Felsen versperrt und verstellt«, schrieb der Historiker Ferdinand Gregorovius, der im 19. Jahrhundert Latium durchwanderte, über diesen Ort. Das Kloster Sacro Speco (San Benedetto) klebt an der Felswand; in der Tiefe rauscht der Fluß; steil steigen die Berge auf der gegenüberliegenden Talseite an; die wilden, noch heute gelegentlich von Wölfen durchstreiften Monti Simbruini erheben sich über den Klöstern.

Auf dem Weg von Olevano nach Subiaco genießt man allerdings viele und schöne ›Fernsichten‹, wandert auf ›sonnigwarmen‹ Pfaden durch die Berglandschaft. Bequemer Weg zwischen Olevano und Roiate, das (leider modern verbaut) an kahlen Hängen liegt; einsame Pfade zwischen Roiate und Affile, zunächst durch felsige Weidelandschaft, später durch Wald; Anstieg und steiler Abstieg an den Hängen der Monti Affilani zwischen Affile und Subiaco. Wechselnde, durchweg sehr schöne Landschaften; weite Blicke fast auf der gesamten Wanderung. Der Hintergrund der Bergketten wirkt ähnlich dominierend wie auf der Wanderung San Vito – Olevano (vgl. S. 122 ff.); die Gegend aber ist karger, steiniger, kaum bebaut. Alles ›Liebliche‹ verschwindet; die Atmosphäre ist von – vielfach großartiger – Herbheit.

Die sehr lange Wanderung werden nur geübte Wanderer an einem Tag zurücklegen wollen. Man teile sie in zwei Etappen, mit Übernachtung, oder beginne sie in Roiate bzw. Affile. Hinweise dazu am Schluß der Wegbeschreibung.

Wegbeschreibung

Ausgangspunkt: Platz in Olevano unterhalb des alten Ortskerns (Endstation der Busse von Rom), Abzweigung der Straße nach Bellegra (Tunnel). Von diesem Platz 50 Meter Richtung Ortskern, hinter der Bar Nuovo nach rechts in einen ansteigenden Treppenweg, welcher zu einer Asphaltstraße führt. Dieser folgt man aufwärts. Bei einer Gabelung auf dem Asphaltweg nach links, bei der nächsten Gabelung – gleich darauf – rechts aufwärts. Bei einem Quersträßchen nach rechts. Man erreicht den Friedhof von Olevano (15 min). Am Friedhof vorbei, bei einer Gabelung kurz darauf geradeaus – ansteigend – weiter.

Bei einigen Abzweigungen bleibt man auf dem Asphaltsträßchen. Nach 35 Minuten endet die Asphaltierung, kurz darauf ein Querweg, dem man nach rechts folgt. Roiate wird wenig später linker Hand sichtbar. Bei einer Gabelung geradeaus (den rechten Weg). Man passiert einige Häuser und biegt dann, kurz nach einer Rechtskurve des Weges, in einen kleineren Weg, welcher nach links abwärts führt. Nach wenigen Minuten wieder der Fahrweg, man geht links abwärts. Eine Kreuzung (45 min); man geht geradeaus, wendet sich gleich darauf – unterhalb eines neuen Hauses – in einen Waldweg nach links. Man folgt diesem Pfad auf dem Kamm eines Hügels, geht bei einer Gabelung nicht auf dem breiteren Pfad nach links durch ein Gatter, sondern auf schmalerem Pfad geradeaus abwärts, an einem Zaun entlang. Ein Querpfad, auf diesem nach links abwärts bis zu einem Sträßchen, dann rechts hinab zum Kirchlein Madonna delle Grazie (1 Std.). Bei der Kirche wendet man sich nach links, steigt auf kleiner Straße nach Roiate auf (1:20 Std.)

In Roiate folgt man dem Sträßchen, auf dem man in den Ort gelangt, in einer Rechtskurve, geht an einer Telefonzelle und am Denkmal des heiligen Benedikt vorbei, steigt leicht ab zu einem Platz. Man nimmt die zweite Straße nach rechts (Via Scalambra; Wegweiser ›Chiesa di San Benedetto‹), geht an einer Gabelung links, passiert das Hotel-Restaurant Mafalda. Danach eine Linkskurve, hinter der man – vor der Schule – nach rechts in einen ansteigenden Weg biegt. In einer Linkskurve dieses Weges biegt man wenig später in einen nach rechts aufwärts führenden Pfad, unmittelbar hinter einem kleinen Häuschen auf der linken Seite des Weges.

Man behält die bisherige Wegrichtung bei, steigt in kahler felsiger Landschaft auf teilweise kaum sichtbarem Pfad – teilweise auch querfeldein – in östlicher Richtung an zu einem bald auf der Höhe auftauchenden Wasserreservoir (kleines graues Gebäude). An diesem geht man links vorbei, steigt ab in eine kleine Senke, findet in dieser einen Pfad, auf dem man sich nach links wendet und dann im Bogen nach rechts geht. Der Pfad steigt auf der rechten Seite der Senke schräg am Hang in

Wanderung von Olevano Romano nach Subiaco

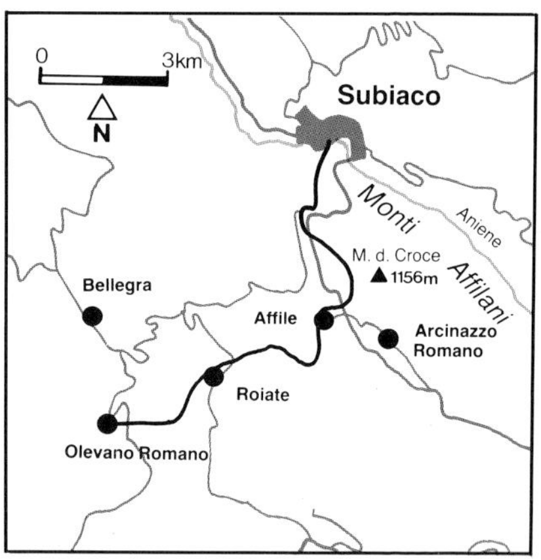

nordöstlicher Richtung an. Man erreicht ein Wassertürmchen, geht auf Pfad rechts daran vorbei. Rechts an einer Hügelkuppe vorbei, durch eine neuerliche Senke (2:05 Std.). An dem gegenüberliegenden bewaldeten Hügel erscheint ein von weitem deutlich sichtbarer Pfad, auf dem man sich nach links (Richtung Nordosten) wendet.

Der Weg führt durch Wald am Hang entlang. Auf der gegenüberliegenden Talseite werden nacheinander die Orte Affile und Arcinazzo sichtbar. Nach 2:25 Stunden ein Zaun mit einer Holzpforte; man biegt vor der Pforte nach links, geht auf dem Hauptweg weiter abwärts. Kurz darauf an einer Gabelung dem ›Hauptpfad‹ folgend nach links, zwischen Zäunen abwärts; auf deutlichem Waldpfad ins Tal.

Man überquert einen breiteren Querweg (2:35 Std.), geht weiter geradeaus auf dem Pfad. Bei einer Gabelung (2:45 Std.) links abwärts, gleich darauf nach rechts und bei einer dritten Gabelung wieder nach links. Affile wird erneut sichtbar.

Man erreicht bei einer Steinbrücke die Talsohle (2:55 Std.). Geradeaus weiter, bei einem Querweg rechts aufwärts. Am Ortsrand von Affile überquert man eine Asphaltstraße, steigt auf Treppen im Ort aufwärts, geht bei einer Querstraße rechts, leicht abwärts und erreicht die untere Piazza von Affile (Bushaltestelle; 3:20 Std.).

Über die Piazza geradeaus weitergehen bis zur Straße Arcinazzo – Subiaco. Man wendet sich auf dieser links, biegt nach wenigen Metern in einen nach rechts ansteigenden kleinen Pfad.

[*Variante:* Wenn man hier auf der Straße geradeaus – in Richtung Subiaco – weitergeht, erreicht man nach rund 40 Minuten wieder den Hauptweg an der Gabelung der Straßen Olevano – Subiaco und Affile – Subiaco (vgl. unten, ›X‹). Bequemer und kürzer, aber weniger schön als der im folgenden beschriebene Weg.]

Auf dem Pfad steigt man in die steinige, kahle Landschaft der Monti Affilani. Schöne Blicke auf die Gebirgszüge der Monti Ruffi und Monti Simbruini.

Nach rund 30 Minuten Anstieg verläuft der Weg eben am Hang, hoch über dem Tal. (Ein Pfad zweigt nach rechts zum Gipfel des Monte della Croce ab – Gipfelkreuz von weitem sichtbar – schöner Blick in alle Richtungen. Ca. 45 min für Hin- und Rückweg.) Der Weg gabelt sich (4:05 Std.); man geht nach links, passiert – absteigend – einen kleinen Teich. Weiter auf kaum sichtbarem Pfad über eine Wiese, links am Hang an einem kleinen Gipfel vorbei.

In NNW-Richtung weiter, Blick auf Subiaco, man trifft auf einen Weg, der nach links hinabführt. SteilerAbstieg in nordwestlicher Richtung auf mehr zu erratendem als deutlich sichtbarem Pfad über steinige Weiden. Das Ziel des Abstiegs ist als Orientierungspunkt von oben immer gut zu erkennen: die Einmündung der von Westen kommenden Straße Olevano – Subiaco in die Straße Affile – Subiaco, daneben ein neueres rotes Haus. Man erreicht diesen Punkt nach 4:35 Std. (›X‹).

Man geht auf der Straße nach rechts, in Richtung Subiaco. Nach 200 Metern auf der rechten Seite eine kleine Kapelle, gleich danach biegt man nach links in einen abwärts führenden Weg. Durch ein ruhiges Tal, über eine Brücke (4:50 Std.). Nach einer Kreuzung (geradeaus weiter) steigt der Weg an. Erste ›Vororte‹ von Subiaco; nach einer Kuppe werden die Klöster sichtbar: der romanische Turm von S. Scolastica, die scheinbar aus dem Berg gewachsenen Gebäude von S. Benedetto.

Man trifft auf ein Asphaltsträßchen bei einem Sportplatz (5:10 Std.), geht rechts. (Links gehend, gelangt man in den Ort Subiaco.) Man kommt zur Straße Arcinazzo – Subiaco, wendet sich auf ihr nach links, geht durch einen Straßentunnel, über eine Brücke, erreicht die nach rechts abzweigende Straße in Richtung Jenne und Klöster (5:20 Std.). Man folgt dieser Straße; bald darauf zweigt nach links ein Treppenweg ab, auf dem man zunächst das Kloster Santa Scolastica und, weiter ansteigend, das Kloster San Benedetto (5:50 Std.) erreicht.

Kloster Sacro Speco

(Am Treppenweg vorbei auf der Straße geradeaus gehend, sieht man fünfzig Meter weiter zur Linken Ruinen einer Villa des Kaisers Nero, die sich hier an einem künstlichen See befand. Erkennbar sind ein Teil der Villengebäude in dem für die römische Architektur charakteristischen Mauerwerk des ›opus reticulatum‹ – im Hintergrund – sowie – zur Straße hin – die Grundmauern zweier großer Pfeiler, auf denen eine Brücke aufruhte, welche den See des aufgestauten Aniene überspannte.)

Vom Kloster San Benedetto auf dem Treppenweg zurück zur Straße und auf der Straße in ca. 20 Minuten zum Piazzale delle Resistenza in Subiaco (Bushaltestelle).

Wichtige Hinweise

Dauer: 6:30 Std. Jedes der Teilstücke Olevano – Roiate (1:20 Std.), Roiate – Affile (2 Std.), Affile – Subiaco (einschließlich Weg zu den Klöstern 3:10 Std.) kann für sich allein gegangen werden, da alle Orte mit Rom durch Buslinien verbunden sind.

Wegbeschaffenheit: Olevano – Roiate zum größeren Teil auf kleinem, angenehm zu gehenden Asphaltsträßchen. Roiate – Affile Berg- und Waldpfade, z. T. querfeldein über Wiesen. Affile – Subiaco zunächst Bergpfad, dann querfeldein abwärts, später bequemer Fahrweg. Auf dem Weg von den Klöstern zum Ort 20 min Asphaltstraße.

Anstiege: zwischen Olevano und Roiate ca. 200 m, zwischen Roiate und Affile ca. 150 m, zwischen Affile und Subiaco ca. 300 m.

Schwierigkeitsgrad: Olevano – Roiate einfach, Roiate – Affile mittelschwer, Affile – Subiaco anstrengend.

Orientierung: mittelschwer, im Teilstück Roiate – Affile schwierig.

Hotels/Restaurants in allen vier Orten (S. 195).

Busverbindungen: von Rom nach Olevano und Roiate ab Hauptbahnhof, nach Olevano etwa alle 45 min, nach Roiate 9.50, 12.30, 14.50, 17.00, 19.00 Uhr. Fahrzeit zwei Stunden bis Olevano, 2:30 Std. bis Roiate. Nach Affile in Rom ab Viale Castro Pretorio (500 m nordöstlich vom Hauptbahnhof). Rückfahrt Subiaco – Rom Fahrzeit 70–90 min, häufige Verbindungen.

Fresken des 14. Jh. in der Unterkirche des Klosters Sacro Speco

Besonderer Hinweis: Im ersten Teilstück zwischen Roiate und Affile (15–30 min ab Roiate) weiden Schafherden, welche von frei herumlaufenden großen Hunden bewacht werden. Man umgehe die Herden in großem Bogen, falls man auf sie trifft. Ich weiß nicht, ob die Hunde gefährlich sind, erinnere mich aber mit Unbehagen an eine meiner Wanderungen, auf der mir vier bis fünf Hunde eine Zeitlang laut bellend folgten.

Am Wege

Olevano Romano, mit Ruinen einer Burg (13. Jh.) und schöner Altstadt (Umschlagklappe vorn).

Subiaco, zur Zeit Neros unterhalb zweier Stauseen des Aniene gegründet. Mittelalterliches Stadtzentrum mit Burg. Außerhalb der Stadt *Ruinen der Villa Neros* (vgl. Wegbeschreibung).

Kloster S. Scolastica, einziges heute noch bestehendes unter den um 500 von Benedikt von Nursia gegründeten Klöstern im Aniene-Tal.

Kloster Sacro Speco (S. Benedetto), im 12. Jahrhundert um die Eremitengrotte Benedikts entstanden, eindrucksvoll in den Fels gebaut.

Mit den Klöstern von Subiaco entstanden die ersten Mönchsgemeinschaften des Abendlandes. Am Ende des 5. Jahrhunderts hatte sich Benedikt von Nursia in das Tal des Aniene zurückgezogen, um in einer Grotte ein Eremitendasein zu führen. Drei Jahre lang lebte er in der Einsamkeit; seine Nahrung wurde ihm von einem anderen Einsiedler an einem Seil in die Höhle herabgelassen. Dann verließ Benedikt auf Bitten seiner Schwester Scolastica die Grotte.

Im Tal von Subiaco gründete er zwölf kleine Klöster. Doch ein neidischer Mönch, Florentius, intrigierte gegen Benedikt. Zunächst suchte er ihn zu vergiften; als der Plan fehlschlug, »gedachte er«, wie in der Sammlung der Heiligenlegenden, der Legenda aurea, zu lesen steht, »wie er doch die Seelen seiner Jünger möchte verderben. Er sandte sieben nackte Mädchen in den Klostergarten, die sollten vor den Mönchen tanzen und singen und sie zur Unkeuschheit reizen. Das sah Sanct Benedikt aus seiner Zelle; da fürchtete er der Mönche Fall und mochte auch nicht widerstehen dem Hasse; darum nahm er etliche Brüder zu sich und ging aus dem Kloster.« Er wanderte auf den Monte Cassino und gründete dort das Kloster, welches als Stammkloster der Benediktiner berühmt werden sollte. Doch die ältesten Benediktinerklöster befanden sich in Subiaco.

Vor Benedikt hatte es keine christlichen Mönchs*gemeinschaften* gegeben; alle Mönche waren bis zur benediktinischen Reform Eremiten. Indem Benedikt ein kommunitäres Mönchsleben begründete, indem er die reine Meditation der Einsiedler erweiterte zum »Ora et labora«, zum »Bete und arbeite!«, legte er den Grundstein für alle katholischen Klöster – eine Tat von ungeheurer geschichtlicher Bedeutung. Von Subiaco wuchs jener zweite Stützpfeiler des Glaubens empor, der für lange Zeit festeren Bestand haben sollte als die Amtskirche selbst: das europäische Mönchstum.

Die zwölf (nach anderer Überlieferung: dreizehn) Klöster von Subiaco bestanden auch nach Benedikts Weggang weiter. Im 9. Jahrhundert wurden sie von den Sarazenen zerstört; nur das Kloster der Santa Scolastica blieb erhalten. Im 11. und 12. Jahrhundert erreichte die Abtei den Höhepunkt ihrer Macht; sie besaß zahlreiche Ländereien in der näheren und weiteren Umgebung, übte die weltliche und geistliche Gerichtsbarkeit aus. Über der Felsgrotte des Benedikt entstand das neue Kloster Sacro Speco (S. Benedetto). Im 15. Jahrhundert verlor die Abtei ihre Selbständigkeit; fortan wurde sie von den Päpsten verschiedenen Kardinälen als Pfründe verliehen, gehörte unter anderem Alexander Borgia und den römischen Familien der Colonna, Barbarini, Borghese, welche sie als Feudalbesitz verwalteten.

Von den beiden heute bestehenden Klöstern ist S. Scolastica (das untere der beiden) das ältere, Sacro Speco (S. Benedetto) das schönere. Das **Kloster S. Scolastica** war ursprünglich dem heiligen Papst Silvester (vgl. S. 148) geweiht. Es ist vielfach umgebaut und erneuert worden. Seine interessantesten Bauteile (für die Besichtigung läßt man sich von einem Mönch begleiten) sind die drei *Kreuzgänge:* der erste im Renaissancestil (1580–1689), z. T. nach Beschädigungen im Zweiten Weltkrieg wiederaufgebaut; der zweite gotisch (13./14. Jh.); der dritte und schönste romanisch, von der

Das Kloster Santa Scolastica

römischen Handwerkerschule der Cosmaten erbaut. Die Baumaterialien für diesen Kreuzgang stammen zum Teil aus der Nero-Villa am Aniene (vgl. S. 131). Die Südseite dieses Kreuzgangs datiert vom Ende des 12. Jahrhunderts; die drei anderen Seiten von 1227–43, mit einer Überbauung des 16. Jahrhunderts.

Die *Kirche* ist um 1770 vollständig erneuert worden; von der älteren, gotischen Kirche existiert nur noch das Portal. Ältester erhaltener Bauteil des gesamten Klosters ist der *Glockenturm* (Mitte 11. Jh.).

In S. Scolastica lebten vom 14. bis 16. Jahrhundert zahlreiche deutsche Mönche. Zwei von ihnen, Arnold Pannartz und Conrad Sweynheym, begründeten hier 1464 die erste Druckerei auf italienischem Boden. Einige der ersten Bücher werden in der Klosterbibliothek aufbewahrt; Fotokopien der Drucke sind im Renaissance-Kreuzgang ausgestellt.

Das zweite Kloster, **Sacro Speco** oder **San Benedetto,** wurde ab dem 12. Jahrhundert über der Grotte des Benedikt (daher der Name: ›heilige Höhle‹) erbaut. In beeindrukkender Lage, hoch über dem Aniene-Tal, klammert es sich an die Felswände.

Durch einen Gang betritt man zunächst die *Oberkirche* aus dem 14. Jahrhundert. Der an den Fels gebaute Raum ist vollständig ausgemalt: Im ersten Joch farbenkräftige, lebendige Fresken aus der sienesischen Schule des 14. Jahrhunderts. An der linken Wand (neben einer Kanzel des 13. Jh.): unten Judaskuß, Flucht der Apostel, Geißelung; darüber Verurteilung Christi, Kreuztragung; darüber Herabkunft des

Heiligen Geistes. Stirnwand, über dem Bogen: Kreuzigung. Rechte Wand: Der Engel am Grab, Einzug in Jerusalem; darüber: Christus erscheint Magdalena, der ungläubige Thomas; darüber: Himmelfahrt. Im zweiten Joch Fresken aus einer umbrischen Schule um 1430: Szenen aus dem Leben des hl. Benedikt. Die Fresken dieses Stils setzen sich im Durchgang rechts vom Altar fort, u. a.: Letztes Gespräch Benedikts mit Scolastica (am Eingangsbogen), Tod der Scolastica, Kreuzigung (erste Kapelle), Enthauptung des Hl. Paulus, Petrus und Johannes heilen einen Krüppel (zweite Kapelle).

Man gelangt in den *Hof der Raben.* Der hl. Benedikt war der Überlieferung nach von einigen zahmen Raben umgeben; in Erinnerung daran werden im Kloster immer noch Raben gehalten.

In der *Unterkirche* zahlreiche Gemälde eines römischen Malers Consolus (um 1280), aus der Zeit, in der sich die italienische Malerei von den byzantinischen Einflüssen zu lösen begann: Szenen aus dem Leben des hl. Benedikt. – Von der Unterkirche gelangt man nach rechts in den *Sacro Speco,* Benedikts Grotte, mit einer Marmorstatue des Heiligen von Antonio Raggi (1657). Eine Wendeltreppe führt aus der Unterkirche zur *Kapelle des hl. Gregor,* mit einem Porträt des hl. Franziskus, das 1223 während eines Aufenthalts des Heiligen in Subiaco gemalt wurde.

Auf der Scala Santa gelangt man hinab zur *Grotta dei Pastori,* wo Benedikt der Überlieferung nach den Hirten predigte. An der Treppe Fresken aus der gleichen sienesischen Malerschule wie die Fresken der Oberkirche: Triumph des Todes, Taufe Christi, bethlehemitischer Kindermord, Flucht nach Ägypten. – In der gotischen ›Kapelle der Madonna‹ weitere Fresken aus der gleichen Schule, u. a. Geburt Christi, Anbetung der Weisen, Tod und Himmelfahrt Marias. Schließlich in der Grotta dei Pastori das älteste Fresko des Klosters: Madonna mit dem Kind zwischen zwei Heiligen, um 800 gemalt.

Außerordentlich reich ist der malerische Schmuck dieses Klosters; mindestens ebenso eindrucksvoll aber seine Lage. Kunst und Natur gehen hier eine enge Verbindung ein; der Blick von den Terrassen und Gängen des Klosters ins Tal des Aniene kann vielleicht noch mehr begeistern als der Blick auf die Farben der Kirchenwände. Die ersten Klöster des Benediktinerordens standen an landschaftlich ›starken‹ Plätzen; dafür ist nicht nur Subiaco ein Beispiel, sondern auch Castel Sant'Elia (vgl. S. 151 ff.), der Monte Soratte (vgl. S. 146 ff.), der Monte Cassino. Die Vermutung liegt nahe, daß bei der Wahl dieser Orte ein ebenso starkes Gefühl für Naturkräfte eine Rolle spielte wie in der antiken Religiosität, daß die Wahl Subiacos so wenig zufällig war wie diejenige Palestrinas, Nemis oder Norchias – um nur einige Orte zu nennen, von denen in diesem Buch an anderer Stelle die Rede ist.

Im Hügelland von Tivoli
Zwischen Tivoli und Vicovaro

Der Ausflug nach Tivoli gehört zum Standardprogramm einer Romreise; die Villa Adriana und die Villa d'Este zählen zu den Sehenswürdigkeiten in der Umgebung der Stadt, welche von vielen Rombesuchern besichtigt werden. Mit der Fahrt nach Tivoli läßt sich die nachfolgend beschriebene Wanderung verbinden, direkt von Tivoli ausgehend oder – wenn man sich auf einen kleineren Spaziergang beschränken möchte – von San Polo de' Cavalieri, das von Tivoli durch regelmäßige Busverbindungen erreichbar ist. In Vicovaro, dem Endpunkt der Wanderung, einem charakteristischen Landstädchen, findet man Bus oder Bahn für die Rückfahrt nach Rom.

Der erste Teil der Wanderung (Tivoli – San Polo) führt durch eine trotz der geringen Höhe (maximal 600 m. ü. M.) nahezu alpin wirkende Weidelandschaft mit vereinzelten kleinen Wäldern; man genießt von der Höhe der Hügelrücken weite Blicke auf die Sabinerberge, das Land um Rom, den Ort Tivoli, das Tal des Aniene und die Zweitausendergipfel des Apennin. Im zweiten, bequemeren und kürzeren Teil (San Polo – Vicovaro) steigt man in einem romantischen Tal ab, muß allerdings am Schluß zwanzig Minuten auf bzw. neben einer Asphaltstraße gehen. Der malerische, mit seiner großen Barockkirche sizilianisch wirkende Ort Vicovaro bildet den reizvollen Abschluß des Weges.

Wegbeschreibung

Die Wanderung beginnt bei der Villa d'Este in Tivoli. Aus der Villa heraustretend, wendet man sich schräg nach links, geht über einen kleinen Platz in die Via S. M. Maggiore. In der folgenden Querstraße rechts aufwärts, nächste Querstraße (Via Vincenzo Pacifici) nach links. Dieser folgt man, geht bei einer Kreuzung geradeaus, gleich danach halbrechts in die unter einem Bogen abwärts führende Gasse Via de' Sosii. Man gelangt zu einer Asphaltstraße, geht links, wendet sich in der nächsten Rechtskurve – vor dem Eingang der Villa Gregoriana – nach links in Richtung Marcellina (10 min). Man erreicht den sogenannten Quintiliolus-Bogen, biegt hier nach rechts in ein kleineres, aufwärts führendes Asphaltsträßchen. (Wegweiser: ›Villaggio Don Bosco‹ und ›Sentiero Don Nello del Raso‹. Der Weg ist ab hier bis San Polo rot-gelb-rot markiert. – Es empfiehlt sich, auf der Hauptstraße zunächst noch 50 m geradeaus zu gehen, bis man links unterhalb den Wasserfall des Aniene, weiter im Hintergrund den runden ›Sibyllentempel‹ sieht: ein vor allem von Malern des frühen 19. Jhs. immer wieder aufgenommenes Motiv.)

Wanderung von Tivoli nach Vicovaro

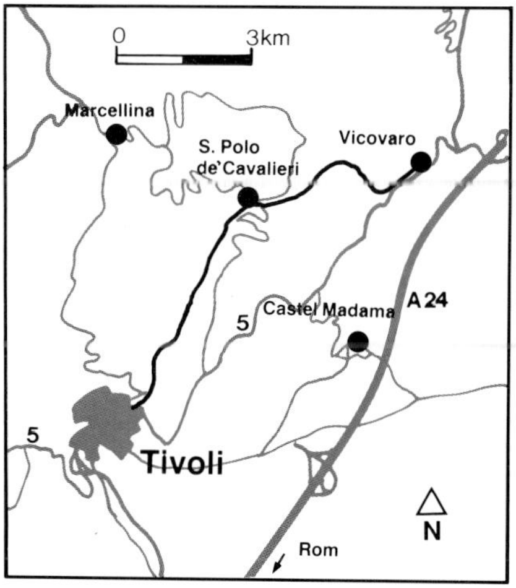

Auf dem Asphaltsträßchen aufwärts, nach wenigen Metern bei einer Gabelung vor modernem Wohnblock links. Nach einigen Minuten Anstieg biegt man von dem Sträßchen nach rechts auf einen ansteigenden Pfad, durchschreitet ein Gatter. Auf dem Pfad am Hang des Hügels aufwärts, mit schönen Blicken auf Tivoli und die Ebene um Rom. Man passiert einen Sportplatz (30 min), steigt von hier schräg nach rechts an, geht durch ein weiteres Gatter und über eine steinige Weide.

Von hier aus kleiner Anstieg schräg nach links in Richtung auf zwei einzeln stehende Bäume. Der Pfad gelangt zu einem Korkeichen-Wäldchen. Am Beginn des Wäldchens je eine Abzweigung nach rechts und nach links; man geht geradeaus.

Man verläßt wenig später den Wald, geht auf dem Hügelkamm zwischen Ginster; schöne Ausblicke nach allen Seiten. Ein Gatter (50 min); der Pfad steigt weiter an zum Gipfel des Colle Piano (598 m; 1:10 Std.). Hinter diesem auf nahezu gleicher Höhe weiter; Blicke auf die Albanerberge (rechts im Hintergrund), Monti Prenestini und Monti Ruffi (vorn), Monti Simbruini (links im Hintergrund). Man erreicht ein weiteres Wäldchen, an dessen Ende man sich bei einer Gabelung rechts hält, leicht ansteigt zwischen großen Steinen. Man bleibt an der rechten (östlichen) Seite der Hügelkette, erreicht nochmals ein Eichenwäldchen, kommt schließlich zu einer kleinen Wiese, an deren Ende man nach rechts in den Wald absteigt (1:45 Std.). Unter einer Hochspannungsleitung hindurch; zu einem Gatter, welches man überklettern muß, da es kaum zu öffnen ist; weiter abwärts. Durch ein neuerliches Gatter, an einem grauen Haus vorbei, weiter auf einem Fahrweg. Noch ein Gatter; San Polo wird sichtbar (2 Std.).

Bald darauf zwei aufeinanderfolgende Gabelungen bei einem Brunnen (2:10 Std.); an der ersten Gabelung geht man geradeaus, bei der zweiten rechts aufwärts. Der Weg steigt relativ steil an zu einer Asphaltstraße, auf der man sich nach links wendet, um gleich darauf, nach einer Rechtskurve, nach links in einen steinigen Maultierpfad einzubiegen. Auf diesem Weg ereicht man San Polo (2:30 Std.)

Von San Polo kann man mit Bussen nach Tivoli (Verbindungen ca. alle 45 min) oder Rom (ca. alle 90 min) zurückkehren. Ein Fahrplan hängt in der ersten Bar rechts, an der man vorbeikommt (bei Tankstelle).

In San Polo nimmt man die Hauptstraße Richtung Tivoli, biegt kurz nach einer Tankstelle nach links auf die Asphaltstraße San Polo – Monte Morra. Diese verläßt man nach wenigen Metern, indem man einen nach rechts abwärts führenden Weg einschlägt. Bei einer Gabelung gleich darauf geht man links, folgt dem Weg, welcher im Bogen abwärts ins Tal führt, mit schönen Blicken auf das Anienetal und den Ort Castel Madama vor dem Hintergrund der Monti Prenestini.

Bei mehreren Abzweigungen folgt man jeweils dem abwärts führenden Hauptweg, der zwischen Buchen, kleinen Eichen, Ölbäumen, Kastanien, Ginster an der linken Talseite verläuft. Nach 35 Minuten (ab S. Polo) eine Gabelung – der nach rechts abbiegende Weg ist asphaltiert – man geht geradeaus. Der Weg wendet sich oberhalb von Weinbergen und Obstbaumkulturen nach links. Ein Brunnen, zwei aufeinanderfolgende Gatter, ein Stück zwischen großen Ginsterbüschen. Der Weg verbreitert sich, beschreibt eine Rechtskurve (50 min); hier biegt man vom Hauptweg ab, nimmt einen geradeaus abwärts führenden steinigen Pfad. Dieser steigt in Kurven relativ steil ab. Man überquert einen Bach; der Pfad wird bequemer. Man erreicht einen Fahrweg (1:05 Std.), geht weiter abwärts bis zur Asphaltstraße (1:15 Std.). Auf dieser biegt man nach links und gelangt in zwanzig Minuten nach Vicovaro, steigt unterhalb des alten Ortes auf einem nach links aufwärts führenden Treppenweg an und erreicht durch kleine Gäßchen die Piazza (1:45 Std. ab San Polo, 4:15 Std. ab Tivoli).

Wichtige Hinweise

Dauer: 4:15 Std. Teilstücke: Tivoli – San Polo 2:30 Std.; San Polo – Vicovaro 1:45 Std. (wenn man nur ein Teilstück wandern

möchte, empfehle ich den zweiten, bequemeren Teil).

Wegbeschaffenheit: erster Teil zumeist Maultierpfade, zum Teil Fahrwege; zweiter Teil hauptsächlich bequemer, breiter Weg, ein kurzes steiniges Stück, zwanzig Minuten Asphaltstraße. – Im ersten Teil ist ein Gatter zu übersteigen, was ein wenig ›Kletterei‹ erfordert.

Anstiege: gut 400 m zwischen Tivoli und San Polo.

Schwierigkeitsgrad: mittlere Anstrengung; Teilstück S. Polo – Vicovaro: leicht.

Orientierung: einfach

Wegmarkierung: Tivoli – San Polo rot-gelb-rot (C.A.I. Tivoli); San Polo – Vicovaro ohne Markierung.

Restaurants in Tivoli, San Polo, Vicovaro, *Hotels* in Tivoli.

Busverbindungen: Rom – Tivoli viertelstündlich ab Via Gaeta (gegenüber Hauptbahnhof); Fahrzeit 45–60 min. Rom – S. Polo ca. alle 90 min ab Viale Castro Pretorio (500 m vom Hauptbahnhof); Fahrzeit ca. 80 min. Tivoli – S. Polo ca. alle 45 min; Fahrzeit 20 min.

S. Polo – Rom und S. Polo – Tivoli ca. alle 90 bzw. alle 45 min. Busse Vicovaro – Rom (über Tivoli) alle 60–90 min (bis 20 Uhr). Fahrkarten im Tabakgeschäft an der Piazza von Vicovaro; Haltestelle an der Hauptstraße unterhalb des alten Ortskerns; Fahrzeit ca. 70 min. Fahrplan hängt in Bar an der Piazza, rechts vor der Kirche.

Züge Vicovaro – Rom etwa zweistündig.

Mit dem Pkw: Anfahrt bis Tivoli; Rückfahrt S. Polo – Tivoli oder Vicovaro – Tivoli wie oben beschrieben.

Am Wege

Tivoli, Ortschaft am Rand der Sabiner Berge. In der Antike befanden sich in und bei Tivoli Heiligtümer (Tempel der tiburtinischen Sibylle) und Landsitze (u. a. Villen des Catull, Horaz, Maecenas, Trajan, Hadrian). Im 16. Jahrhundert entstand die große Parkanlage der Villa d'Este; im 18. und 19. Jahrhundert zog der Ort zahlreiche Landschaftsmaler an. Im Zweiten Weltkrieg durch Bombardements schwer beschädigt; z. T. modern wieder aufgebaut.

Villa d'Este, große Parkanlage aus der zweiten Hälfte des 16. Jahrhunderts, im Auftrag des Kardinals Ippolito d'Este von Pirro Ligorio angelegt. Zahlreiche Brunnen, Grotten, Terrassen, Wege. Dianagrotte (links unterhalb des Palazzo) mit Statuen und Reliefs. ›Rometta‹ (Miniaturdarstellung des antiken Rom mit Gestalten des Aniene, des Tiber, der Roma; unterhalb der Dianagrotte). Viale der hundert Brunnen (unterhalb des Palazzo); an seinem rechten Ende Fontana dell'Ovato; in der Mitte Fontana dei Draghi (›Drachenfontäne‹). Weiter unten Fischteiche (mit schönem Blick auf die Gesamtanlage der Villa) und ›Rotunde der Zypressen‹.

Dom (12. Jh., im 17. und 18. Jh. erneuert). Romanischer Glockenturm. Im Innern *Kreuzabnahme,* (ehemals bemalte) Holzskulptur des 13. Jahrhunderts; Christus zwischen Maria und Gabriel, *Triptychon* des 12. Jahrhunderts.

Romanische *Kirche S. Silvestro.* Im Fußboden Reste eines antiken Mosaiks. An Triumphbogen und Apsis Fresken des frühen 13. Jahrhunderts, u. a. die Geschichte des Papstes Silvester I. (vgl. S. 148). Krypta.

Romanische *Kirche S. Maria Maggiore* mit gotischer Fassade.

Villa Gregoriana, von dem Papst Gregor XVI. 1835 angelegter Park bei den Wasserfällen des Aniene. Über dem Park der gewöhnlich als *›Sibyllentempel‹* bezeichnete römische Rundtempel aus dem 1. Jahrhundert v. Chr.; daneben ein *rechteckiger Tempel* mit Vorhalle.

Vicovaro, schönes Bergstädtchen. Am Hauptplatz die barocke *Pfarrkirche San Pietro* (1755); rechts davon der verfallende *Palazzo Cenci-Bolognetti* (18. Jh.). An der gegenüberliegenden Seite der Piazza die achteckige *Kirche S. Giacomo,* 1454–1465 in einem aus gotischen und Renaissance-Formen gemischten Stil erbaut. Reicher Skulpturen- und Re-

liefschmuck, insbesondere am Portal: Heilige und schwungvolle Engel; Madonna mit Kind, der von den Hll. Petrus und Jakobus zwei Mitglieder der Familie Orsini empfohlen werden (der römischen Adelsfamilie Orsini gehörte der Ort von 1191 bis 1672). Kirche und Skulpturen wurden von D. di Capodistria und G. Dalmata geschaffen.

Der See der Diana
In den Albaner Bergen von Rocca di Papa nach Nemi

Die Albaner Berge im Süden Roms mit ihren Dörfern und Städtchen (Albano, Frascati, Castel Gandolfo) gehören zu den klassischen Ausflugszielen der Römer und der Romreisenden. Der im folgenden beschriebene Spaziergang führt von der verwinkelten, pittoresken Ortschaft Rocca di Papa zur höchsten Erhebung des Gebirgszugs, dem Monte Cavo, und von dort hinab nach Nemi. Sehr schöne Blicke auf Rom und seine Umgebung, auf die Seen von Albano und Nemi, auf das Meer. Am Lago di Nemi, dem südlichsten der latinischen Vulkan-Seen, befand sich einst ein großes Diana-Heiligtum; ›Spiegel der Diana‹ nannten die Römer des Altertums den See. Heute werden an seinen Ufern Erdbeeren angebaut; man kann sich am Endpunkt der Wanderung – in jeder Jahreszeit – an Erdbeeren (mit und ohne Sahne) erfrischen.

Wegbeschreibung

Von der Piazza im unteren Ortsteil von Rocca di Papa steigt man auf dem Corso della Costituente aufwärts, gelangt zu einem kleinen Platz vor einer Kirche, geht in gleicher Richtung wie bisher auf einem Treppenweg (Via Condotti) weiter und biegt dann in die erste Gasse nach rechts. Auf gleicher Höhe bleibend bzw. ganz leicht ansteigend geht man in dieser Gasse etwa 200 Meter, wendet sich dann in einem Quersträßchen nach links aufwärts. Rechts unterhalb der Burg im Ort weiter aufwärts, schließlich rechts an den Burgmauern entlang (Via Monte Cavo). Gleich danach eine Straßenkreuzung. Man überquert die größere der Straßen, geht in ein asphaltiertes Sträßchen (Via Monte Cavo Campagna), welches rechts aufwärts führt, hält sich 100 Meter weiter bei einer Gabelung links und passiert eine Villa rechter Hand (Schild ›Ville Svizzere Ammann‹).

Der Weg steigt nun unter Kastanienbäumen an bis zu einer Gabelung bei einer Kapelle (35 min). Auf dem Pflaster einer antiken ›Heiligen Straße‹ nach links aufwärts gehend, erreicht man den Gipfel des M. Cavo (949 m; 50 min). Auf den letzten Metern führt der Weg an eingezäuntem Militärgelände vorbei. Der Gipfel ist unschön mit Masten und Antennen besetzt, bietet jedoch schöne Blicke.

Auf gleichem Weg zurück zur Gabelung bei der Kapelle (1 Std.), dort auf dem Römerweg nach links hinab, zu einer Asphaltstraße (1:15 Std.). Man überquert diese und geht auf

Wanderung von Rocca di Papa nach Nemi

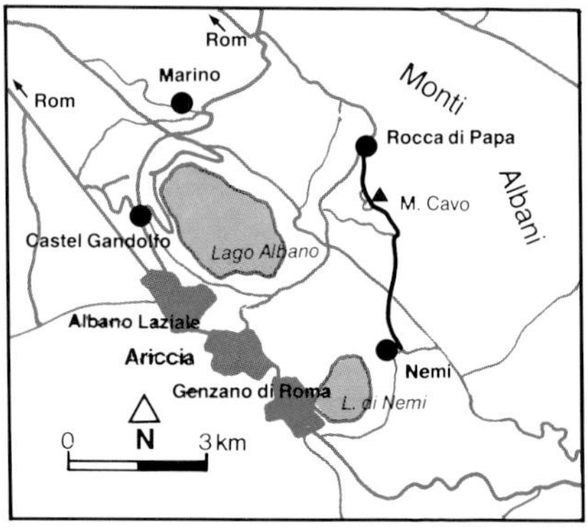

Straßenszene in Carpineto

schmalem Pfad durch Ginster weiter abwärts. Der Weg verbreitert sich. Bei einer Gabelung geradeaus gehen, zur Straße Marino – Velletri (1:30 Std.). Auf dieser biegt man nach links, dann nach wenigen Dutzend Metern nach rechts in einen Weg, welcher parallel zur Straße in gleicher Richtung weiterführt. Der Weg steigt ganz leicht an. Bei zwei nach rechts abzweigenden Wegen geht man geradeaus, biegt dann – 15 Meter nach der zweiten Abzweigung – in einen Weg nach rechts abwärts. Man gelangt bei einer Lichtung im Wald zu einem Brunnen (1:10 Std.), geht 50 Meter danach links, dann sofort rechts, steigt ein kurzes Stück an, dann – bald mit schönen Blicken auf den See – am Rand des Kraters von Nemi langsam ab. Eine gepflasterte Straße, auf dieser nach links und in wenigen Minuten nach Nemi (2:15 Std.)

Wichtige Hinweise

Dauer: 2:15 Std.
Wegbeschaffenheit: fast durchgängig bequeme Waldwege; ein Stück auf gepflasterter Römerstraße; ein Stück auf schmalem Pfad durch Ginstergebüsch.
Anstiege: Rocca di Papa – Monte Cavo knapp 300 m.
Schwierigkeitsgrad: mittlere Anstrengung.
Orientierung: mittelschwer.
Restaurants in Rocca di Papa und Nemi.
Busverbindungen: Rom – Rocca di Papa halbstündig ab Metro-Station Subaugusta; Fahrzeit ca. 1 Std. Nemi – Rom nachmittags vier direkte Verbindungen; mehrere andere Verbindungen mit Umsteigen in Genzano; Fahrzeit 60–90 min.

Am Wege

Albaner See und **Nemi-See,** die südlichen Vulkanseen Latiums.
Monte Cavo (949 m), höchste Erhebung der Albaner Berge.
Rocca di Papa und **Nemi,** schön gelegene, malerische Ortschaften der Albaner Berge.

Strahlender Himmel, geheimnisvolle Erde. Die Landschaft Latiums

Unter den großen Kulturlandschaften Europas ist Latium eine der unbekanntesten. Während sich in Florenz und Siena die Massen der Reisenden drängen, während man an manchen Plätzen Roms mehr deutsche, amerikanische, japanische Laute hört als italienische, haben die etruskischen Nekropolen, die mittelalterlichen Klöster und Städte, die Renaissancepaläste des Landes um Rom ihre jahrhundertealte Stille bewahrt. Wenige Besucher gelangen hierher. Der Magnet Rom, mit seinen unerschöpflichen Schätzen, zieht alles in seinen Bann. In seiner Nähe führt die Campagna Romana heute ein Dornröschendasein.

Das war nicht immer so. Die Reisenden vergangener Jahrhunderte erlebten Rom in enger Verbindung mit seinem Umland. Zum Rombesuch gehörten auch die Wanderungen in die Campagna. Und die latinische Landschaft berührte die Wanderer tief. »Den mächtigsten Eindruck« aller italienischen Regionen machte sie auf den Historiker Gregorovius, »von überwältigender Schönheit« und »einzigartiger Schönheit« sprachen die Maler Ludwig Richter und Jean-Louis Clérisseau, »Stille und Leidenschaft, Freude und Friede« erfuhr in ihr der Schriftsteller Robert Browning, »nichts« war für Chateaubriand der römischen Landschaft »an Schönheit vergleichbar« – um nur einige Stimmen aus dem Chor derer zu zitieren, die das große Lob Latiums sangen.

Wie konnte dieses Gebiet in Vergessenheit geraten, in dem ungezählte Romantiker ihr Traumland suchten, in dem – wie wir sehen werden – die moderne Landschaftsmalerei ihren Ausgang nahm? Warum sind seine Landschaften heute fast unbekannt, liegen seine Kunstdenkmäler abseits der Straßen des Tourismus?

Die Nähe Roms erklärt nicht alles. Im Banne Roms standen auch die Reisenden früherer Jahre. Ein zweites kommt hinzu: Latium ist – in völligem Gegensatz zur Toscana – ein Land, das sich nicht auf den ersten Blick erschließt. Es ist voll von *verborgener* Schönheit, voll von Geheimnis. Wer es mit dem Auto durcheilt, wird nichts – oder wenig – von seiner Eigenart verspüren. Sie zeigt sich nur dem Reisenden, der sich Zeit nimmt. Es ist daher ein ideales Land für Fußwanderungen. Nicht nur bietet es für diese eine große Fülle von verschiedenartigen Möglichkeiten; vielmehr ist es nur aus der Perspektive des Fußgängers wirklich zu begreifen. Wer von Latium begeistert war, hatte das Land auf Spaziergängen und Wanderungen erlebt; erst mit dem Beginn des Autotourismus ist Latium aus der Reihe der großen Reiselandschaften verschwunden.

Latium hat zahlreiche Gesichter. Geologisch ist es vor allem in zwei Zonen geteilt: die vulkanische zwischen Bolsena- und Nemi-See und diejenige der Kalkberge des Apennin und seiner Vorgebirge. In den vulkanischen Regionen, dem Etruskerland, finden sich fünf große und mehrere kleine Kraterseen, weites, leicht gewelltes Hügelland und zahllose tiefe Schluchten, welche von oftmals sehr kleinen Bächen und Flüssen in das lockere Tuffgestein geschnitten wurden. (In diese Schluchten, in einsamer Lage, sind viele etruskische Totenstädte eingehöhlt: Norchia, Castel d'Asso, Blera und andere.) – Das Kalkgebirge mit seinen klaren Konturen bewegt sich in »harmonischen gekrümmten Linien, erhellt von der wunderbaren Klarheit der Luft«,

wie Gogol schrieb. Auch hier finden sich tiefe Täler, aber anders als die Tuffschluchten sind sie nicht von wuchernder Macchia überwachsen, sondern mit Weinreben, Öl- und Obstbäumen bebaut, so daß der kahlen Strenge der Berge die Fruchtbarkeit der Täler kontrastiert.

An vielen Stellen ist die Präsenz des Menschen nicht zu spüren. Latium ist eine der am wenigsten besiedelten Regionen Italiens. Heute noch ist es vorwiegend ländlich geprägt (mit Ausnahme der unmittelbaren Umgebung Roms und des nach Süden sich erstreckenden Sacco-Tals). In den verlassenen Tälern der Campagna, auf den hitzeflimmernden Hochflächen und den steinigen Bergwiesen meint man die Gegenwart von Nymphen und Faunen zu spüren. Man ist nicht überrascht, auf eine Fülle von Orten zu treffen, an denen einstmals Naturgottheiten verehrt wurden. Die Physiognomie dieser Orte ist vielfach unverändert; das ›Numinose‹ – nach Mario Praz ein Grundmerkmal latinischer Landschaft – scheint noch immer gegenwärtig.

Latium ist geheimnisvoll, unergründlich. Ein Land der Höhlen und Grotten, der Schluchten und tiefen Täler. Immer wieder steigt man in die Erde hinab. Die Gräber der Etrusker, die Orakelgrotte von Palestrina, die Grotte des heiligen Benedikt – sie alle befinden sich in der Erde. Aber auch ein Land des Lichts. »An keinem anderen Ort«, schreibt Gogol, »hatte er je das Land ätherisch aufleuchten sehen wie einen Himmel in Flammen.« »Eine einzigartig harmonische Färbung«, notierte Chateaubriand, »verbindet Erde, Himmel und Wasser; alle Flächen ... gehen ineinander über, ohne daß sich ihre Grenzen bestimmen ließen.«

Ein solches Land mußte die Maler anziehen. In einer wichtigen Epoche der europäischen Malerei hat es eine bedeutende Rolle gespielt. Hier entstand, wie Mario Praz gezeigt hat, das »Bild der Landschaft als Seelenzustand«. Die Landschaftsbilder Elsheimers, Poussins, Claude Lorrains leben von latinischen Motiven; wie keine andere bot diese Region mit ihrer Tiefe und Unergründlichkeit der erwachenden modernen Seele die Möglichkeit, sich im Naturbild zu spiegeln. Romantische Maler, darunter zahlreiche Deutsche (vgl. S. 122f.), haben diese Linie fortgeführt.

Die Campagna Romana war auch für viele Dichter eine inspirierende Landschaft. Ungezählt sind die literarischen Texte und Gedichte, welche in Latium ihren Ausgang nehmen, von Horaz' Beschreibung seines Landhauses in den Sabinerbergen bis zu Marie-Luise Kaschnitz' ›Genazzano am Abend‹. Und ist nicht auch die religiöse Bewegung der Benediktiner von der latinischen Landschaft beeinflußt worden? Wer die Ursprungsorte dieses ersten Mönchsordens gesehen hat: das Felstal von Subiaco, den Berg von Monte Cassino, die Plätze der frühen Klöster auf dem Soracte und bei Castel Sant'Elia, wird kaum daran zweifeln, daß hier ein starkes Empfinden für die Landschaft mitschwang, welches vielleicht noch mit der antiken Naturreligiosität in Verbindung stand.

In vielem stellt Latium ein Gegenbild zur Toscana dar. Klar, harmonisch, von menschlicher Präsenz geprägt die toskanische Landschaft; geheimnisvoll, oftmals wild, voller Gegensätze die latinische. Völlig unterschiedlich, trotz aller geographischen Nähe, die vorherrschenden kulturellen Einflüsse. In der Toscana ist überall, auch auf dem Land, der Einfluß einer hochentwickelten Stadtkultur spürbar. In Latium wurden die bürgerlichen Impulse durch Papsttum und römischen Adel

erstickt. Die Städte blieben schwach, verloren, sofern sie sie überhaupt gewannen, sehr schnell ihre Freiheit. Die kulturellen Impulse gingen über Jahrhunderte von der Kirche und dem Adel aus. Dadurch ist das Land um Rom, bis heute, rückständiger geblieben als die Toscana. Für den Reisenden aber, den Wanderer insbesondere, hat die ländlich-feudale Tradition ihren Reiz: Fast alle bedeutenden Kunstwerke finden sich auf dem Land. Während die Städte Latiums – außer Rom – sich an Schönheit mit den toskanischen nicht messen können, ist das Gebiet außerhalb der Städte kulturell weit interessanter. Zahlreiche Dörfer sind von traumhafter Schönheit – noch heute, wo häßliche moderne Bauten sie umgeben. Einsam gelegene Klöster, Kirchen, Palazzi finden sich am Wege des Wanderers.

Latium zu entdecken verlangt Ruhe, Einfühlungskraft, Gespür. Vielleicht ist die Fußwanderung der einzige Weg, diesem Land nahezukommen, das so viel Begeisterung entfacht und so viel Inspiration gegeben hat.

Zyklopenstadt am Rand der Berge
Durch die Lepinischen Berge von Carpineto Romano nach Norma

Die Lepinischen Berge mit ihren steinigen Schafweiden, ihren Steineichenwäldern und einsamen Bachtälern erheben sich steil aus der Pontinischen Ebene südlich von Rom. Von ihren westlichen Hängen genießt man außerordentliche Blicke auf Land und Meer. Ferdinand Gregorovius, der das Gebirge 1860 zu Pferde überquerte, notierte begeistert: »Wir kamen auf die andere Seite des Gebirgs... Vor mir lag das strahlende Schauspiel der Maritima, das weite pontinische Sumpfland, ein in sanftesten Farben glühender Teppich, das von der Sonne vergoldete Meer... Ich will jedem Reisenden raten, dies einzige Schauspiel sich nicht entgehen zu lassen, wenn er im Römischen sich befindet.«

Die Wanderung führt von Carpineto Romano durch einsame, herb-imposante Landschaft in das Gebirge. Auf einer Paßhöhe angelangt, erblickt man das von Gregorovius beschriebene Panorama. Abstieg durch ein langes, märchenhaft wirkendes Bachtal, durch ›Feen- und Koboldshaine‹. Neuerlicher Anstieg unter Ölbäumen nach Norma. Am Schluß der Wanderung gelangt man zu den Ruinen der alten Volsker-Stadt Norba: gewaltigen Zyklopenmauern aus dem 4. Jahrhundert v. Chr., in großartiger Lage am Rand des Gebirges. Eine lange, schöne Wanderung in einem der unbekanntesten Gebiete Latiums.

Wegbeschreibung

Von der Endhaltestelle des Busses Colleferro – Carpineto geht man dreißig Meter zurück zur Straße Colleferro – Maenza, biegt nach rechts (Richtung Colleferro). Von der Hauptstraße nach 300 Metern auf einer Asphaltstraße nach links (Wegweiser: Strada panoramica Monte Semprevisa). Die Straße passiert den Friedhof, biegt nach rechts und ca. 400 Meter weiter scharf nach links. In der Linkskurve wendet man sich auf eine nach rechts abzweigende – ansteigende – schmalere Straße. Nach einigen Minuten endet der Asphalt, kurz dar-

auf eine Rechtskurve. Hundert Meter weiter biegt man nach links in einen Pfad in nordwestlicher Richtung (20 min; Hauptweg führt nach der Abzweigung abwärts).

Pfad steigt – z. T. steil – an, erreicht einen Fahrweg (35 min). Auf diesem nach rechts gehen, in nordwestlicher Richtung parallel zur Elektrizitätsleitung ansteigen (schöne Blicke ins Tal auf Carpineto Romano). Nach knapp halbstündigem Anstieg wendet sich der Fahrweg nach links, verläuft für ein kurzes Stück eben, steigt dann erneut an, erreicht eine Paßhöhe (1:20 Std.). Weite Blicke zum Apennin, zur Pontinischen Ebene und aufs Meer. Der Weg führt ins Tal hinab. Eine Quelle (1:40 Std.; Trinkwasser), Weg führt nach rechts, senkt sich weiter. Bei einer zweiten Quelle (Trinkwasser) endet der Fahrweg (1:50 Std.).

Man geht im Bachbett weiter, findet nach 100 Metern einen Pfad, welcher rechts vom Bach in südwestlicher Richtung absteigt. Der Pfad wechselt auf die linke (2 Std.), dann wieder auf die rechte Bachseite (2:10 Std.). Eine Gabelung (2:25 Std.); man nimmt den weniger deutlichen, nach rechts ansteigenden Pfad (der andere Pfad überquert nach kurzem Stück das Bachbett auf einer kleinen Brücke). 50 Meter weiter durch ein Gatter, rechts ein Steinmäuerchen; der Pfad senkt sich etwas. (Im folgenden Stück kreuzen des öfteren kleine Viehpfade, erschweren die Orientierung; man kann jedoch nicht fehlgehen, wenn man immer dem Taleinschnitt in westlicher/südwestlicher Richtung folgt.)

Nach 200 Metern weitere Gabelung; nach links – in südwestlicher Richtung – allmählich absteigen. Erneut eine Gabelung (2:35 Std.); man geht rechts, gelangt 150 Meter danach zu zwei kurz aufeinanderfolgenden Gattern (das zweite ›Gatter‹ besteht nur aus aufgeschichteten Ästen); nach dem zweiten Gatter biegt der Pfad nach rechts (hier von links ein zweiter Pfad; man folgt dem Bachbett, rechts vom Bach). Man überquert einen von rechts kommenden ›Nebenbach‹ (2:45 Std.), biegt fünfzig Meter weiter auf kleinem Pfad nach links (der geradeaus führende Pfad endet kurz darauf bei einer Wiese), überschreitet den ›Hauptbach‹, geht auf der anderen Seite des Bachs nach rechts. Auf Waldpfad links vom Bachbett weiter talabwärts. Bei einigen Gabelungen hält man sich rechts, bleibt oberhalb des Bachs, gelangt – absteigend – zu einer Wiese, geht weiter am linken Bachufer. Bald darauf entfernt sich der Pfad etwas vom Bach, verläuft zwischen Steinmauern in südlicher Richtung.

Man folgt bei einer Abzweigung dem größeren Weg nach links, passiert in der Linkskurve ein Gatter, überquert ein kleines Bach-

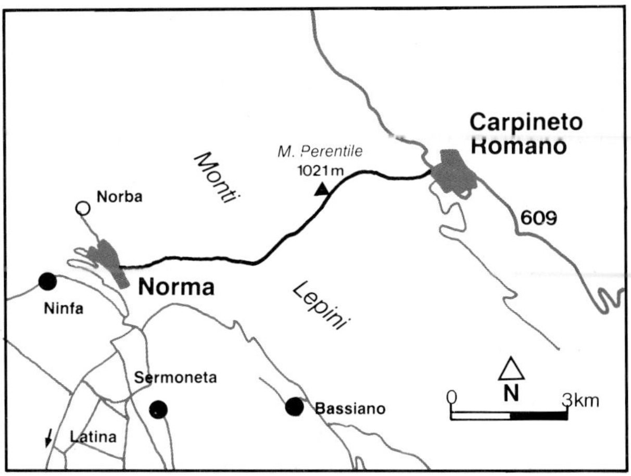

Wanderung von Carpineto Romano nach Norma

bett. Links oberhalb des Bachbetts in südwestlicher Richtung, z. T. ansteigend, auf dem kleinen Weg weiter. Eine neuerliche Bachüberquerung (3:15 Std.), 150 Meter darauf ein Fahrweg; auf diesem nach links. Ein einzeln stehendes Haus (3:25 Std.); bei diesem einen Weg nach rechts nehmen. Der Weg verengt sich nach wenigen Metern, überquert einen Bach und steigt anschließend in westlicher Richtung an. Eine neuerliche Bachüberquerung (3:35 Std.), kurz darauf ein Querpfad. Man geht links, weiterer Anstieg in SSW-Richtung. Eine Gabelung, man geht rechts aufwärts, steigt zwischen Olivenhainen an. Noch ein Querweg; man geht links; gleich darauf eine scharfe Linkskurve (4:05 Std.), kurz darauf eine Gabelung. Man wendet sich nach links, steigt in südlicher Richtung weiter an bis zu einer Asphaltstraße (4:20 Std.). Man geht geradeaus, erreicht Norma (4:30 Std.). Auf dem letzten Wegstück schöne Blicke nach links zur gotischen Klosterkirche Valvisciolo, zur Burg von Sermoneta, zum ›Kap der Zirze‹ – dem Höhenzug des Capo Circeo – und auf das Meer. – Von Norma zu den Ruinen von Norba weitere 15 Minuten in nordwestlicher Richtung.

Wichtige Hinweise

Dauer: 4:30 Std.
Wegbeschaffenheit: Fahrwege und Bergpfade. Zahlreiche Bachüberquerungen (Bäche große Teile des Jahres ausgetrocknet). Pfade zum großen Teil steinig.
Anstiege: ca. 650 m in zwei Abschnitten.
Schwierigkeitsgrad: anstrengend.
Orientierung: mittelschwer).
Restaurants in Carpineto und Norma, *Hotel* in Carpineto (Il Faggio, 4. Kat., ✆ 979031.
Busverbindungen: in Rom Abfahrt ab Viale Castro Pretorio, 500 m nordöstlich von Stazione Termini. Umsteigen in Colleferro. Stündliche Verbindungen (8.15, 9.15 Uhr...). Fahrzeit: 2 Std.
Rückfahrt: Bus Norma – Staz. di Latina, von dort mit Zug nach Rom. Häufige Verbindungen. Fahrzeit gesamt ca. 1:30 Std.
Möglich – und vor allem in der heißen Jahreszeit empfehlenswert – ist die Anreise Rom – Carpineto am Vorabend der Wanderung (letzter Bus ab Rom 21 Uhr), Übernachtung in dem – sehr preiswerten – Hotel in Carpineto und Aufbruch am frühen Morgen.

In den Lepinischen Bergen

Carpineto Romano

Am Wege

Carpineto Romano, mit schönem Ortskern. *Kirche S. Agostino* (14. Jh., vergrößert Ende des 19. Jh., als der aus Carpineto stammende Gioacchino Pecci als Leo XIII. Papst wurde) mit zwei gotischen Portalen (am Hauptportal Kreuzigungsrelief).

Kirche S. Maria del Popolo (13. Jh.); Fassade mit romanischen Tierköpfen, spätgotischer Rosette und Renaissanceportal; innen an der rechten Wand Fresken (Mariengeschichten) der Spätrenaissance.

Norma, mit mittelalterlichem Ortskern.

Norba, Ruinen einer latinisch-volskischen Stadt, welche während der römischen Kaiserzeit aufgegeben wurde. Aus den Spuren der Stadtanlage ersieht man die rationale Planung der Stadt, mit parallelen bzw. rechtwinkligen Straßen auf unregelmäßigem Gelände. Ruinen zweier Akropolen mit Tempeln. Am besten erhalten sind die Reste der großen *polygonalen Mauern.* Großartige Lage mit Blick auf die Pontinische Ebene und das Meer. Die Ruinen stammen vermutlich aus dem 4. Jh. v. Chr.

Von Norba blickt man auf die verlassene mittelalterliche Stadt **Ninfa,** von der Gregorovius schrieb: »Ich sah nie so phantastische Trümmer.« Ihre Ruinen sind von dichter Vegetation überwachsen, der Ortskern heute zu einer Gartenanlage umgebaut; zahlreiche Quellen speisen einen kleinen See. Das Gelände (in Privatbesitz) ist jeweils am ersten Sonnabend und Sonntag der Monate April bis Oktober zugänglich.

Blick auf die **Pontinische Ebene.** Diese war bis in die dreißiger Jahre des 20. Jahrhunderts versumpft und malariaverseucht, trotz zahlreicher Versuche der Trockenlegung (unter den Römern, unter Theoderich und unter verschiedenen Päpsten). Unter Mussolini und nach dem Zweiten Weltkrieg wurde das Gebiet definitiv erschlossen und besiedelt. Eine Reihe neuer Städte (Latina, Sabáudia, Pontinia, Aprilia, Pomezia) entstanden. Die Pontinische Ebene ist heute die Zone mit der bedeutendsten landwirtschaftlichen Produktion Latiums; ihr Nordteil und das Gebiet um Latina weisen seit den fünfziger Jahren zahlreiche industrielle Anlagen, vorwiegend Mittel- und Kleinbetriebe auf.

»Gleich der windgeschlagenen Welle«
Am Berg Soracte

Der Berg Soracte (auf italienisch Soratte) hat seit jeher die Phantasie der Menschen angeregt. Als einzeln stehender, markant geformter Berg ragt er aus dem Hügelland empor, mit den klaren Formen des Kalkberges über dem Schwemmland des Tibertals (Farbt. 13). Durch seine isolierte Lage wirkt er höher als er tatsächlich ist (691 m). Zahlreiche Dichter haben ihn beschrieben und besungen, von Vergil und Horaz über Goethe bis Byron, welcher schrieb:

»Du erhebst dich hoch aus dem Tal
gleich der windgeschlagenen Welle,
die sich lockt und ein Wimpernblinzeln lang
schwebend steht, ehe sie bricht«

– ein sehr präzises Bild, wenn man den Berg von Westen her sieht.

Die Wanderung führt zunächst durch die Hügel des Tibertals auf den Berg zu. Eine sehr ruhige, fruchtbare Landschaft: Schafweiden, kleine Weingärten, Öl- und Obstbäume. Man steigt dann auf zu dem malerischen, schön gelegenen Ort Sant' Oreste auf halber Höhe des Berges, von dort in steilem, knapp einstündigem Anstieg zum Berggipfel. Außerordentlicher Rundblick über das nördliche Latium, vom vulkanischen Massiv der Ciminischen Berge bis zu den höchsten Gipfeln des Apennin. – Auf gleichem Weg zurück bis Sant' Oreste.

Wegbeschreibung

Ausgangspunkt: Bushaltestelle an der Straße Fiano Romano – Nazzano, einen Kilometer nach der Abzweigung Civitella S. Paolo (links oberhalb der Straße an dieser Stelle ein sehr großes Haus, nach links biegen zwei Wege ab – einer aufwärts zu dem Haus, einer leicht abwärts in westlicher Richtung. Rechts ein Verkehrsschild: kurvige Strecke für 0,2 km). – Wenn man dem Busfahrer nicht verständlich machen kann, wo man aussteigen will, verlasse man den Bus an der Abzweigung Civitella S. Paolo – ›bivio Civitella‹ – und gehe den Kilometer in Richtung Nazzano zu Fuß. – Man nimmt den nach links abwärts führenden Weg, geht an einer ersten Gabelung rechts, an einer zweiten nach links, vorbei an einem Haus mit laut bellenden, aber freundlichen Hunden. Immer diesem Weg nach, auf der Höhe über dem Hügelland, mit Blicken auf Apennin, Sant' Oreste, Monte Soratte.

An einer Gabelung (30 min) geht man links abwärts, an der nächsten Gabelung wieder links, dann aufwärts. In einer Rechtskurve eine Abzweigung; man folgt hier dem Hauptweg nach rechts, in Richtung Sant'Oreste.

Man trifft auf ein Quersträßchen (1:10 Std.), geht rechts, nach 150 Metern vor einer

Wanderung am Berg Soracte

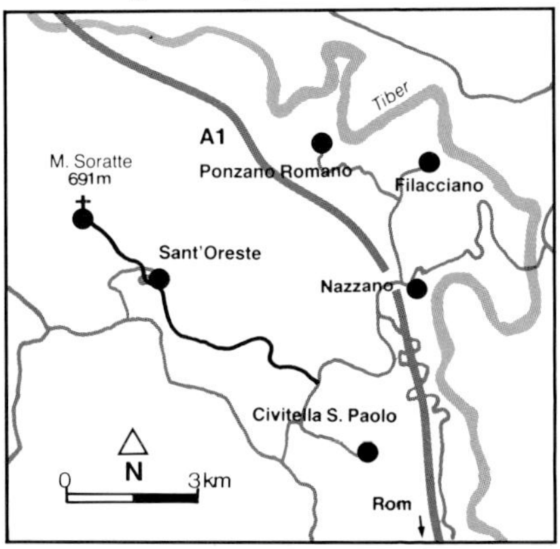

Kapelle nach links in einen ansteigenden Hohlweg. Fünf Minuten später eine Wegkreuzung; man nimmt den Weg rechts aufwärts, erreicht eine Straße. Auf dieser nach links. Bei einer Abzweigung (100 m weiter) auf der Straße nach rechts aufwärts, bei der nächsten Abzweigung nach links, zu einem Stadttor von Sant' Oreste (1:30 Std.). Hinter dem Stadttor biegt man nach rechts in die Via Pietro Zozi, steigt durch Gäßchen und Treppen an bis zur Piazza Orazio Moroni mit der – ebenen – ›Hauptstraße‹ des alten Ortsteils, auf der man nach links biegt.

Durch ein weiteres Tor verläßt man den alten Ortskern, folgt der Hauptstraße, bis sie – nach einigen hundert Metern – nach links hügelab führt (1:45 Std.). Hier geht man weiter geradeaus, steigt auf einem Sträßchen an. Der Asphalt hört auf, man befindet sich auf dem Weg zum Gipfel des Soracte.

Der Weg steigt relativ steil an bis zu einer Kirche, von dort erreicht man auf schmalerem Pfad schnell den höchsten Punkt (2:30 Std.). Abstieg auf gleichem Weg bis Sant'Oreste (3 Std.).

Wichtige Hinweise

Dauer: 3 Std.

Wegbeschaffenheit: bequeme Fahr- und Feldwege.

Anstiege: ca. 500 m.

Schwierigkeitsgrad: mittlere Anstrengung.

Orientierung: einfach.

Restaurant-Pizzeria und Hotel (Soratte, 3. Kat.; ✆ 0761/59023) in Sant'Oreste.

Busverbindungen: ab Rom (Metro Flaminio) Busse Richtung Nazzano 7.50, 9.00, 10.40, 11.50 Uhr; Fahrzeit 70 min. Sant' Oreste – Rom 15.15, 16.30 Uhr; Fahrzeit 70 min.

Am Wege

Sant'Oreste. Malerisches, verwinkeltes Bergdorf in schöner Lage über dem Tibertal. Der Ort ist mindestens 1200 Jahre alt. Im Dorf der *Palazzo Canali* (heute Rathaus) von 1589 sowie die *Kirche S. Lorenzo* (16. Jh.) mit Glockenturm des 15. Jahrhunderts.

Kirche S. Silvestro auf dem Gipfel des Soracte. Vermutlich aus dem 6. Jahrhundert, mit verschiedenen architektonischen Elementen des 8. Jahrhunderts. Inneres nicht zugänglich.

Der Berg Soracte

Der Soracte ist der mythische Berg des nördlichen Latium, einer der heiligen Berge des antiken Italien. Auf seinem Gipfel wurde der Apollo Soranus, der Sonnengott Latiums, verehrt. Die Apollo-Priester waren, wie wir aus Vergils Aeneis erfahren, wie indische Yogis imstande, unversehrt »mitten durchs Feuer fest auf glühenden Kohlen« zu gehen.

Die uralte religiöse Symbolik des heiligen Berges (der Aufstieg zum Licht, die Nähe der Götter) und der Sonne (Unwandelbarkeit trotz Bewegung, Klarheit, Souveränität, Kraft) verband sich mit dem Soracte aus naheliegenden Gründen. Aus Kalkstein gebildet, zeigt er größere Stabilität und Klarheit der Formen als das vulkanische Land in seinem Norden und Westen. Als einzeln stehender Berg, isoliert vom Apennin, dem er geologisch zugehört, erhebt er sich deutlich über das umgebende Land, wirkt kraftvoll und majestätisch. Seine ungewöhnliche Gestalt – die Byrons oben zitiertes Wellen-Bild anregte – läßt ihn von allen Seiten verschiedenartig erscheinen und gibt seiner Erscheinung etwas Geheimnisvolles.

Aus Keramikfunden schließt man, daß die Hänge des Soracte schon in der Bronzezeit besiedelt waren. Berühmt ist das Zitat aus Horaz' Wintergedicht: »Du siehst den

Soracte, weiß von hohem Schnee...« Immer wieder hat der Berg Dichter und Schriftsteller inspiriert. Wilhelm Heinse notierte Ende des 18. Jahrhunderts: »Der Soracte ist das Herrlichste auf der ganzen Reise. Er steht da wie ein Tyrann der weiten Gegend und beherrscht alles, ewig fest auf sich selbst gegründet.« Viel nüchterner Goethe (im ›Tagebuch der italienischen Reise‹): »Der Berg S. Oreste (Sorackte) ist ein von den Apenninen abstehender (meiner Überzeugung nach) Kalckberg an dem und um den die Vulkanischen Feuer gewütet haben.« Der Italiener Carducci: »Ewiger grauer Zeuge du, Soracte...«

Der 691 Meter hohe Berg besteht aus Jurakalk über älteren Formationen; an der Westseite ist er teilweise von vulkanischen Ablagerungen (Tuffen) bedeckt, welche als Aschenstaub von den Vulkanen um den Bracciano- und den Vico-See herüberwehten. An seinen Hängen finden sich zahlreiche Höhlen. Gegen Ende des Zweiten Weltkrieges hielt sich, wie mir Einwohner von Sant'Oreste erzählten, eine Zeitlang der deutsche Generalstab in Bunkern im Soracte auf; aus dieser Zeit stamme auch die Straße am Westhang des Berges.

Die berühmteste Episode aus der Geschichte des Soracte ist der Aufenthalt des Papstes Silvester I. Dieser hatte sich vor den Verfolgungen durch den römischen Kaiser Konstantin – denselben, der später das Christentum zur Staatsreligion machte – auf den Berg geflüchtet. Unterdessen brach in Rom die Lepra aus. Auch der Kaiser erkrankte. Im Traum erschienen ihm Petrus und Paulus und geboten ihm, den Papst nach Rom zurückzuholen, wenn er Heilung erlangen wolle. So geschah es. Der Kaiser – und die erkrankten Römer – gesundeten durch die Hilfe des Papstes. Zum Dank schenkte Konstantin dem Papst die Stadt Rom. Auf diese ›Konstantinische Schenkung‹ berief sich jahrhundertelang die Kirche, wenn sie ihre weltliche Macht legitimieren wollte. Erst im Spätmittelalter wurde die fromme Legende als historische Fälschung widerlegt. Petrarca, der an die Wahrheit der Geschichte noch glaubte, schrieb im 14. Jahrhundert: »Vom Soracte (kam)... jene triumphale Gewandung, der ganze Prunk der Kirche... Aus den Wäldern ist der Prunk gekommen, die Könige staunen, wenn sie ihn erblicken und wer ihn aufmerksam betrachtet, der fühlt sich vielleicht versucht, zu bestreiten, daß eine ehrfurchtgebietende Einsamkeit Ursprung so großer Verehrung ist.«

Auf dem Gipfel des Soracte steht ein sehr altes, dem später heiliggesprochenen Papst Silvester geweihtes Kirchlein. Es stammt vermutlich aus dem 6. Jahrhundert, ist im 8./9. Jahrhundert auf dem originalen Grundriß erneuert worden. Lange befand sich auf dem Soracte ein Kloster; wie an so vielen anderen Stellen, entstand auch hier ein christliches Heiligtum an einem ›heiligen Ort‹ der vorchristlichen Zeit.

Die Konstantins-Silvester-Legende ist übrigens auf schönen Fresken in der römischen Kirche Santi Quattro Coronati (hinter dem Kolosseum) zu betrachten. Man erblickt dort den Papst auf dem Berge und den verzweifelten, vom Aussatz befallenen Kaiser. Der Berg selbst ist bei klarer Sicht von Rom aus (etwa vom Hügel des Gianicolo) zu sehen. Im Mittelalter diente er, wie Werner Goez schreibt, den Pilgern zum Zeichen: »Gelobt sei Gott; Rom ist nahe!«

Die Landschaft der Campagna
Von Calcata nach Magliano Romano

Ein Weg von großer Schönheit in der Einsamkeit der Schluchten und Weiden im Norden Roms. Von dem spektakulär auf einem Felsen klebenden Ort Calcata steigt man hinab in das Gebiet der Gole del Treia, der Treia-Schlucht. Nach einem Anstieg weite Blicke zum Apennin und den Bergen des nördlichen Latium. Neuerlicher Abstieg in ein einsames, wie verzaubert wirkendes Flußtal, schließlich ein Weg auf der Höhe mit Blicken auf die Weidelandschaft der Campagna Romana, Oliven-, Wein- und Haselnußkulturen. Der Reiz des Weges wiegt die praktischen Nachteile auf: Die Orientierung ist nicht immer einfach, ein kleines Stück des Wegs etwas mühselig zu gehen.

Wegbeschreibung

Aus dem alten Ortskern von Calcata (der einen kurzen Rundgang lohnt) kommend, biegt man vor dem Stadttor in einen rechts abwärts führenden Weg. Nach hundert Metern vorbei am Waschhaus, wo ein Pfad nach rechts abzweigt; man geht hier geradeaus, dicht an einem Haus vorbei, dann auf schmalem Pfad hinab in die Schlucht. Unten angelangt, überquert man einen Bach, folgt einem bequemen Weg vorbei an Haselnußpflanzungen bis zur Straße Calcata – Mazzano (25 min). Man überquert die Straße, wandert geradeaus weiter im Tal.

[*Variante,* falls das folgende Wegstück schwierig zu gehen sein sollte: Man geht auf der Straße nach *rechts*, biegt nach 50 Metern in einen Fahrweg nach links, folgt diesem parallel zum Fluß, biegt dann bei einer Gabelung nach links aufwärts, steigt an bis zum Punkt ›X‹ (s. unten).]

Nach einiger Zeit beginnt der Weg leicht anzusteigen; bei einer Gabelung (40 min) geht man rechts aufwärts. (In diesem Gebiet befand sich die etruskische Nekropole Narce; Funde im Museum der Villa Giulia in Rom.) Man erreicht auf der Höhe eine Wiese, wendet sich hier nach rechts und kommt durch ein Gatter zu einem asphaltierten Weg. Auf diesem nach links aufwärts.

Sobald dieser Weg seinen höchsten Punkt erreicht hat (›X‹, die Asphaltierung endet hier), biegt man nach links in einen weiter ansteigenden Feldweg (50 min). Diesem folgt man, bis er sich unter Nuß- und Olivenbäumen verliert. Man geht halblinks auf dem Hügelkamm weiter, steigt dann – nach etwa hundert Metern – nach rechts hinab zu einem breiten, von oben sichtbaren Weg. Auf diesem gut 10 Minuten in Richtung Süden, immer auf der Höhe, bis links vor einem einge-

Wanderungen von Calcata nach Magliano Romano und bei Castel Sant'Elia

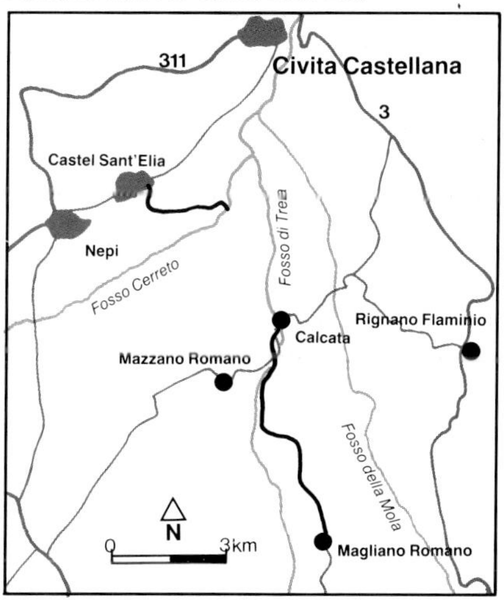

Aus Tuffsteinen erbaute Häuser in einem latinischen Dorf

zäunten Grundstück ein Fahrweg abzweigt (1:15 Std.). Man folgt diesem, vorbei an drei Häusern rechter Hand. Der Weg steigt nach dem dritten Haus ganz leicht an, senkt sich wieder. Man biegt in den nächsten nach rechts abzweigenden Weg, welcher nach wenigen hundert Metern in ein kleines Tal führt und sich dort verliert. Man geht querfeldein noch etwa hundert Meter weiter, überquert dann den rechts unterhalb fließenden Bach. (Den sehr schmalen Pfad, welcher zum Bach hinunterführt, muß man am Rand des Ufergebüschs suchen. Man orientiere sich an einem – auf der anderen Seite – von Süden kommenden zweiten Bach, dessen Ufergebüsch man sieht.)

Gleich nach der Bachüberquerung übersteigt man ein Gatter, geht am Feldrand in südlicher Richtung weiter, parallel zu dem erwähnten zweiten Bach. Nach ca. 150 Metern ein weiteres Gatter; vor diesem wendet man sich nach links, überquert auf großen Steinen den Bach. Am anderen Ufer auf schmalem Pfad die Uferböschung hinauf. (Sollte man im folgenden Teilstück Schwierigkeiten haben, die beschriebenen Pfade zu finden, so versuche man auf jeden Fall, in südlicher Richtung – parallel zum Bach – weiterzugehen. Solange man diese Richtung beibehält, kann man nicht fehlgehen.)

Noch zwei bis drei Minuten durch Gesträuch geradeaus weiter aufwärts, bis man auf ein kleines, kaum sichtbares Steinmäuerchen stößt. Hier geht man nach rechts, auf der Höhe parallel zum Bach, und findet einen Pfad, welcher durch Gebüsch weiter in Richtung Süden führt. Bei einer Gabelung geht man rechts abwärts, gelangt gleich darauf in ein breites Tal, in welchem man teils auf Pfaden, teils querfeldein weiter in Richtung Süden geht. Man bleibt immer auf der gleichen Seite des Bachs.

Nach kurzer Zeit stößt man in dem Tal – das sich hier etwas verengt – auf einen Weg in südlicher Richtung. Man folgt ihm, durchschreitet ein Gatter, gelangt auf eine eingezäunte Wiese, verläßt diese durch ein Tor linker Hand, hält sich weiter in südlicher Richtung und erreicht einen Fahrweg (1:50 Std.). Auf diesem nach links aufwärts (Richtung Westen). Man gelangt zu einer Asphaltstraße (2 Std.), biegt hier nach rechts in einen leicht ansteigenden Fahrweg, dem man in Richtung auf das bald sichtbar werdende Magliano Romano folgt. Unterhalb des Ortes geht man auf asphaltierter Straße links aufwärts, dann, nach einer Kurve, nach rechts in den alten Ort hinein, dessen Haupt›straße‹ man bis zur Piazza (2:30 Std.) folgt.

Wichtige Hinweise

Dauer: 2:30 Std.
Wegbeschaffenheit: Fahrwege, schmale Pfa-

de, Wegstrecken querfeldein über Wiesen. Zweimal sind Bäche zu überqueren, einmal ein Gatter zu überklettern; ein Pfad führt für 200 Meter durch dichtes Gebüsch.

Anstiege: insgesamt ca. 150 m.
Schwierigkeitsgrad: mittelschwer.
Orientierung: in einigen Teilstücken schwierig.
Restaurant in Calcata; Bars in Calcata und Magliano; Läden in Magliano.
Busverbindungen: Rom – Calcata 11.15, 13 Uhr (ab Metro Lépanto). Fahrzeit 60 min. Magliano – Rom: direkter Bus 16.20 Uhr; nachmittags fünf weitere Verbindungen mit Umsteigen in Morlupo. Fahrzeit 60–90 min. Letzter Bus 18 Uhr.

Am Wege:

Calcata, eindrucksvoll auf einen Tuffelsen gebaute Ortschaft. Der Ort ist von seinen ursprünglichen Einwohnern verlassen worden (ein moderner Ort Calcata Nuova erhebt sich, von Calcata aus nicht zu sehen, in einiger Entfernung) und heute im wesentlichen von Römern besiedelt.

In den Tuffschluchten
Bei Castel Sant'Elia

Das Gebiet der Tuffschluchten zwischen Nepi, Calcata und Civita Castellana gehört zu den landschaftlich höchst eindrucksvollen Gebieten Latiums. Eine Reihe tief eingeschnittener Cañons zieht sich auf einer Strecke von etwa zehn Kilometern durch das Land; auf ihrem Grund fließen plätschernd kleine Flüsse. Hoch ragen die rostroten und braunen Tuffelsen auf, vielfach sind sie von dichter, fast subtropisch wirkender Vegetation überwachsen. Die Landschaft ist kaum besiedelt und sehr einsam.

Aus den Landkarten ist zu ersehen, daß noch in den fünfziger Jahren ein dichtes Netz von Maultierpfaden diese Gegend durchzog und es erlaubte, sich zu Fuß von Ort zu Ort zu bewegen. Diese Zeiten sind vorbei. Die Einheimischen gehen nicht mehr zu Fuß, wenn sie es irgend vermeiden können; die Pfade sind aufgegeben, überwuchert, verlieren sich im Gebüsch. Mit Gummistiefeln und Buschmessern kann man die Schluchten durchwandern; für den ›normalen‹ Spaziergänger und Wanderer sind sie zum großen Teil unzugänglich.

Der im folgenden beschriebene Weg führt auf gut begehbaren Pfaden durch zwei dieser Schluchten; er endet in der zweiten; man muß von dort aus die gleiche Strecke zurückgehen. Das scheint mir wegen der großen Schönheit der Landschaft vertretbar.

Auf einem Maultierpfad steigt man von Castel Sant'Elia mit seiner interessanten, uralten Kirche ab in die Valle Suppentonia, gelangt dann auf eine Hochebene mit Blick zum Monte Soratte, genießt später einen schönen Blick von oben auf mehrere Schluchten, findet schließlich einen in den Tuff gehauenen Pfad, der zeigt, welche ›Kunstwerke‹ solche Wege darstellen können und wieviel Schönheit mit ihnen verloren gegangen ist. Der Pfad endet in der zweiten Schlucht, man geht zurück.

Wegbeschreibung

(Karte s. S. 149)
Man geht von Castel Sant'Elia zur Basilika Sant'Elia unterhalb des Ortes. [Die Kirche ist gewöhnlich verschlossen. Für die Besichtigung hole man sich den Schlüssel bei der Gemeindeverwaltung (comune, ✆ 556425), beim Pfarrer (parrocco) oder beim Ortspolizisten (vigile urbano).] In der letzten Kurve vor der Kirche biegt man in einen nach rechts abwärts führenden Pfad. Man gelangt auf ihm zu einer schönen alten Brücke über den Fosso della Massa, überquert sie, biegt nach links und hundert Meter danach auf einen Pfad nach rechts. Dieser steigt an, erreicht eine Anhöhe (30 min); man geht, dem Pfad folgend, in östlicher Richtung, gelangt zu einer Wiese, dann zu einem Gatter, biegt danach nach rechts und gelangt, rechts an einem Gehöft vorbeigehend, zu einem Fahrweg (45 min).

Man geht nach links, bei einer Gabelung kurz darauf nach rechts. Der Weg führt zu einem Feld; schöner Blick auf Tuffelsen (gut 60 min). Man geht rechts am Rande des Feldes entlang (oberhalb der Felsen) und findet – etwa 300 Meter vor einer bewachsenen Turmruine – einen Pfad, welcher nach rechts führt. Auf sehr schönem Weg absteigend gelangt man zum Flüßchen Cerreto (1:25 Std.). (Der Pfad – welcher auf der anderen Flußseite noch weiterführt – endet nach kurzer Strecke bei einer Haselnußpflanzung.) Auf gleichem Wege zurück nach Castel Sant'Elia.

Wichtige Hinweise

Dauer: knapp 3 Std.
Wegbeschaffenheit: Maultierpfade; eine kurze Strecke auf einem Fahrweg.
Anstiege: auf Hin- und Rückweg insgesamt ca. 250 m.
Schwierigkeitsgrad: mittlere Anstrengung, einige Anstiege.
Orientierung: mittelschwer.
Bars und Geschäfte, aber kein Restaurant in Castel Sant'Elia. Übernachtungsmöglichkeit im Kloster Castel Sant'Elia, ✆ (0761) 557729.
Busverbindungen: Rom – Castel Sant'Elia (ab Metro Lépanto) 7.40, 9,25, 11.00, 13.00, 13.50 Uhr. Castel Sant'Elia – Rom etwa stündlich, letzter Bus 19.10 Uhr. Fahrzeit ca. 80 min.

Am Wege

Basilika Sant'Elia, eine der interessantesten Kirchen des nördlichen Latium, in beeindruckender Landschaft über der Schlucht des Flüßchens Massa. Der Überlieferung nach waren die Tuffelsen an dieser Stelle einstmals dem etruskischen Felsgott Falacro geweiht; später erhob sich hier ein Diana-Tempel; schließlich siedelten in den Höhlen des Tals zahlreiche Eremiten, die sich später dem Benediktinerorden anschlossen und an der Stelle der antiken Heiligtümer ein Kloster errichteten.

Die heutige Kirche wurde vermutlich kurz nach dem Jahr 1000 errichtet. Sie enthält eine Reihe von Bruchstücken aus dem vorangehenden Kirchenbau des 8./9. Jahrhunderts. An den *Portalen* Steinreliefs, darunter schöne langobardische Flechtornamente (aus der älteren Kirche). Das Kircheninnere dreischiffig. *Säulen* z. T. aus antiken Gebäuden. Reste eines *Mosaikfußbodens* (sogenannte Cosmatenarbeit, 13. Jh.). Die *Kanzel* ist aus Marmorplatten zusammengesetzt, welche – wie die Portalreliefs – aus dem Vorgängerbau stammen; wiederum langobardische Schmuckformen. Über dem Altar ein *Ziborium* mit Cosmatenarbeiten. Im linken Seitenschiff römische Sarkophage.

Ungewöhnliche *Fresken* aus der Zeit um 1100. In der Apsis: Christus mit Heiligen Elias, Petrus, Paulus und Anastasius; darunter zwölf Lämmer – nicht eindeutig als solche zu erkennen – mit dem Gotteslamm; darunter heilige Jungfrauen und Märtyrer. Im Querhaus rechts: Tod und Begräbnis des Abtes Anastasius; Szenen aus der Apokalypse: Öffnung des Buches mit den sieben Siegeln; Engel befehlen den Winden; Apokalyptische Reiter; Drache, der die Dame verfolgt. Die Fresken – aus einer Zeit, aus der sich wenig Gemälde erhalten haben – überraschen durch ihre Far-

bigkeit und Bewegtheit. Sie sind von drei Malern, Johannes, Stephanus und Nikolaus, signiert.

Oberhalb der Basilika die *Wallfahrtskirche Madonna ad Rupes* und ein Kloster, in welchem heute polnische Fratres leben.

Etruskerpfade
Von Villa S. Giovanni in Tuscia nach Barbarano Romano

Im ersten Teil eine Wanderung durch freundliches, mit Wein, Oliven, Obstbäumen, Gemüse bestelltes Hügelland; im zweiten führt der Weg durch eine spektakuläre Schlucht unterhalb des schönen, aus Tuffsteinen erbauten Ortes Barbarano Romano. Großartige Tuffelsen, eine dichte Vegetation, Bäche auf dem Grunde des Tals. Etruskerlandschaft – in der Nähe von Barbarano befinden sich zwei etruskische Nekropolen, San Giuliano und San Giovenale; im Tal des Flusses Bieda, das wir für ein kurzes Stück durchwandern, verliefen die etruskischen Straßen, welche die Siedlungen bei Barbarano, Blera, Norchia (vgl. die Wanderung S. 163 ff.) und Tuscania miteinander verbanden.

Wegbeschreibung

Ausgangspunkt des Weges ist die Rechtskurve der Straße am Ortseingang (von Cura di Vetralla her kommend) von Villa San Giovanni. Man biegt in der Kurve nach links in eine kleinere, aufwärtsführende Straße (Via Poggio Aguzzo; rechter Hand ein Kruzifix), biegt nach wenigen Metern nochmals nach links, folgt diesem Weg , zunächst ansteigend, dann eben, für gut fünf Minuten. Vor dem Haus Nr. 11 biegt man in einen Weg nach links aufwärts, wendet sich nach kurzem Anstieg auf der Höhe nach rechts, geht querfeldein an einem Steinmäuerchen entlang durch einen Olivenhain.

Nach etwa 150 Metern trifft man, hinter einer Hecke, auf einen nach links abwärts führenden Weg (z. T. stark bewachsen). Auf diesem Weg in südöstlicher Richtung bis zu einem breiteren Querweg (knapp 15 min). Nach rechts hinab, zu einem weiteren Querweg, wieder nach rechts. Wenige Minuten später in einen nach links abzweigenden Weg, auf diesem 150 Meter gehen, dann nach rechts abbiegen, durch ein Gatter auf ein Feld mit Reben und Ölbäumen. Gleich hinter dem Gatter rechts halten, am oberen Feldrand entlang weitere 150 Meter gehen. Kurz bevor der Feldrand nach links biegt, wendet man sich nach rechts in einen aufwärts führenden, sehr schmalen Pfad. Durch ein Gatter, zu einem Querweg (25 min), auf diesem nach links hinab.

Hundert Meter danach in einen Pfad nach rechts. Dieser führt in – z. T. aufgegebene –

Wanderung von Villa S. Giovanni in Tuscia nach Barbarano Romano

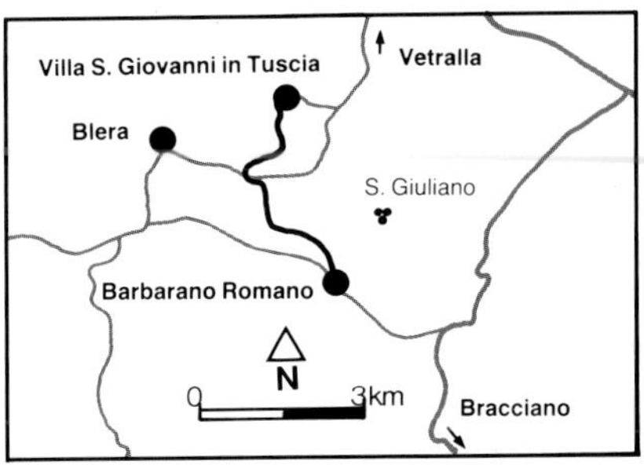

Wein- und Haselnußpflanzungen, verliert sich in ihnen. Man geht, teilweise querfeldein – z. T. etwas mühsam – im Tal in südwestlicher Richtung (parallel zum links unterhalb fließenden Bach), findet nach gut 10 Minuten einen Weg, der an Haselnußsträuchern und Obstbäumen vorbei zum linken unteren Talende führt. Hier überquert man einen Bach (40 min), steigt auf dem Weg an bis zur Straße Blera – Cura di Vetralla.

Auf der Straße nach links. Nach 200 Metern zweigt in einer Linkskurve nach rechts ein asphaltiertes Sträßchen ab (55 min). Auf diesem bis zu einer Gabelung bei einer Brücke, hier nach links gehen. Bei einem Querweg (1:10 Std.) hält man sich rechts und biegt gleich darauf nach links in die Schlucht des Biedano. (Hier einige Meter geradeaus gehend, genießt man einen schönen Blick über die Schlucht).

Ein eindrucksvoller in den Tuff geschnittener Hohlweg führt abwärts, man folgt dem Weg durch ein Gatter und überquert einen Bach. In südöstlicher Richtung auf dem Pfad durch die dicht bewachsene Schlucht, in der man zwei weitere Male den Bach überquert. Man gelangt schließlich unterhalb von Barbarano auf eine freie Fläche, steigt hier nach links auf in den Ort (2 Std.). Im Ort empfiehlt es sich, nach links zu gehen, bis zum nördlichen Ortsrand, von dem aus man nochmals einen großartigen Blick über die Schlucht hat.

Wichtige Hinweise

Dauer: 2 Std.
Wegbeschaffenheit: Fahrwege und Pfade, zum Teil durch dicht bewachsenes Gebiet.
Anstiege: insgesamt ca. 150 m.
Schwierigkeitsgrad: mittelschwer.
Orientierung: schwierig.
Bars, Geschäfte, Hotel (Locanda Da Gennaro, ✆ 0761/474609) in Barbarano Romano.
Busverbindungen: Rom – Villa S. Giovanni (ab Metro Lépanto) direkt 8.20 und 14.30 Uhr, außerdem mehrere Verbindungen mit Umsteigen in Cura di Vetralla (ab Rom Bus Richtung Vetralla – Viterbo nehmen). Fahrzeit 1:40 Std.
Barbarano – Rom etwa stündlich, letzter Bus 19.50 Uhr; Fahrzeit 1:40 Std.

Am Wege

Barbarano Romano, schöner Ort auf einem Felsen über der Biedano-Schlucht. Kleines *Museum* mit Funden aus den etruskischen Nekropolen der Umgebung.

Nekropole San Giuliano (zwei km nordöstlich von Barbarano; nicht an der Wanderstrecke gelegen) mit zahlreichen Gräbern der unterschiedlichsten Typen, vor allem aus dem 6.–5. Jahrhundert v. Chr.

Von Viterbo oder Montefiascone aus

Das Gebiet um Viterbo gehört für den Reisenden, der abseits der bekannten Wege wandern möchte, zu den interessantesten Zonen Italiens. Das weite Hügelland mit den erloschenen Vulkanen, den Kraterseen und tiefen Schluchten ist sehr einsam. In der fast ausschließlich landwirtschaftlich geprägten Region trifft man oft kilometerweit kein Haus (die Bevölkerungsdichte liegt hier weit unter dem Durchschnitt des ohnehin dünn besiedelten Latium); Schafherden verlieren sich auf riesigen Weiden. Nicht überall ist die Landschaft reizvoll, aber an vielen Orten konzentrieren sich die Eindrücke zu äußerster Dichte: in den geheimnisvollen Tälern und wildbewachsenen Cañons, wo man aus der Zeit herauszuwandern meint; auf hitzeflimmernden Hoch-

flächen, im frühsommerlichen Duft des Ginsters; am strahlenden See von Bolsena und am dunkel geborgenen von Vico. Dieses Gebiet, im Zentrum des alten Etrurien, später an der großen Nord-Süd-Verbindung der Frankenstraße gelegen, ist zudem reich an historischen Zeugnissen und bedeutenden Kunstwerken.

Die im Folgenden beschriebenen Wanderungen führen in einige der schönsten Zonen des ›Alto Lazio‹. Sie sind mit öffentlichen Verkehrsmitteln am günstigsten von Viterbo oder Montefiascone aus durchzuführen, mit dem Pkw auch von anderen Orten der Region (ruhige Quartiere finden sich beispielsweise am Lago di Vico).

Busfahrten beginnen in Viterbo am Viale Trento beim Bahnhof Porta Fiorentina, in Montefiascone an der Piazza Roma. Gedruckte Fahrpläne existieren nicht; man muß sich nach den Abfahrtszeiten von Fall zu Fall erkundigen. Telefonische Auskunft beim Touristenbüro in Viterbo (Ente Provinciale per il Turismo, Piazza dei Caduti 16, ✆ (0761) 30092 oder 31073). Dort kann auch der Gesamtfahrplan eingesehen werden. – Man beachte, daß die hier angegebenen Busverbindungen nur für die Werktage gelten, sonn- und feiertags fahren erheblich weniger Busse.

Schlichtheit der Mönche, Prunk des Kardinals
Am Lago di Vico. Von S. Martino al Cimino nach Caprarola

Gleich drei der verborgenen Attraktionen Latiums bekommt man auf dieser Wanderung zu Gesicht: Zisterzienserkirche und Ortschaft San Martino al Cimino, den See von Vico, das Schloß (und den außerordentlich malerischen Ort) von Caprarola. Die Kirche von San Martino beeindruckt durch die Schönheit des Steins, die Lichtführung, die Klarheit der Formen – deutlicher Ausdruck der bewußt schlichten, ornamentlosen Bauweise der Zisterziensermönche. Neben der Kirche ein verfallender Palast und um Kirche und Palast herum die anmutigen, im Oval am Hang angeordneten Häuser des Ortes. Man steigt von San Martino auf einem Sträßchen zum Kraterrand des Vico-Sees auf, geht dann auf Waldwegen, mit schönen Blicken auf den See, in den Krater hinab. Ausgedehnte Haselnußpflanzungen am Seeufer; Bademöglichkeiten. Neuerlicher Anstieg zum Kraterrand und kurzer Abstieg nach Caprarola mit seinem beeindruckenden Schloß der römischen Adelsfamilie Farnese, welches der Kardinal Alessandro Farnese prunkvoll ausstatten ließ.

Ein ruhiger Weg oberhalb des Vico-Sees durch viel Buchen-, Eichen- und Kastanienwald. Bei klarer Sicht von Caprarola weite Blicke zum Monte Soratte und zum Apennin.

Wegbeschreibung

Man verläßt San Martino durch das Stadttor oberhalb der Kirche, geht auf einem Sträßchen in südlicher Richtung (Wegweiser: Roma) aufwärts zum Kraterrand des Sees. Auf der Höhe angelangt (35 min), erreicht man eine Querstraße, biegt hier, die Straße überquerend, in einen Waldweg ein, der nach links abwärts führt.

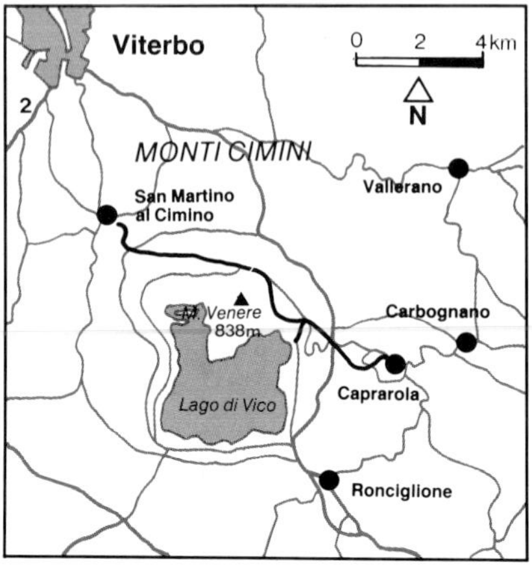

Wanderung von S. Martino al Cimino nach Caprarola

Man folgt diesem Weg, immer leicht absteigend, in östlicher Richtung. Bei einer Weggabelung (ca. 1:10 Std.) weiter abwärts (auf dem rechten Weg). Man erreicht den Talgrund, geht zwischen Nuß- und Kastanienbäumen bis zu einer größeren Wegkreuzung am Fuß des Monte Venere (1:50 Std.; Brunnen). Hier auf einem Fahrweg nach links. Der Weg wird 250 Meter weiter asphaltiert; man geht noch etwa 200 Meter weiter. Rechts ein Haus; kurz danach biegt man nach rechts in einen Weg, der zunächst zwischen Haselnußpflanzungen und Wiesen parallel zum Sträßchen weiterläuft. Auf diesem Weg immer geradeaus. Große Ginsterbüsche linker Hand, dann weitere Haselnußpflanzungen. Der Weg steigt schließlich leicht an, bald darauf eine Gabelung (2:20 Std.). Man geht links, steigt zu einem Bach hinab (dieses Stück oft sehr schlammig), überquert den Bach, steigt kurz an, geht dann auf breitem Weg nach rechts, erreicht die Seeuferstraße (2:30 Std.). (Auf dieser nach rechts gehend, gelangt man in zehn Minuten zum Hotel-Restaurant Bella Venere; Strand.)

Man biegt in die von links kommende Straße – entfernt sich also vom See – und geht wenige Minuten später nach rechts in einen Feldweg. Dieser steigt an, bei einer Gabelung hält man sich links (aufwärts), erreicht auf schattigem Weg wiederum die Asphaltstraße. Auf dieser nach rechts, nach hundert Metern nach links in einen ansteigenden Weg. Man gelangt zum Kraterrand (knapp 3 Std.). Schöner Blick auf den See von der Terrasse des Restaurants Rinaldo (rechts um das Haus herumgehen).

Man überquert die Hauptstraße (Via Cimina), steigt auf kleinerer Asphaltstraße ab, biegt in den ersten Weg nach rechts, geht zwischen einigen Häusern hindurch, biegt in den nächsten Weg nach links. Der Weg senkt sich, überquert neuerlich eine Asphaltstraße, führt durch Wald bis in ein Neubauviertel von Caprarola. Man geht auf einer Straße abwärts, nimmt den zweiten Weg nach links (asphaltiert), gelangt, vorbei an großen Kastanien, neuerlich zur Hauptstraße, geht auf dieser einige Meter nach rechts, biegt dann nach links in eine Straße, welche in zehn Minuten zum Palazzo Farnese in Caprarola führt (3:45 Std.).

(Wenn man von dieser Straße 500 Meter vor dem Palazzo nach rechts abbiegt – Wegweiser: ›S. Teresa‹ –, gelangt man zur Barockkirche Santa Teresa, hat von dort aus einen sehr schönen Blick auf Caprarola vor dem Hintergrund des Gebirges. Hin und zurück ca. 15 min.)

Wichtige Hinweise

Dauer: 3:45 Std.
Wegbeschaffenheit: zumeist Waldwege; 35 min auf – wenig befahrener – Asphaltstraße. Ein kurzes Stück am Rand eines Baches (nach knapp 2:30 Std.) ist oftmals sehr schlammig.
Anstiege: ca. 300 m in zwei Abschnitten.
Schwierigkeitsgrad: mittelschwer.
Orientierung: einfach.
Hotels und Restaurants in S. Martino al Cimino, am Lago di Vico, in Caprarola (S. 185)

Caprarola. Im Hintergrund der Monte Soratte ▷

Busverbindungen: Viterbo – S. Martino stündlich (8.30, 9.30 Uhr usw.); Fahrzeit 25 min. Caprarola – Viterbo 14.40, 17.30 Uhr; Fahrzeit 40 min.

Ab Rom: Rom – Viterbo halbstündlich ab Metro Lépanto; Fahrzeit 90 min. Caprarola – Rom 14.25, 15.30, 16.40, 18.05 Uhr; Fahrzeit ca. 1:40 Std.

Am Wege

S. Martino al Cimino, im 17. Jahrhundert planmäßig angelegte Ortschaft in schöner Lage am Hang der Ciminischen Berge. Palazzo Pamphili (17. Jh.); *Zisterzienserkirche* (13. Jh.). Vgl. unten.

Lago di Vico, drittgrößter der latinischen Kraterseen in 507 Meter ü. M. An den Ufern des relativ einsam gelegenen Sees sehr reiche Vogelwelt. Vgl. S. 162f.

Die Cooperativa L'Idea, Caprarola, vermietet – in Verbindung mit der Verwaltung des Naturschutzgebiets Lago di Vico – Boote für Fahrten auf dem See und veranstaltet auf Wunsch Führungen in die Natur des Vico-Sees (auch englischsprachig). ✆ (0761) 647347 (vormittags). Bei der Kooperative können auch Reitpferde gemietet werden.

Caprarola, charakteristischer Ort am Ostrand der Ciminischen Berge. *Palazzo Farnese,* 1559–1573 von Vignola erbaut; vgl. S. 160f., *Kirche S. Teresa* (um 1620, Architekt Girolamo Rainaldi) mit schöner Fassade. – Palazzo Farnese 9–17 Uhr geöffnet. Kirche S. Martino mittags geschlossen.

Die Zisterzienserkirche von San Martino und das Schloß von Caprarola

Am Hang der Ciminischen Berge – am Ausgangs- und Endpunkt der oben beschriebenen Wanderung – finden sich zwei der großen architektonischen Kunstwerke Latiums – zwei Bauten, die beispielhaft geschichtliche Epochen und ihre Geisteshaltungen verdeutlichen. In der Schlichtheit der Mönche von San Martino, im Prunk der Kardinäle von Caprarola kommen Einstellungen zur Welt, zur Natur, zum Glauben, zum Individuum zum Ausdruck, welche für große historische Strömungen des Mittelalters bzw. der frühen Neuzeit kennzeichnend waren. Sie lohnen daher einen näheren Blick.

Der Kirchenbau von **San Martino al Cimino** wurde in der ersten Hälfte des 13. Jahrhunderts begonnen. Der Ort befand sich seit einigen Jahrzehnten im Besitz der Zisterziensermönche. Diese errichteten an der Stelle eines älteren Klosters Kirche und Klostergebäude. Von den Klosterräumen (im Norden der Kirche) ist nur noch wenig erhalten; die Kirche aber zeigt sich in gutem Erhaltungszustand.

Der Zisterzienserorden, Ende des 11. Jahrhunderts im Burgund gegründet, nahm seinen großen Aufschwung unter der Führung von Bernhard von Clairvaux in der ersten Hälfte des 12. Jahrhunderts. In gewaltigen Predigten und zahlreichen Schriften wandte sich der heilige Bernhard gegen Prunksucht und Verweltlichung der Geistlichen, insbesondere des mächtigen Ordens von Cluny. Der Mensch könne Gott nicht im äußeren Glanz der Dinge finden – im wertvollen Schmuck der Kirchen, im farbigen Strahlen der großen Kirchenfenster, in prunkvollen religiösen Festen –, sondern nur in der Einfachheit des Herzens, in der Demut, in Schlichtheit und Reinheit der Seele. Wie viele religiöse Reformbewegungen strebten die Zisterzienser die Rückkehr zu einem einfachen, geläuterten Glauben an. »Erhebt Euch durch Demut. Das ist der Weg, es gibt keinen anderen«, schrieb Bernhard.

Diese Grundhaltung spiegelt sich in der Architektur der Zisterzienserkirchen. Sie verzichten auf jegliche Dekoration, auf die vielfältigen Formen der romanischen Skulptur ebenso wie auf die Farbigkeit gotischer Fenster. Die Fassade ist unscheinbar, selbst die Kirchentürme fehlen. Die Strenge der geraden Linie und des rechten Winkels herrscht vor. Die Gebäude sollen in »den Formen der Armut, nach dem Vorbild der heiligen Einfachheit, im Geiste der Bescheidenheit der Väter« errichtet werden, denn »die Sorge um das Innere läßt alles Äußere verachten und vernachlässigen«, wie ein Mönch jener Zeit schrieb.

All diese Züge lassen sich im *Innern* der Kirche von San Martino wiederfinden. Sie wirkt durch Klarheit und Rhythmus der Formen, durch Übersichtlichkeit, durch die Schönheit des behauenen Steins, durch die Reflexe des Lichts – nicht durch interessante Kapitelle, reizvolle Fresken oder Statuen. Die architektonische Struktur tritt unverhüllt in Erscheinung. Stein, Licht, Harmonie der Formen – die Zisterzienserarchitektur hat durch ihre ›Abwendung vom Äußeren‹ den Kirchenbau auf klare Grundelemente zurückgeführt. Sie spricht daher gerade eine ›reiche‹ Zeit wie die unsere an, die wieder einmal – wenn auch aus anderen Gründen – an Übersättigung leidet und die Wahrheit des Einfachen sucht.

Der Zisterzienserorden hat die strengen Vorsätze seines Beginns nicht lange durchgehalten; er ist selbst reich geworden und ›verweltlicht‹. Auch dieser Prozeß läßt sich an der Kirche von San Martino ablesen; weniger an den – geringfügigen – Veränderungen im Inneren als vielmehr an der *Fassade* der Kirche. Diese – im 19. Jahrhundert erneuert – zeigt ein großes gotisches Maßwerkfenster (aus dem 15. Jh.), das im Reichtum seines Schmucks mit der ursprünglichen zisterziensischen Haltung nicht vereinbar ist. Zwei Türme flankieren die Fassade, auch dies ein Widerspruch zu den ursprünglichen Auffassungen des Ordens; die Türme wurden erst im 17. Jahrhundert erbaut.

»Viel mehr«, schrieb der heilige Bernhard, »wirst du in den Wäldern finden als in den Büchern; die Bäume und Felsen lehren dich Dinge, welche dir kein Lehrer jemals sagen kann.« Die Zisterzienser errichteten ihre Klöster an abgelegenen Orten; sie mieden die großen Städte, siedelten in der Einsamkeit. Damit wollten sie Konzentration und Meditation erleichtern; zugleich aber machten sie in praktischer Arbeit die Einöde urbar. Wo sie hinkamen, ordneten sie das Chaos der Natur. Wie die menschliche Seele sich zu Gott erheben sollte, so sollte die ungeformte Natur Form und Klarheit gewinnen. Die Zisterziensermönche gehörten zu den großen Technikern ihres Jahrhunderts, brachten eine Reihe von Neuerungen in der Landwirtschaft zur Anwendung. Das Kloster von San Martino lag zwar – eine Ausnahme – in der Nähe einer Stadt, Viterbos, war aber umgeben von den dichten Ciminischen Wäldern. Es befand sich an der Grenze zwischen Zivilisation und Wildnis.

Das heutige Gesicht des Ortes San Martino ist, abgesehen von der Kirche, nicht mehr durch die einstige Abtei geprägt, sondern durch die Stadtplanung des 17. Jahrhunderts. Der Ort gehörte seit 1544 der römischen Familie der Pamphili (welche den Papst Innozenz X. hervorbrachte). Die Pamphili errichteten den Palast neben der Kirche, ließen um Kirche und Palast am Hang die Häuser ihrer Untergebenen erbauen. Der hervorragend erhaltene, präzis und phantasievoll geplante Ort aus der

Barockzeit macht mit seinen kleinen Häusern und farbigen Dächern einen anmutigen, heiteren Eindruck.

In **Caprarola** dominiert das *Schloß* der Papst- und Kardinalsfamilie Farnese den Ort. Der Kardinal Alessandro Farnese, Enkel des Papstes Paul III., hat es 1559–1575 durch den Architekten Vignola bauen lassen. Es ist eines der bedeutendsten Bauwerke des Manierismus, jener auf die Renaissance folgenden Stilepoche, welche durch Sprengung des Formenkanons und Häufung überraschender Effekte sich von der Harmonie und Klarheit der Renaissanceauffassung abwandte. In völligem Gegensatz zur Kirche von San Martino bringt es Macht, Individualität und Freude am materiellen Genuß zum Ausdruck. Gewiß, es ist ein weltliches Bauwerk, aber ein Kardinal ließ es errichten. So zeigt es auch Krise und Glanz der römischen Kirche am Ende des 16. Jahrhunderts, nach Renaissance und Reformation.

Das Schloß, fünfeckig, in zarten Rot-Tönen, erhebt sich am oberen Rand des Ortes Caprarola über einem großen Vorplatz. Über eine Rampe, welche das Vorfahren der Kutschen erlaubte, und über eine Doppeltreppe erreicht man das Eingangstor. Aus der Vorhalle geleitet der Kustode die Besucher über die berühmte Wendeltreppe Scala Regia in den ersten Stock mit den Repräsentationsräumen. Von der Galerie des ersten Stockwerks sehr schöner Blick in den harmonischen Innenhof, einen in das Fünfeck des Baus eingezeichneten Kreis. Man gelangt in die Räume, welche zwischen 1560 und 1580 von Federico und Taddeo Zuccari mit Fresken ausgestattet wurden. Ich erwähne die interessantesten der Malereien.

Vom ersten Raum, dem Salone Regio, sehr schöner Blick über Caprarola und die Landschaft der Campagna. Fresken zeigen – in der Mitte der Decke – Herkules, der durch einen Keulenstoß den Lago di Vico entstehen läßt und – an den Wänden – die Besitzungen des Hauses Farnese: die oberitalienischen Städte Parma und Piacenza, die latinischen Orte Capodimonte, Marta, Caprarola und andere. Merkwürdiger, mit seinen verschiedenartigen Materialien typisch manieristischer Brunnen an einer Seite des Raumes. – Anschließend eine runde Hauskapelle mit Darstellung religiöser Themen. – Im dritten Raum, dem ›Saal der Farnesischen Ruhmestaten‹, unter anderem (linke Wand hinten) der Kardinal Alessandro Farnese, welcher mit Kaiser Karl V. in Paris vom französischen König François I. empfangen wird; an der Fensterseite Karl V. mit Alessandro Farnese in Worms. – Im folgenden ›Saal des Tridentinischen Konzils‹ verschiedene Fresken, welche den Farnese-Papst Paul III. feiern; u. a. die Eröffnung des Konzils durch den Papst.

Es folgt die Sommerwohnung des Kardinals, zunächst das Schlafzimmer, anschließend die Garderobe, dann das Arbeitszimmer (mit symbolischen Gestalten der Künste und Wissenschaften), das Turmzimmer mit schöner Decke aus libanesischem Zedernholz. – In der folgenden Winterwohnung nacheinander die Räume ›der Buße‹, ›der Urteile‹, ›der Träume‹, jeweils mit Fresken von berühmten Büßern, Urteilenden (z. B. Salomo) und Träumern (z. B. Jakob, der von der Engelsleiter träumt). – Im Saal der Engel überraschende akustische Effekte (man frage den Kustoden nach dem ›eco‹), Fresken von Engelserscheinungen. – Schließlich der Saal der Weltkarte mit

gemalten Landkarten an den Wänden, welche das geographische Wissen des späten 16. Jahrhunderts veranschaulichen; dazu Bilder von Entdeckern.

Die kostbaren Möbel und Teppiche, welche sich einstmals im Palazzo befanden, wurden ins Königsschloß Caserta bei Neapel gebracht, nachdem das Farnese-Erbe (und damit auch der Palast von Caprarola) an die Bourbonen-Könige von Neapel-Sizilien gekommen war. Die zum Palast gehörenden Gärten sind für Besucher nicht zugänglich.

Fresken und Architektur des Baus bringen eine Reihe von Themen zum Ausdruck – darunter vor allem die Macht und den Ruhm des Hauses Farnese. Diese spiegeln sich in den Fresken des ersten, dritten und vierten Saals, vor allem aber in der Architektur des Schlosses. Beherrschend thront es über dem Dorf Caprarola. Durch Baumaterial und Größe unterscheidet es sich wesentlich von dessen Häusern. In gerader Linie führt die Hauptstraße des Ortes auf den Palast zu. Wie sehr dieses eine Architektur der Macht ist, wird deutlich, wenn man das Gebäude vergleicht mit den Rathäusern toskanischer Städte: Diese ragen allenfalls durch ihren Turm über die umgebenden Häuser hervor, fügen sich in Gestalt und Größe den Bürgerhäusern zu, liegen in der Mitte des Ortes, sind Erste unter Gleichen. Anders der Farnese-Palast. Er ist in dem Dorf Caprarola ein fremdes Element; über den armseligen Wohnungen der Dorfbewohner erhob er sich mit seiner Pracht – eine andere Welt.

Die Leistung des Architekten Vignola bestand unter anderem darin, dieses Fremde dennoch mit seiner Umgebung verbunden zu haben. Trotz seiner Größe wirkt der Bau nicht schwer. Die Eingangstreppe, die vielfach durchbrochene Fassade, auch die helle Farbe – über den dunkleren Häusern des Dorfs – lassen das Gebäude relativ leicht erscheinen. Die große Auffahrt schafft eine – wenn auch komplizierte und künstliche – Verbindung von Ort und Schloß.

Widersprüchliches ist auch an anderen Stellen in diesem Schloß vereinigt: Die riesige Auffahrt führt zu einem relativ kleinen Haupttor des Palastes; der Innenhof des fünfeckigen Gebäudes ist kreisrund; Brunnen (im Salone Regio wie auch im Garten) verwenden zugleich Natursteine (Marmor, Kalk) und Stuckelemente. Die Fresken – deren Programme von bedeutenden Gelehrten der Zeit entworfen wurden – stellen familiengeschichtliche, religiöse, wissenschaftliche Themen dar; das Ganze bildet kein organisches Ganzes, sondern wirkt wie eine Aneinanderreihung kaum verbundener Motive. Die Einheit der Weltauffassung, wie wir sie in der Zisterzienserkirche von San Martino wahrnehmen können und welche noch in der Renaissance beschworen wurde, ist zerbrochen; das macht dieser Bau deutlich.

Montaigne, welcher das Schloß 1580, unmittelbar nach der Vollendung des Baus, besuchte, nannte es das schönste von Italien. Eckart Peterich beschreibt es als »majestätisch und anmutig, klassisch und höchst originell« und fügt hinzu: »Ich habe mir immer vorgestellt, daß Caprarola zu den Schlössern gehört, die Eichendorffs Taugenichts auf seiner Italienreise besuchte.« Aber ob der Taugenichts sich in den großen leeren Räumen, unter den Fresken, welche die Familie Farnese glorifizieren, wohlgefühlt hätte? Vielleicht hätte er eher die Blicke aus den Fenstern genossen: Blicke in den Schloßgarten, auf das dunkle Dorf Caprarola, auf den Apennin und in die Ebene der Campagna mit dem in der Ferne sich erhebenden Berg Soracte.

»Wir hatten gerade einen langen, sich über acht bis zehn Meilen erstreckenden Hügel erklommen, als wir plötzlich eines einsamen Sees ansichtig wurden, dessen eine Seite sehr schön und dicht mit Wald bewachsen, während die andere völlig kahl und von schwarzen vulkanischen Bergkegeln umschlossen war. Wo sich jetzt der See befindet, da erhob sich vor langer Zeit einmal eine Stadt. Sie versank eines Tages, und an ihre Stelle trat dann der See... Die vulkanischen Bergkegel stehen wie geisterhafte Wesen da, denen sich die Unterwelt plötzlich verschlossen hat, und die keine Möglichkeit haben, dorthin wieder zurückzukehren.« So beschrieb Charles Dickens den Lago di Vico, und wenn auch seine Beschreibung nicht völlig mit der heutigen Wirklichkeit übereinstimmt, so spiegelt sie doch den Eindruck der Einsamkeit und gibt die dunklen Töne, welche den Vico-See prägen.

Der Krater, in dem sich der Lago di Vico befindet, hat eine nahezu kreisrunde Form, wird allerdings nur zum Teil von dem Gewässer ausgefüllt. Der Wasserspiegel des Sees – welcher einst den gesamten Kratergrund bedeckte – ist durch einen Abzugskanal gesenkt worden, vermutlich ein erstes Mal von den Etruskern, dann im 16. Jahrhundert vom Adelsgeschlecht der Farnese. So hat man fruchtbares Land an den Ufern gewonnen. Dieses Land ist heute vor allem mit Haselnußbäumen bepflanzt. – Im Krater erhebt sich der Hügel des Monte Venere. Mit 838 Metern Höhe liegt er gut 300 Meter über dem Wasserspiegel. Er ist bei einer späten vulkanischen Eruption entstanden.

Zahlreiche Legenden verbinden sich mit dem geheimnisvollen Gewässer. Neben der Überlieferung der verschwundenen Stadt, auf die Dickens anspielt, ist die Entstehungslegende die interessanteste. Herkules, so heißt es, sei in die Gegend der Ciminischen Berge gekommen. Dort ansässige Hirten hätten ihn gebeten, eine Probe seiner Kraft zu geben. Da habe er seine Keule in den Boden gestoßen und die Hirten aufgefordert, diese wieder herauszuziehen. Dazu waren sie nicht in der Lage, wohl aber er selbst. Kaum hatte er die Keule entfernt, da strömte an dieser Stelle eine gewaltige Quelle aus der Erde und bildete binnen kurzem den See.

Die Ciminischen Berge, welche den Lago di Vico umgeben, galten lange Zeit als ein besonders unheimliches und nahezu undurchdringliches Gebirge. Die dichten Wälder der Ciminia Silva bildeten bis ins 4. Jahrhundert v. Chr. die Grenze zwischen dem römischen und dem etruskischen Machtbereich. Viele Reisende berichteten, auch in späteren Jahrhunderten, von feuerspeienden Drachen, welche in den Bergen ihr Unwesen trieben. Lange war das Gebiet ein Schlupfwinkel von Räubern.

Drachen und Räuber sind verschwunden, aber noch immer ist der Lago di Vico der ruhigste und einsamste der größeren Vulkanseen Latiums. Keine Ortschaft liegt an seinem Rand. 1982 sind der See und seine Ufer zum Naturschutzgebiet erklärt worden; diese Entscheidung kam zur rechten Zeit, nachdem sich Ferienhäuser vor allem am Südufer auszubreiten begannen, mehr und mehr Motorboote das Gewässer befuhren und sein besonderer Charakter verlorenzugehen drohte. (Die Baupolitik der beiden Gemeinden Caprarola und Ronciglione, zu deren Territorium die Ufergelände gehören, ist anschaulich zu sehen. Der Südteil des Kraters – zu Ronciglione

gehörig – ist mit einer Reihe von Häusern besetzt, an den anderen Ufern steht kaum ein Gebäude. Man errate, welche politischen Parteien die Gemeinden jeweils verwalten.)

Eine einzigartige Vogelwelt lebt in den Sümpfen am Nordwestufer: Wasserhühner, Wildenten, Stockenten, Taucher, Eisvögel, Sumpf- und Turmfalken, Bussarde, auf der ›Durchreise‹ auch Störche, Wasserläufer, Seiden-, Fisch- und Nachtreiher. Im Wasser existiert die seltene Süßwasserschildkröte, außerdem zahlreiche Fischarten. (Möglichkeiten zur Erkundung des Sees vgl. S. 158)

In den Ciminischen Bergen befindet sich heute das größte Anbaugebiet von Haselnüssen in Italien. Auch Eßkastanien gedeihen. Die Nüsse (welche in Deutschland gelegentlich als ›Römernüsse‹ auf den Markt kommen) werden zum größten Teil von Schweizer Schokoladenfabriken aufgekauft. Im Oktober sieht man die Nußernte: Staubsaugerartige Maschinen lesen die Nüsse vom Boden auf; Filter halten Blätter und kleine Zweige zurück.

Die Fische des Sees sind sehr schmackhaft. Man bestelle in einem der Lokale am Seeufer Barsch (persico), Hecht (luccio), Aal (anguilla), Schlei (tinca), Plötze (lasche) oder den – entfernt der Forelle verwandten – ›Coregone‹.

Geheimnisvolle Nekropole
Bei Norchia

Von den zahlreichen etruskischen Gräberstädten Latiums ist Norchia für mein Empfinden die schönste. In völliger Einsamkeit liegt sie in einem tief eingeschnittenen Flußtal; in hochragende Tuffelsen sind die Grabkammern gehauen, hinter großen, mit Ornamenten versehenen Scheintüren; auf einem gegenüberliegenden Hügel verfallen, von üppiger Vegetation überwuchert, die Ruinen einer mittelalterlichen Stadt. Wie verzaubert liegt der Ort in völliger Ruhe da.

Die Ruhe wird voraussichtlich nicht mehr lange dauern. Eine geplante Schnellstraße Viterbo – Civitavecchia soll in geringer Entfernung an der Nekropole vorbeiführen; sie wird ihren Reiz dann verlieren. Hoffentlich dauert es zumindest noch einige Jahre, bis es soweit ist.

Norchia ist mit öffentlichen Verkehrsmitteln nicht erreichbar. Ich gebe im folgenden eine Rundwanderung an, welche vom Ende der Straße oberhalb der Gräberstadt in das Flußtal führt, diesem eine Zeitlang folgt und auf Fahrwegen zurück zum Ausgangspunkt führt. Die Wanderung ist relativ kurz, verläuft fast ohne An- und Abstiege.

Wegbeschreibung

Vom Platz am Ende der Straße nach Norchia steigt man auf kleinen Pfaden zwischen den Gräbern ins Flußtal hinab. Auf der Talsohle findet man einen breiteren Weg. Man wendet sich nach links. (Es lohnt sich jedoch, zunächst einmal auch nach rechts zu gehen und

Felsgräber in Norchia mit Scheinarchitektur

die dort befindlichen Gräber zu betrachten.) Man folgt dem Weg unterhalb der Tuffelsen. Bei der Abzweigung verschiedener kleinerer Pfade geht man jeweils geradeaus. Schließlich biegt der Weg nach links (15 min). Hier geht man, einen Querweg kreuzend, auf schmalerem Pfad im Tal geradeaus weiter.

Nach kurzer Zeit ist ein Gatter zu übersteigen. Immer im Tal gehen, auf einem Feldweg durch Gebüsch oberhalb des Baches. Man gelangt, aus dem Gesträuch heraustretend, zu einem Feld (40 min), geht am Feldrand 100 Meter weiter geradeaus, biegt dann nach rechts über das Feld, findet einen Bachübergang, steigt auf der anderen Seite des Baches auf einem Weg an. Nochmals kurz an einem Feld entlang, nach rechts ansteigen. Auf der Höhe gelangt man zu einem breiteren Weg, geht auf diesem an einem Zaun entlang nach links. Immer dem Weg am Zaun entlang folgen, bis zu einem Labyrinth Quersträßchen (1 Std.). Auf dem Sträßchen nach links, bis zum Ausgangspunkt (1:25 Std.)

Wichtige Hinweise

Dauer: knapp 1:30 Std.
Wegbeschaffenheit: Feldwege; 25 min auf Asphaltsträßchen. Zwei Gatter müssen ›sportlich‹ überklettert werden.
Anstiege: weniger als 50 m.
Schwierigkeitsgrad: leicht (mit Ausnahme des Übersteigens des Gatters)
Orientierung: einfach.
Anfahrt (nur mit Pkw): auf Straße (Viterbo-) Vetralla-Tarquinia (Staatsstraße 1 bis) biegt man 7 km nach Vetralla (20 km ab Viterbo, 23 km vor Tarquinia) nach rechts in ein kleineres Sträßchen (Wegweiser ›Norchia‹), auf dem man nach weiteren 6 km den Rand der Gräberstadt erreicht.

Am Wege

Norchia, etruskische Gräberstadt. Der etruskische Ort erhob sich auf der Höhe über drei Schluchten; an der Stelle der einstigen Ansied-

lung finden sich heute die Ruinen des mittelalterlichen Norchia: Überreste einer Burg und der Kirche San Pietro.

Die *Felsgräber,* einzig erhaltene Monumente der etruskischen Stadt, liegen in den Tuffwänden der Schluchten; sie stammen im wesentlichen aus der Blütezeit Norchias (4.–2. Jh. v. Chr.), sind bemerkenswert durch die großen, vielfältig geschmückten Scheintüren.

Der Etruskologe Stephan Steingräber schreibt über die Gräber von Norchia: »Die älteren, meist weiter unten angeordneten Grabanlagen bestehen nur aus einem einfachen, oben profilierten Würfel mit reliefierter Scheintür und der meist recht rohen, tief unter der Fassade ausgehauenen Grabkammer mit Dromos. Die jüngeren, vorwiegend im oberen Hangbereich angelegten sog. Sottofacciatagräber weisen ein Vordach auf, das die Fassade in einen größeren oberen und einen kleineren unteren Teil gliedert. Der dadurch entstehende Sottofacciataraum kann steinerne umlaufende Bänke enthalten und durch vordere Säulen als Portikus gestaltet sein. Er könnte für Totenmähler zu Ehren der Verstorbenen gedient haben. Auf den durch seitliche Treppen besteigbaren Würfelplattformen... fanden Opferfeiern, vor allem wohl Trankopfer (libatio) statt.«

Grabräuber

Schon in der Antike wurden die etruskischen Nekropolen von Grabräubern geplündert. Kostbare Gegenstände, vor allem Edelmetalle, verschwanden. Man kennt daher nur relativ wenigen etruskischen Goldschmuck, obwohl – wie man aus einigen Grabfunden weiß – dieser sich in den Gräbern der Vornehmen in reichen Mengen befand.

Heute hat auch die einfache etruskische Vase, die kleine Weihfigur – Gegenstände, die von den antiken Grabräubern großzügig übersehen wurden – ihren Wert. Der Staat kann die vielen tausend Gräber, welche sich im Gebiet des alten Etrurien befinden, weder alle ausgraben lassen noch überwachen. (Allein im nordwestlichen Latium, zwischen Cerveteri, Viterbo und der Grenze zur Toscana, wird die Gräberzahl auf eine halbe Million geschätzt!) Und so sind in den latinischen Nächten Hunderte von Tombaroli (wie die Grabräuber auf italienisch heißen) unterwegs.

Kaum je gelingt es ihnen, ein unberührtes Grab zu finden. Im allgemeinen werden Gräber geöffnet, deren wertvollste Stücke bereits seit Jahrhunderten verschwunden sind, in denen immer und immer wieder andere Suchende ihr Glück probiert haben. Dennoch ist die Arbeit nicht einfach. Von außen müssen die Tombaroli abschätzen, ob das Grab überhaupt einen Versuch lohnt; sie müssen es an der richtigen Stelle öffnen – sonst stürzt es ein –; sie müssen schnell und unauffällig graben, denn die Carabinieri sind unterwegs.

Auf illegale Grabungen und illegale Ausfuhr von Funden stehen Gefängnisstrafen, aber offenbar lohnt der Gewinn das Risiko. Man hört von hauptberuflichen Grabräubern, welche von ihren Funden leben. Die Nachfrage ist groß; die Objekte wandern in römische oder florentinische Antiquitätengeschäfte, wo sie unter der Hand weiterverkauft werden; oder sie werden nach Schweden, Deutschland, in die Schweiz, die USA – und neuerdings nach Japan exportiert. Ein an dem Handel beteiligter Antiquitätenhändler erzählte mir vor einigen Jahren, die staatlichen Stellen tolerierten fak-

tisch die Ausfuhr, da sie Devisen bringe; aber für die Richtigkeit der Behauptung möchte ich nicht einstehen; bei dieser Art von Geschäften wird viel erzählt...

Immer schwieriger wird es, neue Funde zu machen. Man kann sie ersetzen: durch Fälschungen. Hochqualifizierte Fälscher sind in den latinischen Ortschaften am Werk. Sie studieren wissenschaftliche Zeitschriften, untersuchen detailliert etruskische Originale, stellen lange Versuche an – und schaffen ›etruskische Werke‹. Einem deutschen Industriellen, so wird erzählt, habe man eine ganze Grabkammer mit solchen Objekten gefüllt; er durfte, nichtsahnend, sie dann selber ausgraben und war froh über die reichen Funde. Seine archäologischen Forschungen kosteten ihn zwei Millionen Mark, die er seinen einheimischen Führern zu zahlen hatte. Aber es wird viel erzählt...

Warme heitere Töne
Von Grádoli nach Capodimonte

»Weithin öffnet sich die Gegend / Unten glänzt ein blauer See« – so beschrieb Ludwig Tieck 1805 seinen ersten Eindruck vom Lago di Bolsena. »Die lichten Formen, die warmen, heiteren Töne« des größten der latinischen Seen kann man auf dieser Wanderung entlang seinem Westufer intensiv empfinden. Zunächst ein Weg auf der Höhe, weite Blicke über den ganzen See mit seinen Inseln, Fischerdörfern und Städtchen, den Schlössern von Capodimonte und Marta; bei sehr klarer Sicht erscheinen im Hintergrund die Gipfel des Apennin. Von strahlendem Blau die Wasserfläche, darauf die dunkelgrünen Tupfer der Isola Martana und Isola Bisentina. Durch ein ruhiges Tal gelangt man zwischen Ginster, Schilf und Ölbäumen hinab zum Ufer, geht auf einem Fahrweg am See entlang, steigt dann an zur vulkanischen Erhebung des Monte Bisenzio. Neuerlicher Abstieg und Weg zwischen Getreidefeldern und Schafweiden am Seeufer, schließlich am Strand entlang zum reizvoll auf einer Halbinsel gelegenen Capodimonte. Badegelegenheiten und Fischrestaurants am Wege. – Eine Variante des Weges führt vom Seeufer zurück nach Grádoli (Rundweg).

Wegbeschreibung

In Grádoli geht man vor einem Brunnen am Stadttor des alten Ortskerns auf einem Sträßchen (Via Margherita) nach rechts abwärts, gleich darauf an einem Platz nach links und an der nächsten Gabelung nach rechts, gelangt zu einer Weggabelung am Ortsrand (Brunnen). Hier auf breitem Weg nach links aufwärts. Weg beschreibt eine Rechtskurve, verläuft dann eben durch Wein-, Öl-, Gemüsegärten. Nach ca. zehn Minuten eine Gabelung; weiter auf dem rechten, nach 50 Metern im Bogen nach rechts abwärts führenden Weg. In ein kleines Tal, bei einer Gabelung (15 min) nach rechts aufwärts, rechts an einem Muttergottesbild vorbei.

Immer leicht ansteigend auf diesem Weg bleiben, bei Abzweigungen dem Hauptweg folgen. Bald schöne Blicke auf den See. Bei einer Abzweigung nach links (40 min) geht man geradeaus weiter, bei einer Gabelung gleich darauf nach rechts. Man erreicht den höchsten Punkt des Anstiegs (kurz vor der

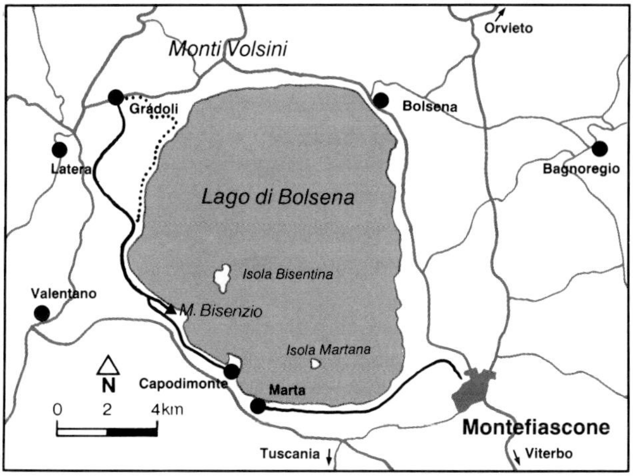

Wanderungen von Grádoli nach Capodimonte und von Montefiascone nach Marta

Straße Valentano – Pitigliano), biegt – auf der Höhe angelangt – nach links (60 min). Man geht parallel zur Straße, passiert ein Haus (linker Hand). Der Hauptweg biegt nach links, man geht auf kleinerem Weg durch ein Wäldchen geradeaus weiter, trifft wieder auf einen breiteren Weg. Hier neuerlicher Blick auf den See.

Kurz darauf eine Wegkreuzung: zwei Wege führen nach rechts zur Straße, einer schräg nach links (Grobrichtung: parallel zur Straße), ein vierter scharf nach links abwärts (Richtung See). Man nimmt den Weg parallel zur Straße. Einige Minuten später biegt dieser Weg nach links abwärts, in Richtung See. Man folgt ihm, geht bei einer Gabelung rechts, steigt – vorbei an einem neuen rosafarbenen Haus – ab, gelangt auf schmaler werdendem Pfad zu einem weiteren neueren Haus (1:40 Std.). Rechts an dem Haus vorbei weiter absteigend (Pfad hier kaum erkennbar) findet man – einige Meter unterhalb des Hauses – einen schmalen Pfad, welcher durch ein Wäldchen abwärts führt. Bei einer Abzweigung im Gebüsch nimmt man den rechten Pfad, gelangt zu einem Olivenhain. Einige Meter querfeldein abwärts; man trifft auf einen Weg, dem man nach links folgt, um durch ein kleines Tal zum Seeufer (2 Std.) zu gelangen. (Ab hier Variante – vgl. S. 168.)

Auf der Seeuferstraße geht man nach rechts, passiert nach wenigen Minuten die Kirche S. Magno. Die Straße ist für etwa anderthalb Kilometer asphaltiert (jedoch praktisch kein Autoverkehr); man kann große Strecken neben der Straße am Strand gehen. Asphalt hört auf, man geht auf Fahrweg weiter. Unterhalb des Monte Bisenzio biegt der Weg nach rechts vom See weg, steigt an bis zum Kirchlein S. Agapito (3 Std.). Vor der Kirche biegt man (Abstecher zum Monte Bisenzio) in einen nach links ansteigenden Weg, erreicht in zehn Minuten den Gipfel. Sehr schöner Blick auf den See, die Inseln, Montefiascone, Capodimonte, die Ciminischen Berge. (Ein umzäunter Brunnen; das Warnschild daneben besagt auf deutsch: ›Tiefer Brunnen. Lebensgefahr.‹)

Vom Gipfel auf gleichem Weg zurück zur Abzweigung bei S. Agapito. Nach links gehen, abwärts. Nach kurzem Stück, etwa 200 Meter vor der Straße Viterbo – Valentano, biegt man durch ein Gatter nach links in einen Feldweg, der an einem Weinberg vorbei zu einem verlassenen roten Haus führt. Vor dem Haus (3:25 Std.) findet man einen Weg, geht auf ihm in südlicher Richtung. Bei einem Querweg nach links, gleich darauf wieder nach rechts. Dieser Weg endet an einer Wiese, man geht über die Wiese in gleicher – südli-

cher – Richtung weiter, passiert durch eine Öffnung eine Hecke, geht weiter in gleicher Richtung (an einem Zaun entlang) über eine Schafweide. Man übersteigt den Zaun nach rechts, passiert ein Gatter, trifft auf einen Weg, dem man nach rechts folgt.

Nach kurzem Stück auf diesem Weg, kurz vor einem Haus, biegt man vom Weg nach links ab, geht querfeldein in Richtung auf die rechte Seite eines Sportplatzes. Rechts am Sportgelände entlang, ein Querweg, man geht links, gleich darauf (fast am Seeufer) rechts (3:50 Std.). Vorbei am Gelände eines Segelklubs, gelangt man bei einem Campingplatz zur Straße, wendet sich nach links, geht dann parallel zur Straße am Ufer bis Capodimonte, mit schönen Blicken auf den Ort (4:30 Std.).

Variante ab ›Seeufer‹ (2 Std. ab Grádoli):
Ein schöner Weg am Seeufer entlang führt in weiteren zwei Stunden zurück nach Grádoli – empfehlenswert vor allem für Autofahrer, die ihren Pkw in Grádoli geparkt haben.

Man geht auf der Seeuferstraße nach links. Nach einigen Minuten biegt in einer leichten Linkskurve der Straße nach rechts ein Fahrweg ab, dem man am Seeufer entlang folgt. Man folgt immer diesem Weg. Eine Bar (2:30 Std.); bald darauf wird das Ufer, das bis dahin zumeist schilfbewachsen ist, besser zugänglich; verschiedene schöne Badeplätze. Nach 3:15 Std. biegt man zwischen einem neueren Haus und einer Wellblechhütte nach links in einen Fahrweg ab. [Wenige Meter danach stehen rechts am Strand einige Nadelbäume. – Diese Abzweigung kann leicht mit anderen, vorangehenden verwechselt werden. Sicherer Anhaltspunkt: Es ist die letzte Abzweigung, bevor der Fahrweg auf ein Asphaltsträßchen trifft. Im Zweifelsfall gehe man bis zu dem Sträßchen, kehre dann zur Abzweigung zurück (ca. 500 m).]

Der Weg kreuzt nach einigen Minuten eine Straße, steigt dann an. Ein Querweg bei einer Kapelle (3:40 Std.); man geht hier nach rechts.

Der Bolsenasee. Rechts die Halbinsel von Capodimonte, in der Mitte der Monte Bisenzio

Schöner Blick auf den See und auf Grádoli. Man gelangt zu einer Straße, biegt auf ihr nach links, erreicht Grádoli (4 Std.).

Wichtige Hinweise

Dauer: 4:30 Std. Variante: 4 Std.
Wegbeschaffenheit: Fahrwege; ca. 2 km asphaltiertes Sträßchen; kurze Stücke auf schmalen Pfaden bzw. querfeldein. Ein (niedriger) Zaun ist zu übersteigen.
Anstiege: insgesamt ca. 250 m in zwei Abschnitten.
Schwierigkeitsgrad: mittlere Anstrengung.
Orientierung: mittelschwer.
Restaurants und Hotels in Grádoli und Capodimonte (vgl. S. 169). Zu den Fischspezialitäten des Sees vgl. S. 163.
Busverbindungen: Viterbo – Grádoli mehrfach täglich (zumeist mit Umsteigen in Valentano); Fahrzeit ca. 60 min. Capodimonte – Viterbo etwa stündlich (letzter Bus 16.45 Uhr). Fahrzeit ca. 35 min Montefiascone – Grádoli 12.05, 13.50 Uhr.
Mit Pkw: Man wählt die Variante, gelangt auf ihr zum Ausgangspunkt zurück.

Am Wege

Grádoli, am Hang ca. 160 Meter über dem See, mit mittelalterlichem Ortskern. Großer *Farnese-Palast* des 16. Jahrhunderts (erbaut von Antonio da Sangallo il Giovane). Links neben dem Palazzo die *Pfarrkirche S. Maria Maddalena,* mit Barockfassade.

Monte Bisenzio, durch vulkanische Aktivität entstandene Erhebung am Südwestufer des Sees. An dieser Stelle befand sich die Stadt Bisentium, in etruskischer oder möglicherweise bereits in voretruskischer Zeit gegründet, einstmals die wichtigste Ansiedlung am Seeufer. In der Umgebung wurden Funde gemacht, die auf eine entwickelte Bronzeverarbeitung schließen lassen. In einem Grab des 6. Jahrhunderts v. Chr. fand man das älteste künstliche Gebiß Italiens. Mehrfach zerstört und wiederaufgebaut, wurde Bisentium 1816 von seinen Einwohnern verlassen, da die Seeufer damals malariaverseucht waren. – Man findet heute keine Überreste der Stadt mehr, mit Ausnahme einer in den Fels geschlagenen *Höhle* (100 m vom Berg in Richtung Seeufer absteigen, am umzäunten Brunnen vorbei), die offenbar als Taubenschlag zur Aufzucht von – eßbaren – Felstauben diente.

Capodimonte, malerischer Ort auf einer aus Lava gebildeten Halbinsel. *Farnese-Kastell* (von A. Sangallo d. J. entworfen).

Lago di Bolsena (Farbt. 11), größter See vulkanischen Ursprungs in Italien und größter See Latiums, mit den *Inseln Isola Bisentina und Isola Martana.* Vgl. Abschnitt ›Der Bolsena-See‹, S. 171 f.

Vom Weinstädtchen zum Fischerdorf
Von Montefiascone nach Marta

Bei Montefiascone gedeiht der Weißwein Est-est-est, an dem sich, wie eine berühmte Anekdote behauptet, ein deutscher Prälat zu Tode getrunken hat (vgl. S. 170f.). Marta ist das charakteristischste Fischerdorf am Bolsena-See, dessen Aale einstmals so berühmt waren, daß sogar Dantes Göttliche Komödie sie erwähnt (ein Papst ließ sich von ihnen zu hemmungsloser Schlemmerei verführen und wurde deshalb ins Fegefeuer verbannt). Zwischen den beiden Ortschaften mit solchen historisch-kulinarischen Reminiszenzen verläuft ein schöner und bequemer Weg am See, der nur den einen Nachteil hat, daß er für gut zwei Kilometer asphaltiert ist. Man steigt durch

Ölbaumhaine und Weinberge von Montefiascone ab, wandert dann eine gute Stunde am Seeufer entlang, mit schönen Blicken auf die Inseln Martana und Bisentina. Bademöglichkeiten. Zahlreiche Fischrestaurants bieten die Gelegenheit, auf den Spuren der geistlichen Sünder zu wandeln.

Wegbeschreibung

(Karte s. S. 167)
Von der Piazza Roma in Montefiascone (Bushaltestelle) geht man auf der Hauptstraße in Richtung Bolsena. Nach knapp 10 Minuten biegt man in einen Fahrweg nach links (hier rechts von der Hauptstraße ein großes modernes Gebäude, links eine Einfahrt, Hausnummer 8). Der Fahrweg führt nach 30 Metern auf eine kleine Kuppe, senkt sich dann, mit Blick auf den See nach rechts führend. Bei einer Gabelung gleich darauf nach links hinab. Man folgt an einigen Neubauten vorbei diesem sehr schönen Weg; leider beginnen gegenwärtig Verbreiterungsarbeiten; möglicherweise wird der Weg in absehbarer Zeit asphaltiert.

Man gelangt zu einem Asphaltsträßchen, biegt auf diesem nach links, kommt nach einigen Minuten bei den ersten Häusern des Dorfes Le Coste zu einem Waschhaus (25 min). Hier nach links in einen abwärts führenden kleineren Feldweg, diesem folgen bis zu einem Querweg im Tal (50 min), auf diesem nach rechts. Leichter Anstieg, ein weiterer Querweg (60 min). Man geht links, erreicht die Straße Montefiascone – Lago und auf dieser das Seeufer (1:10 Std.). Auf der Seeuferstraße nach links biegen; am See entlang wandernd erreicht man Marta (2:30 Std.).

Wichtige Hinweise

Dauer: 2:30 Std.
Wegbeschaffenheit: Feldwege, Fahrwege, ca. 3 km Asphaltstraßen.
Anstiege: keine.
Schwierigkeitsgrad: leicht.
Orientierung: einfach.
Restaurants in Montefiascone, am Seeufer, in Marta (Fischspezialitäten vgl. S. 172).
Hotels in Montefiascone (vgl. S. 185).
Busverbindungen: Viterbo – Montefiascone etwa stündlich, Fahrzeit 20 min. Marta – Viterbo etwa stündlich, letzter Bus 16.50 Uhr, Fahrzeit 30 min. Marta – Montefiascone alle 2 Std., letzter Bus 15.30 Uhr, Fahrzeit 20 min.
Mit dem Pkw: Rückfahrt von Marta nach Montefiascone mit Bus, s.o.

Am Wege

Marta, tausendjähriges Fischerdorf, mit einer Reihe von mittelalterlichen Häusern. Burg (13. Jh.)
Lago di Bolsena, vgl. unten.
Montefiascone, größte Ortschaft am Bolsena-See (4 km vom Seeufer entfernt auf einer Anhöhe gelegen). Vgl. S. 172

Oberhalb des Ortszentrums Reste der *Festung* (Papstpalast); Blick über den Bolsena-See, zum Monte Amiata und den Ciminischen Bergen.

Dom S. Margherita, Renaissancebau (16./17. Jh.) von Michele Sanmicheli und Carlo Fontana, mit großer Kuppel. Im Innern Marmorstatue der hl. Margherita (13. Jh.), Krypta.

San Flaviano, interessante romanische Kirche (mit gotischen Stilelementen). Die Kirche besteht aus Unter- und Oberkirche. Die Unterkirche, mit gotischer Fassade, wurde im 11./12. Jh. erbaut, im 14. umgebaut (romanische Bögen an der Eingangsseite, gotische an der Altarseite). Sie erhält ihr Licht von der Oberkirche.

In der dritten Kapelle links die *Grabplatte* des Augsburger Prälaten Johannes Fugger mit der – kaum noch lesbaren – Inschrift »Est Est Est pr(opter) nim(ium) est hic Jo(annes) De-Fuk do (minus) meus mortuus est« – »Est Est Est, wegen zuviel davon ist hier mein Herr Johannes Fugger gestorben.« Eine berühmte Anekdote erzählt, der geistliche Würdenträger habe auf einer Reise nach Rom seinen Diener vorausgeschickt mit dem Auftrag, die

Wirtshäuser mit gutem Wein mit der Aufschrift »Est« (»hier ist er«) zu bezeichnen. In Montefiascone habe der Diener vor lauter Begeisterung »Est Est Est« an das Wirtshaus geschrieben; der Herr, der den Montefiasconeschen Wein gleichermaßen schätzte, habe sich dann daran zu Tode getrunken. Seither heißt der Wein von Montefiascone ›Est Est Est‹; die Grabplatte in S. Flaviano zieht, wie der Führer des Touring Club Italiano schreibt, »zahlreiche – vor allem deutsche – Touristen an«.

Schöne, vielfältige *Kapitelle.* Am vorletzten Pfeiler rechts Kapitell mit einem Männchen, das sich den Bart hält und der lateinischen Inschrift: »Ihr, die ihr unsere Kirche anschaut, betrachtet auch meinen Bart!« An einer anderen Seite desselben Kapitells sieht man die gleiche Figur sich lachend den Bauch halten; die Inschrift lautet: »Hier bin ich, ein gemeißelter Wächter, um die Dummköpfe hereinzulegen.«

Zahlreiche *Fresken,* vor allem des 14. Jh. An der Eingangswand, rechts vom Portal: Verkündigung, Geburt Christi, Anbetung der Weisen. Im ersten Bogen rechts: Kreuzigung; Wunder des hl. Nikolaus. Zweiter Bogen: Madonna und Heilige; Kreuzigung; Johannes der Täufer und Papst Urban IV. (rechts unten. Urban IV. ließ die Burg von Montefiascone erbauen). Rechte Apsis: Verkündigung (1575); mittlere Apsis: Christus mit Hll. Paulus und Petrus; Martyrium des hl. Florian (16. Jh.); linke Apsis: Taufe Christi (16. Jh.). Im linken Seitenschiff, neben der Apsis: Grablegung, Heimsuchung, Gottvater, Verkündigung (alle aus dem 16. Jh.). Erste Kapelle links: Kindermord von Bethlehem (Pastura, 15. Jh.); über dem Eingang der Kapelle (Beleuchtung): Triumph des Todes, häufig gemaltes Motiv des von der Pest heimgesuchten 14. Jh.: drei höfisch gekleidete Damen treffen auf einem Ausritt auf zwei Skelette; im Hintergrund ein Eremit in einer Felslandschaft (der Tod ist allgegenwärtig, das Leben – mag es auch noch so schön erscheinen – kann ihm nicht entgehen; der einzige Weg, den Tod zu überwinden, ist das heiligmäßige Leben). An der Eingangswand, links vom Portal: Kreuzigung; Leben der hl. Katharina (man erkennt insbesondere ihre Folter auf dem Rade und die Erhebung der Seele in den Himmel). – In der *Oberkirche,* an der Eingangsseite, *Thron Urbans IV.* (1262) und päpstlicher Altar.

Der Bolsena-See

Der Bolsena-See ist der größte See vulkanischen Ursprungs in Italien, der fünftgrößte See des Landes. Anders als der See von Vico (s. S. 162) ist er kein einfacher Kratersee, sondern ging aus komplizierteren geologischen Prozessen hervor. Man nimmt an, daß sich *unterhalb* der Krater dieser Region durch den andauernden Ausstoß von Magma Hohlräume bildeten und nach und nach die Erdkruste über den Hohlräumen einbrach, so daß schließlich jene große Senke entstand, welche heute vom Bolsena-See ausgefüllt wird. Ein kleineres Tal, welches auf analoge Weise entstand, aber nicht vom Wasser bedeckt ist, findet sich westlich von Montefiascone; die Wanderung Montefiascone – Marta durchquert es. Sehr viel später als die Vertiefung des Sees wuchsen bei weiteren Vulkanausbrüchen die Hügel von Capodimonte und Bisenzio und die Inseln Martana und Bisentina empor. Seit etwa zehntausend Jahren ist die vulkanische Aktivität in den Volsinischen Bergen beendet.

Nachdem die Vulkane erloschen waren, siedelten sich am Seeufer Menschen an. Offenbar stieg der Wasserstand danach noch weiter; man hat nämlich Spuren von Steinzeitsiedlungen *unter* dem heutigen Wasserspiegel gefunden. Trotz solcher

Schwierigkeiten blieb das Seeufer besiedelt; auf dem Monte Bisenzio entstand spätestens in der Etruskerzeit, vielleicht schon früher, eine bedeutende Stadt. In Mittelalter und Renaissance fanden sich am See Schlösser und Sommerresidenzen; eine Reihe von Päpsten hielt sich gern in der angenehmen Gegend auf. Später aber verödeten die Ufer, wurden malariaverseucht, so daß Charles Dickens Mitte des 19. Jahrhunderts notierte: »Bei anbrechender Dämmerung bekamen wir den Bolsenasee zu Gesicht, an dessen Ufer eine kleine, wegen Malaria berühmte Stadt gleichen Namens liegt. Mit Ausnahme dieses armseligen Ortes gibt es keine einzige Hütte an den Ufern des Sees oder in seiner näheren Umgebung, da niemand hier zu nächtigen wagt; kein Boot schwimmt auf seinem Wasser; nicht einmal ein Pfahl oder eine Stange unterbricht die Eintönigkeit der siebenundzwanzig Meilen weit sich erstreckenden Wasserfläche.«

Pfähle oder Stangen im See zu verankern, dürfte allerdings nicht ganz einfach sein; er ist nämlich bis zu 150 Meter tief. Die Orte Capodimonte und Marta hat Dickens in der einbrechenden Dämmerung offenbar übersehen – oder wollte er sein tristes Bild eindrücklicher machen, indem er sie vergaß?

Die Malaria ist längst besiegt, doch noch immer sind die Seeufer verhältnismäßig wenig besiedelt, finden sich nur in der Nähe des Ortes Bolsena größere touristische Anlagen. Völlig ruhig sind Capodimonte und Marta am Südufer; belebter das größere Montefiascone auf einem Hügel über dem See. Die Inseln Martana und Bisentina sind in Privatbesitz, dürfen nicht betreten werden. – Auf der Martana wurde im 6. Jahrhundert Amalasuntha, die Tochter Theoderichs des Großen, von ihrem Ehemann Theodahad gefangengesetzt und später auf sein Geheiß ermordet.

Die geschichtlich interessanteste Stadt auf den Wanderungen am Bolsena-See ist Montefiascone. Sie entstand in der Völkerwanderungszeit. In der Antike hatte sich – nach einer allerdings nie bewiesenen Überlieferung – an gleicher Stelle eines der bedeutendsten etruskischen Heiligtümer, das Fanum Voltumnae, befunden, bei dem sich einmal jährlich die Abgesandten aller etruskischen Stadtstaaten trafen. Im 13. Jahrhundert diente Montefiascone, an der Frankenstraße nach Rom gelegen, vielen Päpsten als Sommerresidenz. Mehrfach, insbesondere 1695 und 1783, wurde es durch Erdbeben zerstört. Mit der romanischen Kirche San Flaviano weist es einen höchst eigentümlichen romanischen Bau auf, der an der Stelle wesentlich älterer – vielleicht etruskischer – Kultstätten entstand (vgl. S. 170f.).

In den Orten am Seeufer, auch in den etwas weiter entfernten Grádoli und Montefiascone, ißt man hervorragende Fischgerichte. Besonders erwähnt seien Hecht (luccio), Aal (anguilla), Schlei (tinca), Karpfen (carpa) und Coregone (entfernt der Forelle ähnelnd). Grádoli hat einen eigenen Süßwein, den Aleático di Grádoli, Marta seinen lokalen Rotwein (Cannaiola) und Montefiascone den berühmten Weißwein Est-Est-Est, der ordentlich ist, aber nicht so, daß er zu Exzessen anregte. Ich habe insofern nie verstanden, wieso der Prälat Fugger sich ausgerechnet am Est-Est-Est zu Tode trank (vgl. S. 170f.). Vielleicht erklärt es sich am besten mit Victor Hehns Bemerkung zu den mittelalterlichen Trinkgebräuchen: »Die Normannen im Süden, die deutschen Könige auf ihren Römerzügen und die sie begleitenden Herzoge, Grafen, Edlen und Mannen waren allesamt wackere Trinker, aber keine allzu kritischen und wählerischen Kenner.«

Eine sterbende Stadt?
Im Erosionsgebiet bei Bagnoregio

Der Ort Civita di Bagnoregio liegt absturzgefährdet auf der Höhe eines steilen Hügels (Farbt. 12). Die malerische Ansiedlung ist vielfach als ›sterbende Stadt‹ bezeichnet worden. Ihre Bewohner haben sie seit Jahren verlassen. Sie liegt inmitten eines großen Erosionsgebiets; niemand weiß, wie lange der Hügel noch standhält, auf dem sie sich befindet.

In der letzten Zeit hat der Ort sich neu bevölkert. Städter kaufen die verlassenen Häuser als Zweitwohnungen und setzen sie instand. Sogar eine amerikanische Universität hält in Civita neuerdings Sommerkurse ab. Dennoch ist Civita sehr ruhig geblieben. Kein Motorfahrzeug stört seine Stille; es ist nur zu Fuß erreichbar. Die alten Häuser träumen vor sich hin; Katzen strecken sich auf den blumengeschmückten Außentreppen.

Einen ›sterbenden‹ Eindruck macht der Ort nicht. Begeisternd ist der Blick auf die ausgewaschenen Tuff- und Tonformationen des Erosionsgebiets unterhalb der Ansiedlung. Ein kahles Inferno bizarrer Formen und wechselnder Farben tut sich auf. Am Rande der unfruchtbaren Schluchten aber stehen Ölbaumhaine, wächst Wein; wenige Schritte führen von der imposanten Öde des Felsenmeers zur Idylle bepflanzten, grünen Landes.

Die Schluchten von Bagnoregio

Die Wanderung führt durch diese Landschaft. Man steigt auf schmalem Pfad von Civita ab, kehrt dann, nach einigem Auf und Ab am Rand der Erosionszone, zum Ausgangspunkt zurück. Schöne Blicke auf den Ort und seine Umgebung; im Hintergrund bei klarer Sicht die Berge des Apennin.

Wegbeschreibung

Ausgangspunkt ist der Platz am Ortseingang von Bagnoregio (Stadttor; Bushaltestelle. Mit dem Pkw kann man durch Bagnoregio noch etwa einen Kilometer weiter Richtung Civita fahren, bis zu einem Parkplatz am Ortsende von Bagnoregio.) Man durchquert Bagnoregio in östlicher Richtung (Wegweiser: Civita), wendet sich nach gut einem Kilometer am Ortsausgang nach rechts (neuerlicher Wegweiser). (An dieser Stelle geradeaus gehend, erreicht man in wenigen Minuten einen kleinen Park, von dem aus man einen sehr schönen Blick auf Civita hat.)

Die Straße senkt sich, endet an einer Brükke, welche nach Civita führt. Man erreicht die ›sterbende Stadt‹ (25 min), durchquert sie auf der ›Hauptstraße‹ in östlicher Richtung, geht am östlichen Ende des Ortes auf einem Treppenweg abwärts. Gleich darauf eine Gabelung; man hält sich links, steigt ab. Neuerliche Gabelung; man geht rechts, an einem Zaun entlang. Auf schmalem Pfad hinab ins Tal. Kurz vor der Talsohle passiert man ein kleines Haus; 100 Meter unterhalb beschreibt der Weg eine Rechtskurve. Der Weg passiert eine Metallschranke. Wenig später biegt man nach links in einen grasbewachsenen, aufwärts führenden Weg. (Wer an dieser Stelle auf dem Hauptweg irrtümlich geradeaus geht, gelangt nach einigen Minuten zu einem Asphaltsträßchen im Tal.)

Der Weg führt zu einem Haus (linker Hand); man biegt auf der Höhe des Hauses nach rechts (um ein Stallgebäude herum), geht durch einen Olivenhain. 150 Meter nach dem Stallgebäude scharf nach links abwärts, relativ steil querfeldein auf ein Gatter zu, durch dieses auf eine Wiese mit Ölbäumen. In gleicher Richtung über die Wiese. Am Ende der Wiese trifft man auf einen Querweg, geht links. Der Weg wendet sich unmittelbar darauf nach rechts, steigt an zu einer Hügelkuppe. Auf dieser steht links ein Haus, man geht nach rechts zu einem weiteren Haus, links an diesem vorbei (Gatter), zum linken hinteren Ende des eingezäunten Grundstücks, wieder durch ein Gatter. Auf einem Weg weiter; schöne Blicke auf das Erosionsgebiet.

Zwischen zwei Häusern folgt man dann einem breiteren Weg nach rechts abwärts. Vor dem nächsten (roten) Haus nach rechts (1:40 Std.), bei einer Gabelung kurz darauf geradeaus weiter (den rechten Weg). Man gelangt zu einem Asphaltsträßchen (1:50 Std). Auf diesem nach rechts. Die Straße überquert nach ca. 350 Metern in einer scharfen Linkskurve einen kleinen Bach (hier befinden sich an beiden Seiten der Straße kleine Steinmauern). Unmittelbar vor dem Bach biegt man von der Straße nach rechts durch ein Gatter. Vor einem zweiten Gatter, ca. 30 Meter danach, wendet man sich in einen nach rechts ansteigenden Weg. Dieser beschreibt kurz darauf eine Linkskurve und trifft auf ein Steinhäuschen.

Man geht auf der Hügelkuppe hinter dem Haus auf einem kaum sichtbaren Pfad an Ölbäumen vorbei aufwärts. Ca. 50 Meter hinter dem Haus ein grasbewachsener Querweg; man steigt auf diesem nach rechts an. Ein weiteres Häuschen; links an diesem vorbei, über eine Wiese hinter dem Haus weiter aufwärts. Am oberen Ende der Wiese trifft man auf einen Pfad, der durch einige Weinstöcke weiter ansteigt. Vorbei an Mauerresten (rechter Hand), ein Zaun, hinter diesem ein Querweg. Hier nach links, auf gleicher Strecke wie beim Hinweg zurück nach Civita (2:20 Std.) und nach Bagnoregio (2:45 Std.).

Wichtige Hinweise

Dauer: 2:45 Std.

Wegbeschaffenheit: Pfade, kleine Stücke querfeldein über Wiesen.

Anstiege: ca. 350 m.
Schwierigkeitsgrad: mittelschwer.
Orientierung: mittelschwer
Restaurants in Bagnoregio.
Busverbindungen: Viterbo – Bagnoregio 9.00, 9.30, 10.40, 12.30, 13.40 Uhr. Bagnoregio – Viterbo 13.30, 15.10, 16.30 Uhr. Fahrzeit ca. 40 min. Montefiascone – Bagnoregio 9.30, 13.10 Uhr. Bagnoregio – Montefiascone 16.35 Uhr.

Am Wege

Bagnoregio und **Civita di Bagnoregio,** ursprünglich zusammengehörige Ortschaften; der – von einer Brücke überspannte – Abgrund zwischen den Orten ist im Laufe der Jahrhunderte durch Erosion entstanden. Als Balneum Regis bestand Bagnoregio bereits zur Römerzeit; 599 wird es als Bischofssitz erwähnt. Aus Bagnoregio stammte der Hl. Bonaventura, bedeutender Theologe des Franziskanerordens im 13. Jahrhundert.

Das alte Ortszentrum befand sich vermutlich im heutigen Civita; hier stehen noch zahlreiche *mittelalterliche Häuser,* ein mittelalterliches *Stadttor* und die *Pfarrkirche* (bis 1699 Bischofskirche) *San Donato,* mit Glockenturm des 12. Jahrhunderts und Renaissancefassade. Im Innern Holzkruzifix des 15. Jahrhunderts, Fresken des 16. Jahrhunderts.

Mehrtägige Wanderungen

Die Wanderung der drei Seen
Im Norden Latiums von Pitigliano nach Caprarola

Fünf- bis sechstägige Wanderung durch den Norden Latiums, vorbei an den drei Vulkanseen von Mezzano, Bolsena und Vico. Die reizvolle, vor allem durch die Seen geprägte Landschaft und eine Fülle von Kunstwerken am Wege, dazu zahlreiche Badegelegenheiten und die angenehme Fischküche der Restaurants – das erlaubt auf dieser relativ mühelosen Wanderung eine schöne Verbindung von Wandern und Speisen, Schwimmen und Besichtigen.

Außerordentlich zahlreich sind die Kunstwerke, die sich dem Blick des Wanderers darbieten: die mittelalterlichen Kirchen von Montefiascone, San Martino al Cimino, Viterbo; das römische Theater von Férento; das prachtvolle manieristische Schloß von Caprarola; die gut erhaltenen alten Viertel von Pitigliano, Látera, Grádoli, Capodimonte, Marta, Montefiascone, Viterbo, San Martino und Caprarola. Eine Fülle von Bildern entfaltet vor dem Hintergrund der Landschaft ihre Wirkung und gibt Eindrücke aus der oft bewegten Geschichte dieser Region, die einstmals an der bedeutenden Nord-Süd-Verbindung der Frankenstraße (Via Francigena) lag.

Die Hügellandschaft der Felder und Weiden erhält ihren Reiz durch die vulkanischen Höhenzüge und die Seen. Klein, einsam, sehr ruhig und fast verwunschen der Lago di Mezzano, ohne ein Haus oder eine Straße an seinen Ufern; strahlend und einladend der Bolsena-See mit seinen Fischerdörfern und seinen Inseln; herb inmitten

dunkler Wälder der Lago di Vico. Getreidefelder und Weinberge, Ölbaumhaine und Haselnußpflanzungen, Kastanien- und Buchenwälder umgeben die Gewässer.

In verschiedenen Restaurants an den Seeufern (darüber hinaus auch in Grádoli und Montefiascone) werden wohlschmeckende Fischgerichte angeboten. An fünf von sechs Wandertagen bieten sich Bademöglichkeiten.

Die Wanderungen sind nicht anstrengend. Es gibt wenig Anstiege, die Wege sind zumeist breit und gut gebahnt. Leider sind verschiedene Wegstrecken auf – kaum befahrenen – Asphaltsträßchen zu wandern; ich empfehle, zwei Teilstücke mit dem Bus zurückzulegen und so den Anteil der Asphaltstrecke zu verringern.

Ursprünglich plante ich, diese mehrtägige Wanderung bis Magliano Romano (vgl. S. 149ff.) zu verlängern, um so nahezu die gesamte Wanderstrecke Florenz – Rom zu beschreiben und zugleich im letzten Teilstück einen Einblick in die verschiedenen Landschaftsformen des nördlichen – vulkanischen – Latium zu ermöglichen. Aus verschiedenen Gründen ist die Fortführung der Wanderung ab Caprarola jedoch nicht mehr sinnvoll: zum Teil ist die Landschaft zu eintönig, zum Teil – in den Schluchten zwischen Castel Sant'Elia und Calcata – werden die durchgehenden Wege (die auf den alten Landkarten noch eingezeichnet sind) für den normalen Wanderer (ohne Gummistiefel und Machete) zu abenteuerlich. Es ist aber empfehlenswert, im Anschluß an die beschriebene Mehrtageswanderung noch einen Tag in einer der latinischen Schluchten zu wandern; nur so erhält man einen umfassenden Einblick in diese Landschaft. Geeignet sind vor allem die von Rom aus erreichbaren Wanderstrecken bei Barbarano Romano (S. 153f.) und bei Castel Sant'Elia (S. 151ff.).

Die Tagesabschnitte der Wanderung ergeben sich nahezu zwangsläufig aus der Lage der Hotels:

1. Tag *Pitigliano – Grádoli* (gut 5 Std.)
2. Tag *Grádoli – Capodimonte* (4:30 Std.)
3. Tag *Capodimonte – Montefiascone* (gut 3 Std.)
4. Tag *Montefiascone – Viterbo* (vier/fünf Std.)
5. Tag *Viterbo – Lago di Vico* (2:30 Std.)
6. Tag *Lago di Vico – Caprarola* (1:30 Std.)

Die Abschnitte des 5. und 6. Tages lassen sich an einem Tag zurücklegen; doch sollte man sich für die Besichtigungen in Viterbo, S. Martino al Cimino, Caprarola Zeit lassen. Zudem ist die Übernachtung am Lago di Vico reizvoll. Am 6. Tag kann man vormittags Caprarola erreichen und – nach der Besichtigung des Palazzo Farnese – am frühen Nachmittag nach Rom gelangen.

Die Orientierung auf der Wanderung ist zumeist einfach. Kartenmaterial ist nicht unerläßlich, kann aber hilfreich sein: Karten des IGM (vgl. S. 213) im Maßstab 1:100000 Nr. 136 Tuscania, 137 Viterbo, 143 Bracciano. Sämtliche Hotels an der Wanderstrecke sind auf S. 185 aufgeführt.

Zu den kulinarischen Besonderheiten der Region zählen insbesondere die verschiedenen Fische der Seen (vgl. S. 172), daneben eine Reihe von lokalen Weinen wie der Bianco di Pitigliano, Der Est-est-est von Montefiascone, der Cannaiola von Marta, der Aleático (Süßwein) von Grádoli. Gut ißt man vor allem in den Restaurants an den

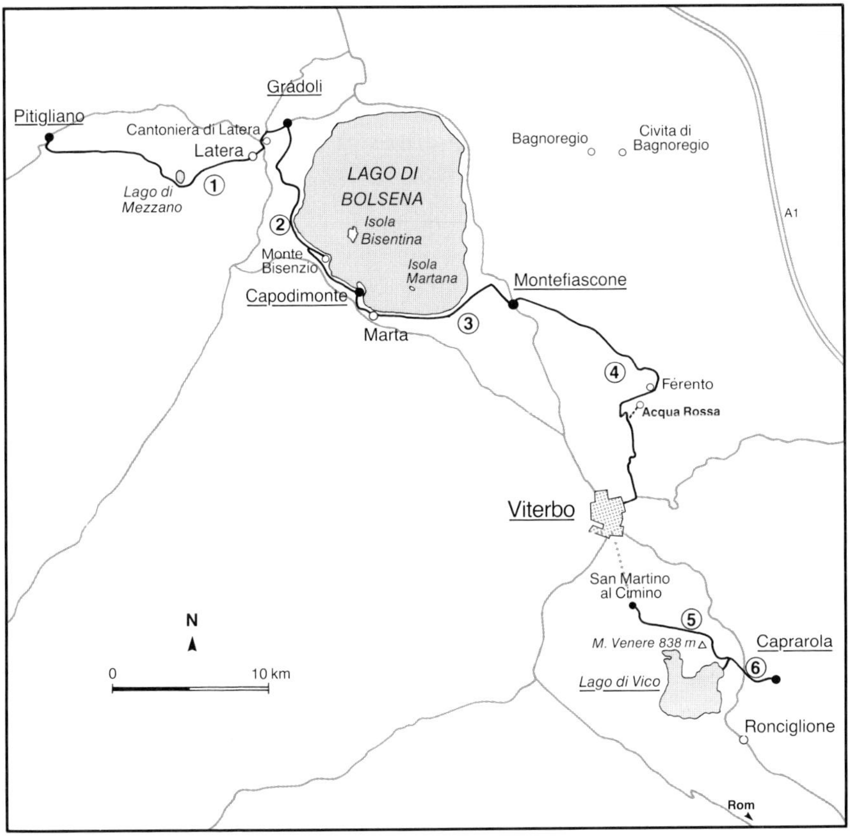

Seeufern, aber auch in den Hotel-Restaurants in Pitigliano und Grádoli und in verschiedenen Lokalen in Montefiascone.

1. Tag
Der stille See
Von Pitigliano nach Grádoli

Vom schön gelegenen, malerischen Pitigliano (vgl. S. 93) wandert man durch den Krater von Valentano, der vor allem mit Getreidefeldern bedeckt ist, zum einsamen See von Mezzano. Eine Atmosphäre der Ruhe auf der gesamten Strecke, kaum je ein Haus. Eine Sommerlandschaft, in der die Insekten summen, die Grillen zirpen, Frösche quaken, die Luft fast steht über einem unendlichen, sich im Windhauch leicht bewegenden Meer von Halmen, aus dem die Bäume aufragen wie die Masten verborgener Schiffe. Aber auch eine Frühlingslandschaft, eine Herbstlandschaft: wie wenige andere Gebiete wechselt dieser Krater im Laufe des Jahres seine Farben, vom hellen Grün des jungen Korns bis zu den roten und braunen Tönen der nackten Erde.

– Die Vegetation um den Lago di Mezzano ist dunkler, Eichen und Schilf umgeben ihn. Nur an wenigen Stellen ist der See zugänglich, keine Straße führt zu ihm, kein Gebäude findet sich an seinem Ufer. Völlige Stille für eine lange Mittagsrast. – Weiter nach Látera, dessen Häuser sich am Hang übereinanderschieben, überragt von der Kirche. Hinauf zum Kraterrand des Lago di Bolsena, bald der Blick auf den großen See, an dem die Wanderung an den beiden folgenden Tagen entlang führen wird.

Wegbeschreibung

In Pitigliano geht man vom Platz vor dem Hotel Guastini (Piazza Francesco Petruccioli) abwärts in den Treppenweg Via dei Lavatoi. Vorbei an alten Waschhäusern, bei einem Querweg links, dann auf der Straße rechts, gleich darauf bei einer Straßengabelung links (Richtung Manciano). Man überquert auf einer Brücke den Bach Meleta, biegt unmittelbar danach nach links in einen Weg. Durch ein Gatter, auf schmalerem Weg in schöner Tuffschlucht aufwärts, weiter in südlicher Richtung bis zu einer Kreuzung, bei der man auf einem Fahrweg nach links geht (Wegweiser: ›S.S. 74‹, ›San Quirico‹) (gut 20 min).

Man folgt dem Fahrweg, geht bei einer Gabelung (35 min) auf dem breiteren Weg nach rechts (Wegweiser wie oben). Gleich darauf wird der Weg erheblich breiter (Ausbauarbeiten gegenwärtig in Gang). Man folgt weiter dem Fahrweg, biegt dann (55 min) in einer Linkskurve des Wegs in einen geradeaus weiterführenden kleineren Fahrweg. Auf dem kleineren Fahrweg nach wenigen Metern vorbei an einem neueren, orangegestrichenen Haus linker Hand, über einen Bach (1:10 Std.), einen zweiten Bach (1:20 Std.). Gleich danach eine Rechtskurve unterhalb des auf einem Hügel gelegenen Anwesens Sconfi.

Hundert Meter nach der Rechtskurve biegt man nach links in einen in östlicher Richtung leicht ansteigenden Fahrweg. Auf diesem immer Richtung Osten bis zu einer Wegkreuzung (1:50 Std.). Hier geradeaus weiter, auf einer Fahrspur an einer Hecke entlang. Schöner Weg durch die Felder, immer an der Hekke entlang bis zu einem – meist ausgetrockneten – Bach, weiter auf der Fahrspur bis zu einem Bauernhaus (2:05 Std.), bei dem man auf einen Fahrweg trifft.

Man geht in gleicher Richtung wie bisher weiter, trifft gleich auf einen von rechts kommenden breiteren Weg, geht weiter geradeaus bis zu einer Linkskurve dieses Weges (2:15 Std.). Der Weg nach Látera führt hier (auf kleinerem Weg) geradeaus weiter. Es empfiehlt sich jedoch unbedingt der Abstecher zum See: auf dem Hauptweg nach links gehen, wenige Minuten später vor zwei Stallgebäuden nach rechts auf einen Pfad biegen, welcher an einer Hecke entlang zum See führt. Sehr schöner Platz am Ufer, Badegelegenheit. Auf gleichem Weg zurück zur ›Linkskurve‹ (s. o.). Wegstrecke für den Abstecher 15–20 Minuten.

Auf dem Weg Richtung Látera (s. o.; vom See kommend also nach links biegen) geht man auf dem Kraterrand des Sees, läßt den See dann hinter sich, gelangt zu einer Kreuzung (2:35 Std.), geht hier nach links. Man steigt ab bis zu einem Bauernhof, biegt vor dessen Einfahrt nach rechts auf eine Wiese (Betreten des Hofes wegen der Hunde vermutlich nicht ratsam, ich habe keinen Versuch gemacht), überquert die Wiese, erreicht nach hundert Metern einen Fahrweg, auf dem man nach links geht. Man gelangt zu einem Querweg (3 Std.), biegt nach rechts.

Immer diesem Weg folgen, bis zu einem weiteren Querweg (3:35 Std.), hier wiederum nach rechts. In einer Rechtskurve dieses Fahrwegs (3:45 Std.) geht man nach links in einen ansteigenden kleineren Fahrweg, auf diesem bis zur Asphaltstraße Látera – Farnese, wenige Meter vor dieser auf einen Weg nach links. Man erreicht, parallel zur Straße gehend, Látera. Unterhalb des Ortes kreuzt man das Asphaltsträßchen (4 Std.), geht unterhalb des Ortes geradeaus weiter. (Ein Abstecher in den

Ort – Bar, Lebensmittelgeschäfte – ist lohnend, man muß dann allerdings entweder auf der Asphaltstraße bis zur Cantoniera di Látera aufsteigen oder wieder bis zum beschriebenen Weg absteigen.)

Man überquert einen Bach, erreicht einen Brunnen (Trinkwasser), geht auf schmalem Pfad links an dem Brunnen vorbei, überquert eine Asphaltstraße, steigt auf Weg weiter an. Nochmals überquert man eine Straße, passiert eine Reihe von Neubauten, geht an einer Gabelung links, gelangt zu einer Straße, auf der man nach rechts biegt und Cantoniera di Látera erreicht (4:25 Std.; Bar). (Ab hier Variante, vgl. unten.) Wenige Meter nach links, dann nach rechts einbiegen auf die Staatsstraße 74 Richtung Grádoli – Orvieto. Man folgt der Straße, absteigend, für gut 10 Minuten, biegt dann, in einer scharfen Linkskurve beim Kilometer 68,2, nach rechts in einen Fahrweg (50 m vor der Abzweigung der *Straße* nach Grádoli). Schöne Blicke auf den Bolsena-See und, nach links, auf den Monte Amiata. Man erreicht Grádoli (5 Std.).

Variante: Wer nicht im Hotel übernachten möchte, braucht nicht notwendig über Grádoli zu wandern, sondern kann von Cantoniera di Látera direkt in Richtung Capodimonte gehen. Er ›erspart‹ sich so den Anstieg von Grádoli zum Kraterrand am 2. Tag: In Cantoniera auf der Straße nach *rechts* gehen, bis zum km 39,9, dort nach links in einen Fahrweg biegen, 150 Meter weitergehen (Grobrichtung: parallel zur Straße). Man trifft auf den Weg, der von Grádoli heraufkommt, folgt ab hier der Beschreibung S. 167 (ab: ›60 min ab Grádoli‹).

Wichtige Hinweise

Dauer: 5 Std. (zuzüglich Abstecher zum See, ca. 20 min)
Wegbeschaffenheit: fast durchgängig Fahrwege; 1,5 km Asphaltstraße.
Anstiege: knapp 150 m.
Schwierigkeitsgrad: mittlere Anstrengung.
Orientierung: mittelschwer.
Restaurants und Hotels in Pitigliano und Grádoli (vgl. S. 185). Bars darüber hinaus in Látera und Cantoniera di Látera; Geschäfte in Látera.
Kein Trinkwasser zwischen Pitigliano und Látera! Auch die Bauern, welche am Wege wohnen, müssen Trinkwasser in Behältern heranschaffen; man sollte sie daher nicht mit Bitten um Wasser angehen, sondern sich in Pitigliano ausreichend versorgen.
Anreise nach Pitigliano: Bahn bis Grosseto (Strecke Pisa – Rom), von dort mehrfach täglich Busse. Letzter Bus 17 Uhr ab Grosseto. Fahrzeit ca. 1:30 Std.
Ab Rom: täglich einige Busse ab Piazza della Repubblica (beim Hauptbahnhof). Fahr zeit 2:40 Std. Letzter Bus ca. 17.30 Uhr.

Am Wege

Pitigliano, vgl. S. 95.

Lago di Mezzano, kleiner See im Kraterbezirk von Valentano. Der nahezu kreisrunde, maximal 36 Meter tiefe See füllt eine trichterförmige Höhlung aus, vermutlich einen kleinen Krater. Auf seinem Grund wurden Funde aus der Bronzezeit gemacht (heute im Museum Villa Giulia in Rom).

Grádoli, vgl. S. 169.

Lago di Bolsena, vgl. S. 171 f.

2. Tag
Von Grádoli nach Capodimonte

Wegbeschreibung S. 166 ff.
Dauer: 4:30 Std.

3. Tag
Von Capodimonte nach Montefiascone

Bequeme Wanderung am See entlang, zum Schluß ein Aufstieg – in großem Bogen – nach Montefiascone. Reizvoll die Dörfer Capodimonte und Marta, der Blick auf die Inseln im See. Ein Tag zum ›Bummeln‹ und zum Baden.

Von Capodimonte bis Marta existiert leider kein Fußweg; man muß auf der Straße gehen oder den Bus nehmen. Ab Marta folgt man der gleichen Wanderstrecke, welche auf S. 169f. (›Vom Weinstädtchen zum Fischerdorf‹) in entgegengesetzter Richtung beschrieben wurde.

Wegbeschreibung

Capodimonte – Marta (30 min; evtl. Bus nehmen)
Von Capodimonte auf der Straße nach Marta; in Marta biegt man kurz vor dem Ortsschild in ein kleineres, nach links abwärts führendes Sträßchen und erreicht auf diesem im Ort das Seeufer.

Marta – Montefiascone (2:50 Std.)
In Marta geht man am Seeufer entlang in östlicher Richtung, überquert in der Nähe eines kleines Hafens das aus dem See kommende Flüßchen Marta, biegt dann nach links in die am Ufer entlangführende Via della Spiaggia, folgt der Seeuferstraße (ein kurzes Stück Asphalt, dann drei Kilometer nicht-asphaltiert, dann zwei Kilometer Asphalt) bis unterhalb Montefiascone (1:25 Std.). Unterwegs, vor allem im zweiten Teil, verschiedene Restaurants. Badegelegenheiten.

Man biegt bei der Bar-Pizzeria Ivaldo, der Hauptstraße folgend, vom See ab Richtung Montefiascone (Wegweiser). Fünf Minuten später geht man in einen nach links abzweigenden Weg (neben einer durch ein Eisentor versperrten Einfahrt, Haus-Nummer 114a). Man steigt leicht an, geht bei einer Gabelung geradeaus (den linken Weg), nimmt kurz darauf einen nach rechts abzweigenden, leicht absteigenden Weg, dem man für ca. 10 Minuten folgt, um dann (1:45 Std.) in einen nach links, in Richtung auf die Häuser von Le Coste abzweigenden Weg einzubiegen.

Auf diesem ansteigend erreicht man einen Brunnen am Ortsrand von Le Coste (2:15 Std.), geht hier auf einem Asphaltsträßchen nach rechts, fünf Minuten später in einen Fahrweg nach rechts, welcher zunächst eben, dann steil ansteigend zur Straße Bolsena – Montefiascone führt. (Dieser Fahrweg wird gegenwärtig verbreitert, evtl. im Lauf der Zeit asphaltiert.) Auf der Straße nach rechts, in wenigen Minuten zum Zentrum von Montefiascone (2:50 Std.).

Wichtige Hinweise

Dauer: ab Capodimonte 3:20 Std.; ab Marta 2:50 Std.
Wegbeschaffenheit: 5 km (ab Marta 2 km) asphaltierte Straßen; Fahrweg am Seeufer; Feldwege beim Aufstieg nach Montefiascone.
Anstiege: vom Seeufer nach Montefiascone 220 m.
Schwierigkeitsgrad: mittlere Anstrengung
Orientierung: einfach.
Restaurants in Marta, am Seeufer zwischen Marta und Montefiascone, in Montefiascone.
Hotels in Montefiascone (vgl. S. 185).

Am Wege

Marta, vgl. S. 170.
Bolsena-See, vgl. S. 171f.
Montefiascone, vgl. S. 170f.

4. Tag
Ruinenlandschaft und blühende Felder
Von Montefiascone über Férento nach Viterbo

Der einzige Streckenabschnitt ohne Seeblick und Badegelegenheit. Ein Wandertag mit vielen ›Besichtigungspunkten‹: Nach Montefiascone mit seiner romanischen Kirche San Flaviano die Ausgrabungen von Férento, schließlich die Papststadt Viterbo.

Einen Höhepunkt bilden die Ruinen des römischen Theaters und der Thermen von Férento, vor allem durch ihre Lage: Sie ruhen am Rand eines tief eingeschnittenen Tals, inmitten von Feldern und Weiden. In der Umgebung grasen Pferde, die große Bogenreihe des Theaters erhebt sich vor dem Hintergrund der entfernten Ciminischen Berge. Die Ruinen sind zum Teil bewachsen, auf Bruchstücken römischer Mauern wachsen Büsche, die Reste einer antiken Straße verlieren sich im Gesträuch. Ruinenromantik eines einsamen Ortes.

Während die Wanderung unmittelbar vor Férento sehr schön ist – ruhig und abwechslungsreich –, stellen die anderen Wegstücke für den Wanderer keine ungetrübten Freuden dar. Von Montefiascone aus geht man zunächst fünf Kilometer auf einem Asphaltsträßchen, auf dem einem allerdings kaum ein Fahrzeug begegnet. Dieses Wegstück ist trotz der Asphaltierung angenehm zu gehen; vor allem bei klarer Sicht hat man schöne Blicke auf die Ciminischen Berge, Viterbo, Montefiascone, den Apennin, wandert durch Korn- und Mohnfelder in harmonischer Landschaft. Von Férento bis Viterbo aber lohnt die Fußwanderung kaum: wiederum Asphalt, außer den allmählich sich nähernden Monti Cimini keine landschaftlichen Reize. Ich empfehle, auf diesem letzten Stück die öffentlichen Verkehrsmittel zu benutzen, gebe aber – der Vollständigkeit halber – die gesamte Wegbeschreibung.

Wegbeschreibung

In Montefiascone geht man von der Piazza Roma die Straße zur Kirche San Flaviano hinab, biegt unterhalb von dieser auf der Straße nach rechts, biegt 150 Meter weiter – kurz vor der Hauptstraße Viterbo – Montefiascone – nach links in ein abwärts führendes Sträßchen. Man folgt diesem Sträßchen aus dem Ort heraus, steigt auf ihm für etwa fünf Kilometer durch Kornfelder, Schafweiden, Weinberge, Olivenhaine ab; schöne Blicke.

Nach etwa 1:10 Std. gelangt man am Ende der Asphaltierung zu einem Querweg, geht rechts. Bald darauf bei einer Gabelung wieder rechts, dann über die Bahnlinie Viterbo – Orte. Dem Weg folgend, zum Schluß bei einem Quersträßchen rechts gehend, erreicht man die Straße Viterbo – Bagnoregio (2 Std.) bei einem Brunnen (Trinkwasser).

Auf der Straße nach rechts, Richtung Viterbo, dann nach einem kurzen Stück nach links in einen aufwärts führenden Fahrweg. (Hier rechts von der Straße ein Restaurant.) Man gelangt zu einem Bauernhaus, geht links an diesem vorbei, kurz darauf bei einer Gabelung rechts. Bei einer weiteren Gabelung – 200 Meter vor einem verlassenen Haus – nach links. (Ab hier Variante, vgl. übernächster Absatz.) Man gelangt zu einem weiteren Haus (2:15 Std.), geht rechts an dem Haus vorbei, durch ein Gatter, auf einem kaum sichtbaren Weg über eine Wiese. Man hält sich – u. U. querfeldein – in südöstlicher Richtung. Nach einigen Minuten leicht nach links, in Richtung auf eine Busch- und Baumgruppe. Man übersteigt einen niedrigen Zaun, geht nach rechts an dem Zaun entlang, übersteigt nochmals

einen Zaun und trifft vor dem Gehölz auf einen kleinen Platz (2:35 Std.).

Von dem Platz aus auf nicht ganz leicht zu erkennendem Weg in östlicher Richtung abwärts. Als Orientierungspunkt taucht nach wenigen Metern ein langgestrecktes landwirtschaftliches Gebäude im Tal auf. Man passiert eine Hausruine, biegt dann – etwa 200 Meter vor dem landwirtschaftlichen Gebäude – nach rechts in einen Weg, der zu einem Bachübergang führt. Bachüberquerung (Schuhe müssen ausgezogen werden; 2:45 Std.), im Tal aufwärts, etwa fünf Minuten nach der Bachüberquerung – hundert Meter vor einer scharfen Linkskurve des Weges – über eine kleine Wiese nach rechts ab in einen aufwärtsführenden Weg, welcher zunächst kaum sichtbar ist, sich aber gleich verbreitert. Auf diesem Weg steigt man oberhalb eines Tals, zuletzt an einem Brunnen (Trinkwasser) vorbei an bis zu den Ruinen von Férento (3:10 Std.).

Variante: Einfacher zu finden und zu gehen (keine Bach- und Zaunüberquerungen), aber weitaus weniger schön ist folgender Weg: Bei der Gabelung – 200 Meter vor einem verlassenen Haus – geht man rechts, passiert das Haus, folgt dem Weg in ein Tal, überquert einen Bach (2:35 Std.), gelangt zur Straße Viterbo – Bagnoregio (2:50 Std.), geht auf ihr nach links und nach wenigen hundert Metern wiederum nach links in ein Sträßchen, welches zu den Ruinen von Férento führt (3:20 Std.).

Vom Ausgrabungsgelände auf einem Sträßchen bis zur Straße Viterbo – Bagnoregio (3:30 Std.), auf dieser nach links. Nach etwa 600 Metern auf der Straße findet man rechter Hand ein Bar-Restaurant. Ich empfehle, ab hier mit dem Bus nach Viterbo zu fahren (Busse Bagnoregio – Viterbo passieren ca. 13.45, 15.25, 16.45 Uhr), allerdings zunächst noch die nahegelegene Quelle Acqua Rossa und bei entsprechendem Interesse auch die Ausgrabungen einer etruskischen Siedlung bei Acqua Rossa zu besuchen: Man nimmt die links abzweigende Straße Richtung Bagnaia (Wegweiser), geht auf ihr wenige Minuten, biegt dann – vor einer Brücke und Rechtskurve der Straße – nach links in einen Weg, der in zwei Minuten auf der linken Seite des Baches Acqua Rossa zur gleichnamigen eisenhaltigen Quelle führt. Beeindruckend die Rotfärbung der Erde und der Geschmack des sprudelnden Wassers.

Zurück zur Straße, auf ihr nach links. Gleich darauf eine Abzweigung zum Ausgrabungsgelände einer etruskischen Siedlung (Wegweiser). An einer Gabelung links gehend, erreicht man in fünf Minuten das eingezäunte und z. T. überdachte Gelände. Einige Grundmauern, die den Experten einiges sagen, für die meisten Laien aber wohl völlig uninteressant sind (kurze Hinweise s. u.).

Wenn man bis Viterbo weiterwandern will, geht man auf der Straße weiter in Richtung Bagnaia. Drei Kilometer nach der Quelle Acqua Rossa (4:30 Std.) zweigt von der Straße nach links ein Asphaltsträßchen ab; wenige Meter darauf führt ein nach rechts abzweigender Fahrweg auf ein Bauernhaus zu. Man nimmt diesen Fahrweg, biegt von ihm nach 50 Metern nach links in einen sich senkenden Fahrweg, gelangt auf diesem zu einem Brunnen unterhalb einer Straßenbrücke (Trinkwasser). Rechts an dem Brunnen vorbei, nach rechts durch einen kleinen Gemüsegarten, über einen Bach, gleich darauf an einer Gabelung links, am Bach entlang; dann unterhalb der Straßenbrücke, sich leicht rechts haltend, aufsteigen.

Man geht unter der Brücke hindurch, trifft auf einen Weg, auf welchem man nach links biegt. Man passiert ein Eisentor, geht danach auf einem Querweg nach links, kommt zur Asphaltstraße Vitorchiano – La Quercia (4:55 Std.), geht hier rechts und erreicht La Quercia (Ortsteil von Viterbo, 5:10 Std.). Von hier aus mit Bus ins Ortszentrum von Viterbo.

Wichtige Hinweise

Dauer: 5:10 Std. (bis Quelle Acqua Rossa 3:50 Std.)

Wegbeschaffenheit: Fahrwege; ein kurzes Stück auf kleinem Pfad bzw. querfeldein;

10 km Asphaltstraßen (bis Férento 5 km Asphaltstraße).
Anstiege: ca. 150 m.
Schwierigkeitsgrad: mittlere Anstrengung.
Orientierung: mittelschwer.
Restaurants an der Straße Viterbo – Bagnoregio (nach zweistündiger Wanderung und nach dreieinhalbstündiger Wanderung) sowie in Viterbo
Hotels in Viterbo (vgl. S. 185)
Zu beachten: Ausgrabungsgelände Férento ist nur von 8–14 Uhr geöffnet.

Am Wege

Férento, Ruinen eines römischen Theaters und einer Thermenanlage in einsamer Landschaft nördlich von Viterbo. Férento, im 4. Jh. v. Chr. von den Etruskern gegründet, war (als Ferentium) in der Römerzeit eine bedeutende Stadt, unter anderem Geburtsort des Kaisers Otho. 1172 wurde die Ansiedlung von den Viterbesen dem Erdboden gleichgemacht (unter dem Vorwand, die Ferentiner seien Ketzer, da sie Christus am Kreuz mit offenen – anstelle der üblichen geschlossenen – Augen darstellten). Ausgrabungen zu Beginn des 20. Jahrhunderts.

Das *Theater* (um die Zeitenwende erbaut) weist eine recht gut erhaltene Bühnenwand auf sowie oberhalb der cavea (Zuschauerreihen) eine Bogenreihe aus 27 Bögen. Die Zuschauersitze größtenteils restauriert; das Theater wird heute wieder für Aufführungen genutzt. Die Bühnenwand hatte einstmals eine reiche Marmorverkleidung; in Nischen standen Statuen; Teile der Bühne waren bemalt. Vor der Bühnenwand befand sich die hölzerne Bühne, auf der die Schauspieler agierten. Sieben (noch erhaltene) Tore erlaubten den Zugang zur Bühne von der Rückseite.

Von den *Thermen* (Zugang von der Römerstraße, deren Reste im Norden des Geländes zu sehen sind) haben sich erhalten: eine große offene Eingangshalle mit Schwimmbecken, Umkleide- und Baderäume (Frigidarium für Kaltbäder hinter der Eingangshalle, Tepidarium – zum Aufwärmen – und Calidarium – für Warmbäder – weiter südlich), Reste der Fußbodenheizung mit Ofen, Reste des Marmor- und Mosaikschmucks.

Markt in Viterbo vor der Kirche S. Silvestro

Acquarossa, Ruinen etruskischer Gebäude. Die Ausgrabungen (1966–1978 durchgeführt) sind von außerordentlichem Interesse für die Etruskologen, da man hier die *Grundmauern etruskischer Wohnhäuser* fand, welche sich fast nirgendwo erhalten haben. Für den gewöhnlichen Besucher ist das Ausgrabungsgelände eher langweilig: Im wesentlichen sieht man nur Mauerreste. Ein großes – eingezäuntes und z. T. überdachtes – Gebäude war möglicherweise Sitz des örtlichen Königs und zugleich Kultstätte. Es besteht aus einem offenen Raum mit Säulenreihe und einer Reihe angrenzender einfacher Räume.

Der Ort Acquarossa war zwischen dem 8. und 5. Jahrhundert v. Chr. bewohnt, wurde dann aus unbekannten Gründen zerstört.

La Quercia, *Renaissancekirche S. Maria della Quercia* (1470–1525 erbaut). Über den Eingangsportalen Terrakottareliefs von Andrea della Robbia (1508). Kassettendecke mit Wappen des Papstes Paul III.; barocke Orgel; auf dem Hauptaltar Marmortabernakel von Andrea Bregno (1490).

Viterbo, größte Stadt des nördlichen Latium, Hauptort der gleichnamigen Provinz. Im 13. Jahrhundert Konkurrentin Roms; zwischen 1144 und 1281 Sitz zahlreicher Päpste und Gegenpäpste, die sich hier sicherer fühlten als im unruhigen Rom; eine Reihe von Papstwahlen fand in Viterbo statt.

Vollständig erhaltene mittelalterliche *Stadtmauer;* zahlreiche *Geschlechtertürme* aus dem 12. und 13. Jahrhundert. Das kleine *Stadtviertel San Pellegrino* fast unverändert im Stil des 13. Jahrhunderts. *Papstpalast* (1255–1266) mit schöner gotischer Loggia. Zahlreiche Kirchen, vor allem im romanischen Stil. *Kathedrale S. Lorenzo* (Äußeres im 16. Jh. verändert), mit Grab des portugiesischen Papstes Johannes XXI. (links vom Hauptportal) und Madonnenbild des 12. Jahrhunderts (in der linken Apsis); *S. Maria Nuova*, mit Außenkanzel; links von der Kirche ein kleiner Kreuzgang, der möglicherweise aus der Langobardenzeit stammt; *S. Francesco,* mit den Gräbern der Päpste Hadrian V. (von Arnolfo di Cambio, dem ersten Baumeister des Doms von Florenz) und Clemens IV.

Ausführlichere Informationen zu Viterbo u. a. beim örtlichen Touristenbüro (150 m vor dem Papstpalast) und in: Werner Goez, ›Von Pavia nach Rom‹.

Wer in Viterbo einen oder zwei Ruhetage einlegen möchte, um die Umgebung näher kennenzulernen, sei besonders hingewiesen auf die etruskische Felsnekropole von Castel d'Asso, die romanischen Kirchen von Tuscania, die Villa Lante in Bagnaia und den skurrilen manieristischen Parco dei Mostri in Bomarzo. Castel d'Asso ist mit Taxi, alle anderen Orte sind mit Linienbussen erreichbar.

Der Papstpalast in Viterbo mit der gotischen Loggia

5. und 6. Tag
Von Viterbo über S. Martino und den Lago di Vico nach Caprarola

Von Viterbo nach S. Martino al Cimino (5 km) nehme man den Linienbus (vgl. S. 158). Von S. Martino nach Caprarola vgl. Wegbeschreibung S. 155ff. Ich empfehle, die Wanderung von S. Martino nach Caprarola nicht an einem Tag durchzuführen (obwohl dies leicht möglich ist), sondern sich Zeit zu nehmen für die Besichtigung von Viterbo und S. Martino und am Lago di Vico noch einmal zu übernachten; es ist reizvoll, dort Abend und Morgen zu erleben. Dauer der Wanderung S. Martino – Vico-See: 2:30 Stunden. Man berücksichtige bei der Zeitplanung, daß die Kirche von S. Martino mittags geschlossen ist.

Am sechsten Tag dann Spaziergang nach Caprarola (ca. 1:30 Std.) und Besichtigung des Palazzo Farnese. Busse Caprarola – Viterbo 14.40, 17.30 Uhr; Caprarola – Rom 13.30, 14.25, 15.30, 16.40, 18.05 Uhr.

Hotels (von Pitigliano nach Caprarola)

Alle Hotels, mit Ausnahme desjenigen in Pitigliano, befinden sich in der Provinz Viterbo, Telefon-Vorwahl 0761.

58017 Pitigliano
Guastini (3), Piazza Petruccioli 4, ✆ 0564–616065

01010 Grádoli
La Ripetta (4), Via Roma 38, ✆ 456100

01010 Capodimonte
Er Verace (4), Via dei Pini 3, ✆ 80255
Zimmervermietung in Capodimonte auch bei: Istituto del Sacro Cuore. Außerdem Privatzimmer (Vermittlung durch die Gemeindeverwaltung, ✆ 80043, nach ›Angela‹ fragen).

01027 Montefiascone
Altavilla (3), Via del Pino 3, ✆ 86414
Italia (3), Piazzale Roma 10, ✆ 86383
Dante (Locanda), Via Nazionale 2, ✆ 86015
Residence Rondinella (4), Strada Cassia 9, ✆ 86162
Vittoria (4), Piazzale Roma 1, ✆ 86433

01100 Viterbo
Mini Palace (2), Via S. Maria della Grotticella 2b, ✆ 39742
Leon d'Oro (3), Via della Cava 36, ✆ 31012
Tuscia (3), Via Cairoli 41, ✆ 223377
Minerva (P 3), Via della Caserma 7, ✆ 30990
Antico Angelo (4), Via Orologio Vecchio 1, ✆ 37044
Milano (4), Via della Cava 54, ✆ 30705
Roma (4), Via della Cava 26, ✆ 31909
Trieste (Locanda), Via N. Sauro 32, ✆ 31882

01100 San Martino al Cimino
Balletti Park (1, mit Dependance 2), Via Umbria 2a, ✆ 29777
Doria (P 3), Via Abate Lamberto 4, ✆ 29924

Am Lago di Vico (Postanschrift 01032 Caprarola – Lago)
La Bella Venere (3), ✆ 646030

01032 Caprarola
Pensione Farnese, ✆ 646029 (oberhalb des Ortes an der Straße zum Lago di Vico)

Die Zahl in Klammern hinter dem Hotelnamen bezeichnet die Kategorie.

›Heroische Landschaften‹ am Rand des Apennin
Von Palestrina nach Alatri

Großartige sechstägige Wanderung durch eindrucksvolle Landschaften. Man bewegt sich am Rand des Hochgebirges, hat fast immer die Kulisse der Berge vor Augen. Fruchtbare Gegenden der Wein-, Obst-, Gemüsekulturen wechseln mit herben Zonen von imposanter Kargheit. Auf schattige, schützende Täler folgen Wege an kahlen Hängen mit ausgedehnten Fernblicken. An Hügelrücken klammern sich die alten Orte, dicht an dicht die Häuser, überragt vom Kirchturm und verfallenen Kastellen. In diesem Gebiet fanden romantische Maler die Motive zu ihren ›heroischen‹ Landschaften (vgl. oben S. 122ff.); hier notierte Ferdinand Gregorovius 1860 in seinen ›Wanderjahren in Italien‹: »Ich habe die meisten Gefilde Italiens durchzogen, ich habe die berühmten Fluren von Agrigent und Syrakus durchwandert, aber trotz aller Farbenpracht jener südlichen Zone muß ich doch bekennen, daß mir die Campagna von Rom und Latium den mächtigsten Eindruck macht. Diese Landschaft ... bleibt immer neu und groß für mich.«

Obwohl die Orte dieser Gegend heute von unschönen Neubauvierteln umgeben sind, bleibt der alte Reiz der Landschaft erhalten. Oftmals habe ich mich auf diesen Wegen gefühlt, als wanderte ich in ein vergangenes Italien. Noch – wie lange noch? – sitzen die Frauen in Olevano auf den Treppenwegen der Altstadt und spielen ›Bingo‹, mit kleinen Münzen als Wetteinsatz; noch hat man in manchen Straßen Roiates das Gefühl, als trete man in die gute Stube, wo gerade Kaffeetrinken und Schwatz begonnen haben; noch holen die Bauern, die man unterwegs nach einem Glas Wasser fragt, ungebeten sogleich den Wein hervor – die menschliche Atmosphäre in dieser Berglandschaft gehört zu den angenehmsten, welche ich in Italien kenne.

Der Weg hat seine Schwierigkeiten. Wegen des stark bewegten Reliefs der Täler und Höhen ist diese Wanderung wohl die anstrengendste unter den in diesem Buch beschriebenen Mehrtages-Wanderungen. Fast täglich sind längere Anstiege zu bewältigen. Auch die Orientierung im Gelände ist nicht immer einfach. Große Teile der Wanderstrecke verlaufen über kleine Pfade; diese sind gelegentlich nur mit Mühe zu finden; einige von ihnen werden von einem Jahr aufs andere von den Bauern nicht mehr benutzt und wachsen zu. Das Land ist nicht überall durch breite Wege erschlossen; das ist reizvoll für den Wanderer, hat aber zugleich seine Nachteile. (Auf jeden Fall sollte man sich daher die Karten des Istituto Geografico Militare, vgl. S. 213, beschaffen: Nr. 150 Roma, Nr. 151 Alatri.)

Die Wanderung führt durch zahlreiche malerische Ortschaften, berührt drei bedeutende Kunststädte: Palestrina, Subiaco, Alatri. In Palestrina finden sich die Ruinen eines der wichtigsten Heiligtümer der italisch-römischen Antike, des Tempels der Fortuna Primigenia, sowie das aus diesem Tempel stammende große Nilmosaik. Die Klöster von Subiaco beeindrucken durch ihre Lage in einem Felstal; schöne Fresken im Kloster San Benedetto. Die Akropolis von Alatri mit ihren gewaltigen Zyklopenmauern ist einzigartig in Italien. Tempel, Klöster und Akropolis sind in enger Verbindung mit der umgebenden Landschaft entstanden; im doppelten Wortsinn kommt ihnen nahe, wer sich ihnen zu Fuß nähert.

Ich schlage vor, die Wanderung in sechs Abschnitten durchzuführen (Karte s. S. 188):

1. Tag *Palestrina – San Vito Romano* (5:30 Std.)
2. Tag *San Vito – Olevano Romano* (3:30 Std.)
3. Tag *Olevano – Subiaco* (knapp 5:30 Std.)
4. Tag *Subiaco – Jenne* (3:30 Std.)
5. Tag *Jenne – Fiuggi* (knapp 5 Std.)
6. Tag *Fiuggi – Alatri* (knapp 4 Std.)

Ab Olevano ergeben sich zahlreiche Variationsmöglichkeiten, da in mehreren Orten am Wege Übernachtungsmöglichkeiten bestehen. Der Abstecher nach Jenne (anderthalb Stunden Umweg, mit anstrengendem Aufstieg) ist nicht unbedingt erforderlich; man kann auch an einem Tag von Subiaco bis Altipiani di Arcinazzo wandern; doch ist Jenne als Übernachtungsort sympathischer als das modern verbaute Altipiani. – Alle Hotels am Wege sind auf S. 195 aufgeführt.

Die Restaurants der Region bieten eine solide ländliche Küche. Fast ausnahmslos ißt man angenehm, Enttäuschungen sind selten. Von den verschiedenen Restaurants, in denen ich gute oder hervorragende latinische Gerichte verspeiste, erinnere ich mich insbesondere an die Trattoria dei Cacciatori in Capranica, die Trattoria dal Mago in San Vito Romano (besonders sympathische Wirtsleute; man probiere das Kaninchen auf Jägerart – coniglio alla cacciatora), das Restaurant der Locanda Il Boschetto und das Restaurant Sora Maria e Arcangelo in Olevano (letzteres etwas feiner und etwas teurer als der Durchschnitt; hervorragende Antipasti), das Restaurant Mafalda in Roiate, die Trattoria Alto Aniene in Jenne. Wer andere Lokale ausprobiert, wird vermutlich weitere Entdeckungen machen.

1. Tag
Von Palestrina nach S. Vito Romano

Wegbeschreibung S. 117ff.
Dauer: 5:30 Std.

2. Tag
Von S. Vito Romano nach Olevano Romano

Wegbeschreibung S. 122ff.
Dauer: 3:30 Std.

3. Tag
Von Olevano Romano nach Subiaco

Man folgt dem S. 127ff. beschriebenen Weg, biegt aber beim Sportplatz oberhalb von Subiaco (5:10 Std. ab Olevano) nach links zum Ort ab. Bei einer Gabelung gleich darauf links abwärts zur Altstadt (5:20 Std.). Besichtigung der Klöster von Subiaco – abweichend von dem S. 127ff. beschriebenen Weg – erst am folgenden Tag auf dem Weg nach Jenne.

Sechs-Tage-Wanderung von Palestrina nach Alatri ▷

4. Tag
Im Tal des Aniene
Von Subiaco nach Jenne

Der Weg verläuft die meiste Zeit im Tal des Aniene, zwischen hohen bewaldeten Berghängen in einer mehr oder minder engen Schlucht. Zum Schluß steigt man steil nach Jenne auf, wird für die Mühen des Anstiegs durch weite und schöne Blicke belohnt. Jenne, über 800 Meter hoch gelegen, ist von dunkler, ›nordisch‹ wirkender Vegetation umgeben.

Wegbeschreibung

Ausgangspunkt ist der Piazzale della Resistenza am unteren Ende von Subiaco, am Beginn der Straße, welche zu den Klöstern (Monasteri) führt. Von hier noch einige Schritte ortsauswärts zu einem unmittelbar sich anschließenden zweiten Platz mit einem Brun-

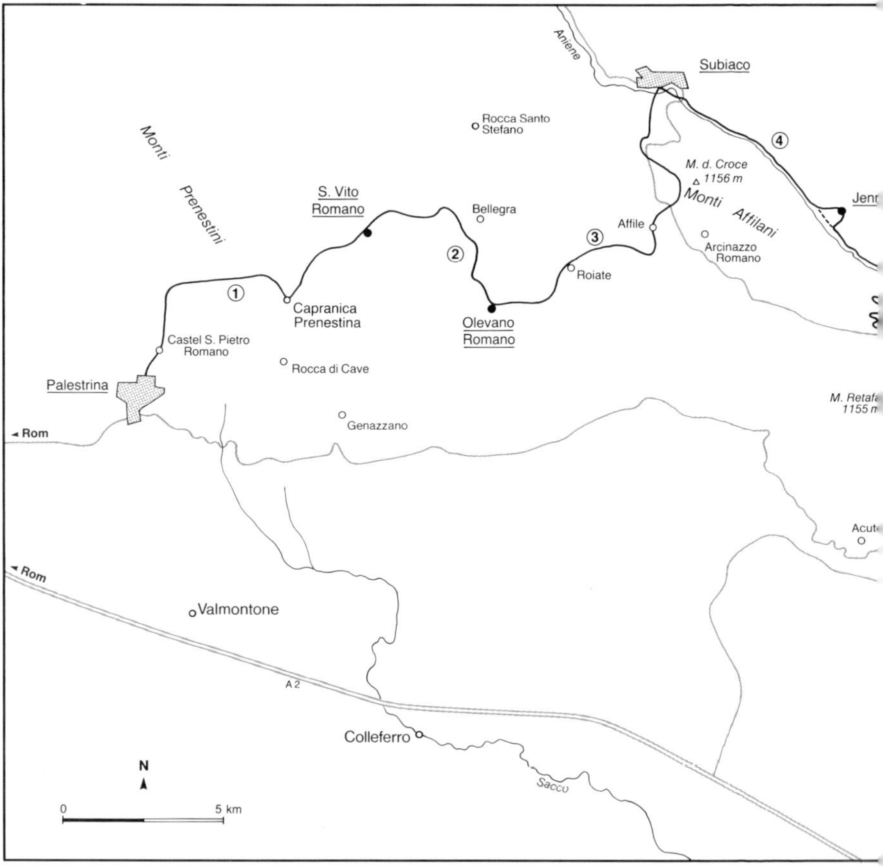

nen; man biegt vor dem Brunnen nach rechts und bei der nächsten Straße (Via Fabio Filzi) wiederum nach rechts. Durch ein Stadttor für wenige Meter in die Altstadt, beim nächsten Quergäßchen (Via Opifici) nach links abwärts, durch ein weiteres Tor aus der Stadt heraus.

Man wendet sich nach rechts und überquert auf einer Brücke den Aniene. Nach der Brükke auf einem Weg aufwärts, Blick zurück auf die Altstadt von Subiaco am Hang. Eine Straße, auf dieser rechts hinauf, am Sportplatz vorbei. Bei einer Gabelung folgt man der Straße nach links. Man gelangt zur Straße Arcinazzo – Subiaco, wendet sich nach links, geht durch einen Straßentunnel, über eine Brücke,

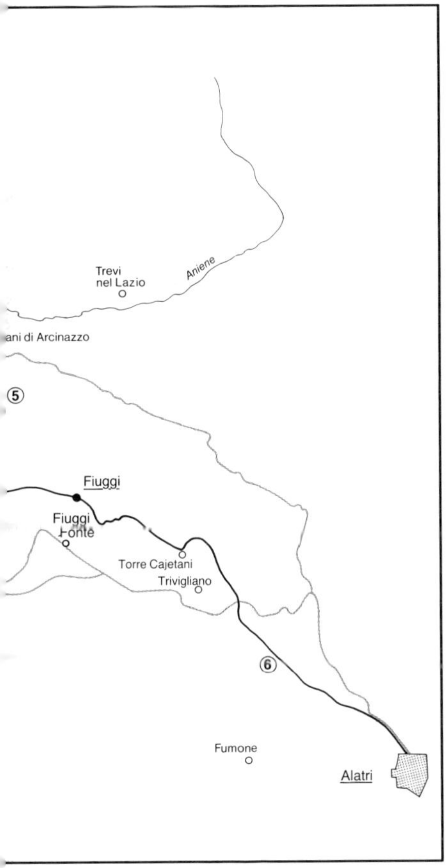

erreicht die nach rechts abzweigende Straße in Richtung Jenne und Klöster (ca. 20 min).

Man folgt dieser Straße; bald darauf zweigt nach links ein Treppenweg ab, auf dem man ansteigend zunächst das Kloster S. Scolastica erreicht (35 min); hinter diesem führt der Weg weiter aufwärts zum Kloster S. Benedetto (50 min). Rückkehr auf gleichem Weg, bis zur Abzweigung des Treppenwegs von der Straße (1:05 Std.).

Man geht weiter auf der Straße, sieht 50 Meter nach dem Treppenweg zur Linken die Ruinen der Nero-Villa (vgl. oben S. 131). Ein kurzes Stück darauf biegt von der Straße nach rechts ein Fahrweg ab, welcher in die Aniene-Schlucht führt (1:10 Std.). Man folgt diesem Weg. Links oberhalb werden bald die Benediktinerklöster sichtbar.

Man wandert talaufwärts, immer auf der gleichen Seite des Flusses bleibend, passiert nach einiger Zeit Gebäude der Elektrizitätsversorgung. Nach gut zwei Stunden ein von links kommender Weg, an dieser Stelle rechts ein kleines neueres Haus. Weiter im Tal. Bald darauf rechts ein älteres kleines Bauernhaus; das Tal erweitert sich etwas; einige Wiesen am Fluß. Nach 2:20 Stunden rechts am Weg zwei neuere weiße Häuser mit roten Dächern, einige Forellenteiche (eine von der Region Latium eingerichtete Forellenzuchtstation).

Man kürzt einen Bogen des Hauptwegs ab, indem man nach rechts über eine Brücke geht, aufsteigt, wieder auf den Hauptweg trifft. Unmittelbar darauf linker Hand ein Gedenkstein für einen hier verunglückten Soldaten (2:25 Std.). Hinter dem Gedenkstein wendet man sich in einen nach links ansteigenden Pfad. (Wenn man ohne den Umweg über Jenne direkt nach Altipiani di Arcinazzo wandern möchte, so geht man hier geradeaus im Flußtal weiter, erreicht nach etwa 3:25 Stunden die Asphaltstraße Jenne – Trevi. Von dort weiter wie unten im Abschnitt Jenne – Altipiani di Arcinazzo, S. 192 beschrieben.)

Kurz nach der Abzweigung eine Gabelung (ein kleinerer Pfad biegt nach links); man geht rechts. Gleich eine weitere Gabelung; man kann hier, links gehend, auf sehr steilem, stei-

nigem Pfad nach Jenne aufsteigen, mit schönen Blicken auf das Tal und später die Klöster von Subiaco, erreicht Jenne nach knapp einstündigem Anstieg (3:20 Std. ab Subiaco). Oder aber man wählt den rechten Pfad, welcher – ebenfalls steinig – in großen Bögen wesentlich langsamer ansteigt, aber weniger schön ist (bis Jenne ca. 3:45 Std.).

Wichtige Hinweise

Dauer: rund 3:30 Std.
Wegbeschaffenheit: Fahr- und Treppenwege bis zu den Klöstern; bequemer Fahrweg im Tal des Aniene; steinige Pfade beim Aufstieg nach Jenne.
Anstiege: Subiaco – Kloster S. Benedetto ca. 200 m; Anienetal – Jenne ca. 300 m.
Schwierigkeitsgrad: Aufstieg nach Jenne anstrengend, sonst leicht zu gehender Weg.
Orientierung: einfach.
Hotels und Restaurants in Subiaco und Jenne (vgl. S. 195).
Busverbindung Jenne – Subiaco.

Am Wege

Subiaco und **Klöster von Subiaco,** vgl. S. 132 ff.
Ruinen einer Nero-Villa, vgl. S. 131
Jenne, kleiner Ort über dem Anienetal (834 m ü. M.), mit *Burgruine* (das Kastell ließ ein Abt von Subiaco im 11. Jh. erbauen), *Kirchlein Madonna della Rocca* (frühere Burgkapelle, im 15./16. Jh. erneuert; Fresken des 13./14. Jh.), *Pfarrkirche S. Andrea* (im 19. Jh. erneuert; in der ersten Kapelle rechts hölzernes Kruzifix des 16. Jh.).

5. Tag
Zur Stadt der Heilquellen

Von Jenne nach Fiuggi

Ein Weg durch einsame Täler und schöne Berglandschaft, pointiert durch zwei Vorposten der ›Zivilisation‹: den modernen Ferienort Altipiani di Arcinazzo, in dem zu Geld gekommene römische Bürger ihre einfältigen architektonischen Träume vom Haus in den Bergen verwirklichen; das Thermalbad Fiuggi, mit reizvoller Altstadt und großer, weniger reizvoller Hotel- und Bäderstadt des 20. Jahrhunderts. Zwischen den Orten völlige Einsamkeit; nur ein einziges Haus, wenn ich mich recht erinnere, liegt am Wege außerhalb der Ansiedlungen. Schöner – wenn auch für die Waden anstrengender – Abstieg von Jenne ins Aniene-Tal auf steinigem Pfad; eine idyllische Strecke in der Aniene-Schlucht; anstrengender Aufstieg zu den Altipiani, mit Blicken auf die Gipfel des Apennin und den malerischen Ort Trevi nel Lazio. Man passiert die tristen Siedlungen von Altipiani di Arcinazzo, gelangt bald wieder in ruhige Täler. Abstieg an großen Ginsterhängen nach Fiuggi.

Wegbeschreibung

Von der Piazza in Jenne geht man vor dem Portal der Kirche S. Andrea in ein abwärts führendes Sträßchen (Via IV Novembre), biegt von diesem nach 200 Metern, unmittelbar hinter einem Parkplatz, in einen nach links abwärts führenden Weg. Auf diesem steinigen Eselspfad in Serpentinen hinab, an einem Brunnen vorbei. Nach 15 Minuten ein Querpfad, man geht nach links, weiter abwärts. Schöner Blick in die Schlucht des Aniene. Eindrucksvolle karge Landschaft; von unten ist das Rauschen des Flusses zu hören. Nach 25 Minuten zweigt hinter einer scharfen Rechtskurve des Weges ein Pfad nach links

85

ab, zunächst über Felsgestein; man folgt diesem Pfad. Weiter in Bögen hinab bis zur Talsohle (40 min). Auf breitem bequemem Weg nach links.

Man wandert, immer auf der gleichen Seite des Flusses bleibend, flußaufwärts, erreicht nach 1:20 Stunden die Asphaltstraße Jenne – Trevi. Man biegt nach rechts, überquert eine Brücke, wendet sich hinter der Brücke nach rechts in einen in Kurven steil ansteigenden Weg. Bei einer Gabelung folgt man dem linken, breiteren Weg. Bei einer weiteren Gabelung wiederum nach links auf dem weiter ansteigenden Weg. Bei einer dritten Gabelung (nach 2 Std.) geht man rechts; die Steigung des Weges läßt nach; man genießt schöne Blicke auf die mit Laubwald bedeckten Hänge der näheren Umgebung und auf den Ort Trevi vor dem Hintergrund des Apennin. Eine weitere Gabelung (2:05 Std.); man hält sich links, überquert einen Bach. Noch ein kleiner Anstieg bis zum höchsten Punkt des Weges (2:10 Std.). Der moderne Ferienort Altipiani di Arcinazzo wird sichtbar. Bald darauf ein Asphaltsträßchen; man wendet sich auf diesem nach rechts abwärts und gelangt zur Hauptstraße. Nach links gehend, erreicht man in fünf Minuten das Zentrum von Altipiani (2:25 Std.).

Weiter auf der Straße in Richtung Fiuggi. Knapp 15 Minuten nach dem Ortszentrum biegen in einer Linkskurve der Straße zwei Fahrwege nach rechts ab; man nimmt den zweiten dieser Fahrwege, welcher in südlicher Richtung auf den Berg Retafani zuführt. (An dieser Stelle links ein Schild: ›Retafani. Commune di Piglio‹). Man gelangt zu einem Querweg (Via Luigi Rossa), geht auf diesem nach links. 150 Meter weiter wendet man sich zwischen Neubauten in einen schräg nach rechts ansteigenden Fahrweg. Dieser beschreibt gleich darauf eine Rechtskurve: man geht hier auf schmalerem Pfad geradeaus weiter. Bei einer Gabelung links; bald darauf ein Querweg, auf dem man sich zwischen weiteren Neubauten rechts hält. Dieser Fahrweg steigt etwas an, senkt sich dann, beschreibt eine Linkskurve. In der Linkskurve biegt man in einen nach rechts abzweigenden Weg (2:45 Std.)

(Da im ersten Teil des Weges die kleineren Pfade durch neue Baumaßnahmen verschwinden können, gebe ich für diesen Fall noch eine ›sichere‹ Variante an: Man folgt der Straße Richtung Fiuggi noch ein Stück weiter als oben beschrieben, biegt dann in den nächsten nach rechts abzweigenden Fahrweg. Auf diesem bis zur oben beschriebenen Linkskurve, in der man nach rechts abbiegt.)

Man umgeht auf bald schmaler werdendem, meist leicht ansteigenden Weg den Monte Retafani, wandert auf dessen Südseite oberhalb von Feldern und Weiden entlang, erreicht – den Berg zwischen Waldrand und Feldern umrundend – einen Fahrweg, auf dem man sich nach links wendet (3:10 Std.). Nach wenigen Metern auf diesem Fahrweg eine Gabelung; man geht rechts, sieht vor sich auf einer Bergkuppe einen Elektrizitätsmast.

Wenig später in Kurven hinab in ein kleines Tal (3:25 Std.); Weg wendet sich dann, stärker bewachsen, nach links; kurz darauf eine Gabelung (leicht zu übersehen, da die Wege sehr zugewachsen sind), man nimmt den geradeaus führenden (linken) Weg. Gleich darauf kommt ein Weg von links; man geht weiter geradeaus, durchschreitet ein Gatter, gelangt zu einer weiteren Gabelung, geht hier rechts. Unter einer Elektrizitätsleitung hindurch; man erreicht eine Anhöhe oberhalb eines weiteren Tales, weite Blicke. Rechts ein bewaldeter Berg, über den die Elektrizitätsleitung hinwegführt.

Wenige Meter nach der Elektrizitätsleitung steigt man nach rechts über Weiden querfeldein in das Bachtal hinab. Man findet, talabwärts gehend, etwas oberhalb des Baches, auf seiner linken Seite, einen Pfad. Bei einer Gabelung geht man rechts, überquert den Bach, geht auf seiner rechten Seite über eine Wiese weiter talwärts. Am Ende der Wiese biegt man nach links, gleich darauf eine Gabelung; man geht links, überquert neuerlich den Bach,

◁ *In einem latinischen Bergstädtchen*

wendet sich dann nach rechts, geht auf der linken Seite des Baches auf schmalem Pfad abwärts. Man erreicht ein Gatter, danach einen breiteren Weg, auf dem man weiter in östlicher Richtung wandert (4 Std.).

Unterhalb von Fiuggi bei einer Brücke ein Asphaltsträßchen; man geht rechts (4:30 Std.). Kurz darauf bei einer weiteren Brücke ein Brunnen (Trinkwasser). Man steigt relativ steil an bis zur Altstadt von Fiuggi (4:45 Std.).

Wichtige Hinweise

Dauer: 4:45 Std.
Wegbeschaffenheit: ab Jenne steiler, steiniger Pfad ins Tal; breite Wege im Aniene-Tal und beim Aufstieg nach Altipiani; Fahrwege, schmale Pfade, kurze Stücke querfeldein zwischen Altipiani und Fiuggi.
Anstiege: Aniene-Tal – Altipiani knapp 300 m.
Schwierigkeitsgrad: anstrengende Wanderung.
Orientierung: bis Altipiani einfach, ab Altipiani schwierig.

Hotels und Restaurants in Altipiani und Fiuggi (vgl. S. 195)

Am Wege

Altipiani di Arcinazzo, Hochfläche am Rand der Monti Ernici, in den letzten Jahrzehnten mit zahlreichen Ferienhäusern bebaut. In der Nähe der Ortschaft sind Reste einer römischen Thermenanlage und einer großen Villa ausgegraben worden – die Gegend diente also schon den alten Römern als Sommerfrische.

Fiuggi, einer der bedeutendsten Thermalorte Italiens. Mittelalterlicher Ortskern. Die medizinische Verwendung des Fiuggi-Wassers (vor allem zur Heilung von Nierenleiden und Gicht) ist seit dem 11. Jahrhundert dokumentiert; es wurde in zahlreiche Länder exportiert. Erst zu Beginn des 20. Jahrhunderts entwickelte sich ein Kurbetrieb am Ort selbst; es entstand der Stadtteil Fiuggi Fonte, mit zahlreichen Hotels (Kapazität von 12000 Betten). Kurbetrieb im wesentlichen von Juli bis September.

6. Tag
Latinische Akropolis
Von Fiuggi nach Alatri

Die Akropolis von Alatri, besterhaltenes und schönstes Beispiel italienischen Zyklopenmauerwerks, thront über einem mittelalterlichen Städtchen. Von ihrer Höhe blickt man auf das großartige Panorama der Bergzüge des Apennin, aber auch auf das dicht bebaute Tal des Sacco, in dem sich in den letzten Jahrzehnten eine ungeregelte Bauwut ausgetobt hat (wie in vielen Gegenden Italiens) – ein verständliches, aber unerfreuliches Phänomen (vgl. S. 196f.).

Alatri, am Rand des Sacco-Tals gelegen, ist heute von modernen Häusern umgeben. Nach langen Wegen in einsamen Gegenden endet die Wanderung durch die latinischen Berge in der italienischen Gegenwart, zu der die Zersiedelung der Landschaft nicht weniger gehört als die großen Kunstwerke.

Von Fiuggi aus bewegt man sich allerdings zunächst wiederum in schöner Berglandschaft, wandert auf bequemem Panoramaweg zum abgelegenen Torre Cajetani, einstmals Sitz einer Papstfamilie, heute winziges Landstädchen. Weiter durch mehrere kleine Täler, immer mit schönen Blicken aufs Gebirge. Etwa eine Stunde vor Alatri wird die Besiedlung etwas dichter; noch einmal durchwandert man eine einsame Schlucht, findet sich dann im belebten und bebauten Gebiet unterhalb der Stadt. Es empfiehlt sich, die letzten anderthalb Kilometer mit dem Bus zurückzulegen.

Wegbeschreibung

Von Fiuggi aus auf einem Sträßchen zum Marienstandbild (›La Madonnina‹) im Osten oberhalb des Ortes (Wegweiser) (25 min). Man biegt vor dem Monument auf einen Weg nach rechts (Wegweiser: ›Ristorante-Bar-Specialità alla Griglia‹). Bei einer Gabelung gleich darauf nach links aufwärts. Wenig später eine Kreuzung (links das Restaurant); man biegt nach rechts. Auf schönem, bequemem Fahrweg mit Blicken zum Apennin und zum See von Canterno erreicht man Torre Cajetani (1:20 Std.).

Von der Piazza del Commune in Torre Cajetani (nördlich unterhalb der Burg gelegen) geht man in nordöstlicher Richtung auf einer Straße rechts an der Bar vorbei, biegt nach wenigen Metern nach rechts in den abwärts führenden Treppenweg Via Vittorio Emanuele, steigt auf diesem hinab, gelangt am Ortsrand auf einen Querweg, auf dem man sich links hält und in das nördlich des Ortes gelegene Tal absteigt.

Man überquert einen Bach, wandert an der linken Seite des Baches talabwärts. Der Weg beschreibt nach einiger Zeit eine Linkskurve, führt steiler abwärts; kurz darauf, bei einem Steinbruch, biegt man nach rechts in ein abwärts führendes asphaltiertes Sträßchen (1:40 Std.). Diesem folgt man für knapp zehn Minuten, bis in einer Rechtskurve des Sträßchens ein Weg nach links abzweigt. Man geht auf diesem Weg, der sich nach wenigen Minuten zu einem Pfad zwischen Hecken verengt, überquert einen Bach, geht auf der linken Seite des Baches talwärts, gelangt – bald wieder auf breiterem Fahrweg – zur Straße Fiuggi – Alatri (2:05 Std.).

Man biegt auf dieser nach links, wendet sich nach knapp zehn Minuten nach rechts in einen abwärts führenden Fahrweg (bei km 20,1; kurz vor einer Linkskurve der Straße). Gut fünf Minuten auf diesem Weg, dann – kurz vor einem Neubau – nach rechts in einen bewachsenen Weg, der zwischen Hecken weiterführt. Auf diesem Weg talwärts. Bei einigen Häusern (2:35 Std.) wird der Weg asphaltiert. Bei einem Querweg geht man rechts, wenig später bei einer Abzweigung geradeaus. Die Asphaltierung endet wieder. Bei einer Kreuzung geradeaus, zu einer Straße (2:55 Std.); man geht hier rechts, biegt nach 30 Metern von der Straße nach links ab in ein kleineres Sträßchen. An einigen Häusern vorbei, an zwei aufeinanderfolgenden Gabelungen jeweils rechts. Oberhalb eines Baches auf schmalen Pfaden durch eine kleine Schlucht.

Am Ausgang des Tales trifft man auf einen Fahrweg (3:20 Std.), geht rechts. Bei einer Gabelung nach einigen Minuten rechts halten, bei einer zweiten Gabelung links. Man gelangt unterhalb von Alatri bei einer Bar und Bushaltestelle zur Straße Fiuggi – Alatri (3:45 Std.). Anstieg nach Alatri auf der Straße (20 min; wenig interessant) oder Fahrt mit einem der häufig verkehrenden Busse.

Wichtige Hinweise

Dauer: knapp 4 Std.

Wegbeschaffenheit: Fahrwege; ca. 2 km auf Asphaltsträßchen; für einige 100 m schmale Pfade.

Anstiege: ca. 150 m.

Schwierigkeitsgrad: mittelschwer.

Orientierung: mittelschwer.

Hotels in Alatri (vgl. S. 195); Restaurant, Bars, Lebensmittelgeschäfte auch in Torre Cajetani.

Rückfahrt von Alatri nach Rom: mit Bus bis Frosinone, von dort mit Bahn. Häufige Verbindungen. Fahrzeit ca. 1:30 Std.

Am Wege

Torre Cajetani, Ortschaft in schöner Lage (Farbt. 6), mit Burg, welche 1296 von dem Papst Bonifaz VIII. erworben wurde. Der Name des Ortes leitet sich von dem Familiennamen des Papstes (Caetani) ab.

Alatri, kleine Stadt mit reicher Vergangenheit und interessanten Kunstdenkmälern. Die Gründung des Ortes wird von der Überliefe-

rung bis in vorgeschichtliche Zeiten zurückgeführt. Bedeutendes Zentrum des Volks der Herniker, welche die – hervorragend erhaltene – *Akropolis* aus polygonalen Mauern bauten (vermutlich 4. Jh. v. Chr.).

Ferdinand Gregorovius schrieb über dieses Bauwerk: »Ein erstaunliches Denkmal..., ohnegleichen unter allen Städten Latiums, so daß ein so wunderbares, ägyptischen Bauten völlig zu vergleichendes Werk gesehen zu haben eine tagelange mühevolle Reise belohnt... Als ich diese schwarzen titanischen Steingefüge sah und umschritt, welche so wohlerhalten sind, als zählten sie nicht Jahrtausende, sondern nur Jahre, wurde ich zu weit größerer Bewunderung menschlicher Kraft hingerissen, als mir der Anblick des Kolosseums in Rom eingeflößt hatte.«

Von ehemals fünf Toren der Akropolis sind zwei noch im Originalzustand: die Porta Areopago (mit großem Monolithen) und die Porta Minore oder Porta dei Falli (so genannt nach Phallussymbolen, welche sich – kaum noch erkennbar – am Architrav befinden). Im Innern der Akropolis befand sich einstmals ein Tempel; an seiner Stelle heute Dom und Bischofssitz.

Mittelalterliche *Altstadt* mit der romanischen *Kirche S. Maria Maggiore* (12./13. Jh.; Fassade in gotischer Zeit verändert). In der ersten Kapelle links romanisches Weihwasserbecken; bemalte Holzskulptur der Madonna mit dem Kind (Ende 15. Jh.) sowie – besonders schön – die *Madonna von Konstantinopel,* Holzfigur des 12./13. Jh., umgeben von sehr lebendigen, mit anmutiger Naivität geschaffenen Reliefs der biblischen Geschichten. Bemerkenswert u. a. die Verkündigung an die Hirten, die drei Szenen der Weisen aus dem Morgenland (welche aufgereiht anreiten, ihre Gaben darbringen, dann im Traum von einem Engel mit gewaltigen Flügeln belehrt werden), das ruhige Bauerngesicht des Joseph in der Flucht nach Ägypten. Die bewegten Reliefs kontrastieren mit der strengen Haltung der Madonna. Madonna und biblische Geschichten wurden von zwei verschiedenen – unbekannten – Künstlern geschaffen.

Hotels (von Palestrina nach Alatri)

Telefonische Vorwahl 06 (Provinz Rom), soweit nicht anders angegeben.

00036 Palestrina
Stella (3), ✆ 9551872
Locanda La Pescara, ✆ 9558857
00030 S. Vito Romano
Ai Pini (3), ✆ 9543019
private Zimmervermietung:
Trattoria dal Mago, ✆ 9543031 (nur ein Zimmer)
00035 Olevano Romano
Il Cardinale (2), ✆ 9564051
Locanda Il Boschetto, ✆ 9564025
Locanda Roma, ✆ 9564042
00030 Roiate
Pensione Mafalda (P 3), ✆ 9569013
00021 Affile
Locanda Da Gina, ✆ 0774/88033
00028 Subiaco
Belvedere (3), ✆ 0774/85531
Roma (3), ✆ 0774/85239
Locanda Aniene, ✆ 0774/85565
Locanda La Rusticana, ✆ 0774/85484
00020 Jenne
Locanda Alto Aniene, ✆ 0774/87057
00020 Altipiani di Arcinazzo
Pensione Villa Bianca Maria (P 2), ✆ 0775/59130
Pensione La Quiete (P 3), ✆ 0775/59149
03014 Fiuggi
ca. 250 Hotels aller Kategorien in Fiuggi und (vor allem) in Fiuggi Fonte. Vorbestellung nicht erforderlich, da die Hotels, wenn überhaupt, allenfalls im Hochsommer voll belegt sind.
03011 Alatri
Aletrium (2), Via Stazione 273, ✆ 0775/440005
La Rosetta (4), Via Duomo 31, ✆ 0775/450068
Saturno, Via La Stazza S. S. 155, ✆ 0775/440297 (außerhalb des Ortes)

Die Zahl in Klammern hinter dem Hotelnamen bezeichnet die Kategorie.

Die Wanderungen dieses Buches führen in ›Traumwelten‹. Wo immer wir konnten, haben wir die Asphaltstraßen vermieden, den Autoverkehr, die Neubauviertel, die zersiedelten Landschaften, die Fabriken. Wir sind auf Maultierpfaden durch einsame Schluchten gewandert, auf Feldwegen über die toskanischen Hügel, auf den Spuren der Schafherden durch die Vorberge des Apennin. Wir haben an vielen Orten vergessen können, in welchem Jahrhundert wir leben: Manche Plätze haben wir noch so sehen können, wie die Wanderer des 18. und 19. Jahrhunderts sie sahen; an anderen schien man der Zeit gänzlich entrückt.

Die letzte Wanderung führt – an ihrem Schluß – fast brutal zurück in die Gegenwart: in das zersiedelte Gebiet des Sacco-Tals bei Alatri und Frosinone, in eine Gegend, welche seit den sechziger Jahren in raschem Tempo industrialisiert worden ist, mit allen Folgeerscheinungen eines unkontrollierten und ungeplanten Wachstums. Die jahrtausendealten Ortszentren von Alatri, Anagni, Ferentino, Palestrina, die zahlreichen malerischen Dörfer stehen fast unversehrt wie Inseln in diesem Meer des schlechten Geschmacks und der Häßlichkeit. Und solche Inseln sind in gewisser Weise auch unsere Wanderwege; manche von ihnen werden vermutlich im Lauf der Zeit der Erosion der landschaftlichen Schönheit zum Opfer fallen.

Nun kann der Gesichtspunkt des Wanderers gewiß nicht ausschlaggebend sein für die Beurteilung von Veränderungen der Natur. Aber die Landschaftszerstörung, vor allem durch eine ungezügelte Bautätigkeit, ist in Italien – von jedem Wanderinteresse abgesehen – seit geraumer Zeit Thema der öffentlichen Auseinandersetzung.

Seit vielen Jahren ist in Italien vorwiegend ›wild‹ gebaut worden. Nach einer Schätzung der Zeitschrift ›Mondo economico‹ wurden 61 % aller zwischen 1972 und 1981 erbauten Häuser ohne Genehmigung errichtet, insgesamt fast drei Millionen Wohnungen. Mittlerweile sind diese Bauten durch ein Amnestiegesetz nachträglich legalisiert worden; man konnte sie ja nicht mehr gut alle abreißen lassen.

Vom Standpunkt der einzelnen Bauherren war das ungesetzliche Bauen logisch. Bebauungspläne existierten in den wenigsten Gemeinden; ohnehin hielt sich niemand daran. Die Wohnverhältnisse waren vielfach beengt, häufig – in den mittelalterlichen Ortszentren – auch ungesund. Sobald der ökonomische Boom der sechziger Jahre die Möglichkeit dazu gab, bauten die Familien daher neue Häuser, meist außerhalb der alten Orte. Da es keine Kontrolle gab, baute man, wo man wollte – oft dort, wo man ohnehin Land besaß.

Neben den kleinen Bauherren nutzten auch die großen Bauunternehmen die ungeregelte Situation. Sie haben insbesondere die Küsten des Landes zementiert. »Eine Betonsintflut«, schreibt der Journalist Antonio Cederna (einer der großen Kämpfer gegen die Zerstörung des Natur Italiens), »droht für immer jede physische, natürliche, kulturelle Identität unseres Landes auszulöschen.« Drei Millionen Hektar landwirtschaftlichen Gebiets (ein Zehntel der Oberfläche Italiens) wurden seit 1955 verbaut; der Zementverbrauch des Landes (pro Kopf der Bevölkerung gerechnet) ist der höchste der Welt; aus Steinbrüchen und Flußbetten werden ungeheure Mengen Baumaterials entnommen; gerade dreißig Geologen – in einem einsturzgefährdeten

Palazzo in Rom untergebracht – sind beim Staat beschäftigt, um die für eine vernünftige Landschaftsplanung unerläßlichen Informationen zusammenzutragen (in Frankreich, um einen Vergleich zu geben, beschäftigt der staatliche geologische Dienst die dreißigfache Anzahl von Fachleuten).

Ein trauriges Bild. Und doch sind in letzter Zeit die Gegenkräfte stärker geworden, wächst das Engagement für den Schutz der Natur und der Landschaft auch in Italien. Zeichen dafür sind nicht nur das wachsende Interesse der Öffentlichkeit, die Aktivität auflagenstarker Zeitungen und Zeitschriften (wie z. B. ›Repubblica‹ und ›Airone‹). Auch auf der Ebene der politischen Entscheidungen sind, allen Widerständen zum Trotz, in diesem Sinn positive Entschlüsse gefällt worden. Der ›wilden‹ Bautätigkeit soll mit dem Amnestiegesetz von 1985 ein Riegel vorgeschoben werden; alle seit 1983 illegal errichteten Bauten erhalten keine nachträgliche Genehmigung mehr. Bedeutsam ist ein ebenfalls 1985 verabschiedetes Gesetz, welches etwa 20 % der Oberfläche des Landes unter besonderen Schutz stellt, darunter alle Küsten- und Seeufer, Feuchtgebiete, Wälder, Vulkane, Berggebiete über 1200 Meter Höhe (in den Alpen über 1600 m), alle Zonen von archäologischem Interesse. In diesen Gebieten bedarf vorerst jede Landschaftsveränderung einer Genehmigung der Kultur- und Naturschutzbehörden. Einige Regionen (den deutschen Ländern vergleichbar) widersetzen sich dieser Regelung – welche ihre Autonomie einschränkt – sehr heftig; der Kampf ist nicht ausgestanden; und wer Italien kennt, weiß, daß hier ohnehin fast jedes Gesetz auf die eine oder andere Weise umgangen werden kann. Aber das Gesetz bedeutet doch einen Schritt in Richtung auf einen Schutz der einzigartigen Landschaft Italiens.

In den Trend wachsenden Umwelt- und Naturbewußtseins paßt auch, daß das Wandern – lange Zeit in Italien höchst unüblich – allmählich mehr in Mode kommt. Immer häufiger werden Wanderwege markiert; Gemeinden und Regionen entwikkeln gelegentlich schon Wanderprogramme; Zeitschriften bringen entsprechende Berichte. So ungern mancher Wanderer, der einsame Wege sucht, es sieht, wenn ihm andere begegnen: Ein größeres Interesse am Wandern ist vermutlich der einzige Weg, die oft jahrhundertealten Pfade vor dem Verschwinden zu retten, welche einstmals die Dörfer miteinander verbanden. Ihrer praktischen Funktion sind sie unwiderruflich beraubt; wir erleben sie als ›Kunstwerke‹, im ästhetischen Genuß. Nur als Kunstwerke können sie bestehen bleiben. Unter diesem Gesichtspunkt wäre sogar an eine ›Archäologie der Pfade‹ zu denken, an das Freilegen jener alten Wege, welche noch vor dreißig Jahren in Gebrauch – heute unter dornigem Gesträuch verborgen liegen. François und Claude Morenas haben diese Arbeit in der Provence beispielhaft – und mit großem Erfolg – durchgeführt. In der Toscana und in Latium ist wohl daran vorerst nicht zu denken; hoffen wir immerhin, daß die noch bestehenden Wege möglichst lange erhalten bleiben und daß die Landschaften, durch die sie führen, ihre ungewöhnliche Schönheit bewahren.

Von verschiedenen Seiten habe ich beim Schreiben dieses Buches Unterstützung erfahren. Georg Henke hat die Wanderung in den Lepinischen Bergen von Carpineto Romano nach Norma erkundet, zu verschiedenen anderen Wanderungen hilfreiche Ratschläge gegeben sowie zahlreiche Wegbeschreibungen ›getestet‹. Dr. Hugbert Flitner und Prof. Dr. Gerhard Bott verdanke ich Hinweise und Empfehlungen zu den Wanderungen zwischen Palestrina und Subiaco.

Durch Joachim Deumlings ›Wander- und Reiseführer Toskana‹ (Nelles Verlag) wurde ich auf die Wanderung Fiesole – Settignano – Compiobbi aufmerksam. Das Kartenmaterial des Club Alpino Italiano diente als Anregung für die Wanderungen ›Im florentinischen Hügelland‹, ›Über dem Tal des Arno‹ und eines Teilstücks zwischen San Donato und San Polo (›Panoramaweg des Chianti‹). Aus Stefano Ardito (ed.), A piedi nel Lazio, vol. I (ed. Iter, Rom) entnahm ich das Teilstück Tivoli – S. Polo de' Cavalieri von ›Im Hügelland bei Tivoli‹. Die mehrtägige Wanderung ›Im Süden der Toscana‹ wurde, mit einigen Variationen gegenüber der von mir vorgeschlagenen Streckenführung, erstmalig von Stefano Ardito und Roberto Sigismondi in der Zeitschrift ›Airone‹ (Nr. 29, September 1983) beschrieben.

Für die Hinweise zu den Kunstwerken am Wege waren mir die beiden Bände ›Toscana‹ und ›Lazio‹ der vom Touring Club Italiano herausgegebenen Reihe ›Guida d'Italia‹ besonders dienlich. Daneben möchte ich unter der benutzten Literatur vor allem Eckart Peterichs Führer ›Italien‹ (Prestel Verlag), hier vor allem Band II, sowie Hans Kühners ›Latium‹ (Walter Verlag) erwähnen.

Abbildungsnachweis

Bavaria-Verlag, Bildagentur (M. Pedone), Gauting bei München Farbt. 13

Erich Faßbender, Mainz Abb. S. 11, 46/47, 54, 60/61, 68, 74/75, 77, 85

Georg Henke, Bremen Umschlagklappe vorn, Farbt. 3, 5, 6, 7, 9, 10, 11, 14; Abb. S. 23, 72, 74, 89, 120/21, 124/25, 139, 144, 145, 150, 157, 173, 191

Joachim Kinkelin, Worms Farbt. 4

Wulf Ligges, Flaurling Umschlagvorderseite, Umschlagrückseite, Farbt. 1, 2, 8; Abb. S. 25, 72, 95

Leonard von Matt, Buochs Abb. S. 168

Werner Neumeister, München Abb. S. 16, 29

Hans-Georg Schumacher, Bremen Farbt. 12

Werner Stuhler, Hergensweiler Abb. S. 1, 2, 17, 21, 26, 34, 36, 42/43, 50, 65, 67, 80, 94, 115, 130, 131, 133, 164, 183, 184

Karten in den Umschlagklappen und auf den Seiten 63, 70, 177 und 188/89: Gerda Rebensburg, Köln

Alle anderen Karten: DuMont Buchverlag (Heinz-Josef Schmitz), Köln

Raum für Reisenotizen

Geschichtlich – kunstgeschichtlicher Überblick

Toscana

Der Name ›Toscana‹ rührt von der lateinischen Bezeichnung der *Etrusker:* ›Tusci‹ her (gebräuchlich war auch das Wort ›Etrusci‹) – und mit den Etruskern tritt die Toscana in das Licht der Geschichte. Zwar sind viele Gebiete dieser Region schon Jahrtausende zuvor besiedelt gewesen. Die ältesten Werkzeug- und Knochenfunde stammen aus der Altsteinzeit; aus der Jungsteinzeit und der sogenannten Villanova-Kultur (9.–8. Jh. v. Chr.) hat man Metallwerkzeuge, Keramik und Urnen gefunden. Doch mit den Etruskern bildet sich in der heutigen Toscana – wie in ganz Mittelitalien – erstmalig eine Hochkultur aus. Aus den ländlichen Ansiedlungen der Steinzeit-Bauern und -Hirten werden Städte; Handwerk und Landwirtschaft nehmen einen großen Aufschwung, Handel und Industrie entwickeln sich; Religion, Politik und Kunst erreichen eine bis dahin unbekannte Differenziertheit.

Die Etrusker gelten als ›geheimnisvolles‹ Volk. Ihr ›Geheimnis‹ liegt vor allem darin begründet, daß aus ihrer Kultur wenig Schriftzeugnisse erhalten sind. Unsere Kenntnis der Etrusker beruht vorwiegend auf Grabfunden, darüber hinaus auf den Berichten einiger – nicht unbedingt zuverlässiger – griechischer und römischer Autoren. Was über Kultur, Religion, Wirtschaft, Politik der Etrusker heute angenommen wird, ist also ›detektivisch‹ aus ›Beweisstücken‹ und ›Zeugenaussagen‹ gefolgert; es resultiert nicht aus einem direkten Zeugnis der Etrusker selbst.

Die etruskische Kultur beginnt im 8. Jahrhundert v. Chr. (Neuerdings ist allerdings die Hypothese vorgetragen worden, sie sei unter Umständen erheblich älter.) Die bedeutenden etruskischen Städte, der Überlieferung nach in einem Zwölf-Städte-Bund zusammengeschlossen (wobei jede Stadt unter einem eigenen König unabhängig war), lagen im Gebiet zwischen Arno, Tiber und Tyrrhenischem Meer – im wesentlichen im heutigen Latium und der heutigen Toscana. Etruskische Könige beherrschten bis ins 6. Jahrhundert die Stadt Rom. In der Toscana bildeten sich u. a. die Stadtstaaten Fiesole, Arezzo, Chiusi, Volterra, Populonia, Vetulonia und Roselle.

Im 6. und 5. Jahrhundert erreichen die Etrusker die Macht über weite Gebiete Italiens – vom Po bis zum Gebiet nördlich von Neapel. Die Kunst jener Zeit, formal durch griechische und orientalische Einflüsse geprägt, drückt zumeist Heiterkeit und Lebensfreude aus. Die etruskische Aristokratie scheint die sinnlichen und ästhetischen Seiten des Lebens hoch geschätzt zu haben.

Ab dem 4. Jahrhundert beginnt die allmähliche Unterwerfung des etruskischen Territoriums durch die Römer. Die etruskischen Städte behalten eine begrenzte Selbstverwaltung unter der römischen Herrschaft. Die etruskische Kultur besteht weiter; aber sie ist, zumindest in der Kunst, nicht mehr durch die ›Unbeschwertheit‹ der frühen Jahrhunderte gekennzeichnet. Doch auch in dieser Spätzeit entstehen gelegentlich noch große Kunstwerke von vollendeter Eleganz, wie z. B. die berühmte Skulptur des ›Abendschatten‹ in Volterra.

Die Römer haben vieles von den Etruskern übernommen (so wie diese ihrerseits durch die Griechen beeinflußt worden sind): religiöse Vorstellungen und Praktiken, Techniken (Metallverarbeitung, Bewässerungstechnik, Gewölbebau), ästhetische Vorlieben (die Porträtkunst). Möglicherweise haben die Römer die Erinnerung an ihre großen Vorgänger systematisch gelöscht: Die etruskischen Schriftzeugnisse sind, wie gesagt, fast ausnahmslos verschwunden; die römische Geschichtsschreibung erwähnt die Etrusker nur am Rande.

Um die Zeitenwende erlischt die etruskische Kultur. Von nun an finden wir im einstigen Gebiet der Etrusker nur noch die Kultur des römischen Kaiserreichs.

Die bedeutendsten etruskischen Ausgrabungsstätten finden wir heute in Latium und in der südlichen Toscana (vgl. Übersicht S. 204ff.). Unter den toskanischen Museen weisen insbesondere das Ärchäologische Museum in Florenz und das Museum Guarnacci in Volterra bedeutende Funde auf. Die in diesem Buch beschriebenen Wanderungen führen in der Toscana zu drei etruskischen Stätten: nach Fiesole mit den Resten eines Tempels und der Stadtmauer (S. 14ff.), zum Hügelgrab Monte Calvario bei Castellina in Chianti (S. 40ff.), zur Nekropole von Sovana, einer der vielfältigsten und schönsten Gräberstädte Etruriens (S. 87ff.).

In *römischer Zeit* hat die Toscana nur eine geringe Bedeutung. Sie ist eine Region, die auf die Politik und Kultur des römischen Reichs keinen eigenständigen Einfluß ausübt. Unterhalb des seit altersher bedeutenden Fiesole wird am Übergang der Via Cassia über den Arno Florenz gegründet; die älteren, schon von den Etruskern bewohnten Städte (Volterra, Pisa, Lucca, Arezzo, Cortona, Siena, Chiusi u. a.) leben als Provinzstädte fort. Wir finden heute in der Toscana nur wenig Überreste aus römischer Zeit; zu den bedeutendsten gehören die Ausgrabungen von Fiesole (vgl. S. 14ff.).

Spätantike und *Völkerwanderungszeit* bedeuten für die Toscana zunächst einen Niedergang. Die Römerstädte verfallen. Nacheinander herrschen die Ost- und Westgoten, die Byzantiner, schließlich für zwei Jahrhunderte die *Langobarden.* Unter diesen erleben Lucca und Pisa einen gewissen Aufschwung; Kirchen und Klöster entstehen. Von der Kunst der Langobarden ist im wesentlichen nur die mysteriöse Flechtbandornamentik behauener Steine auf uns gekommen. (Beispiele finden wir auf unseren Wanderungen in Sant'Antimo, S. 55ff., und in Sovana, S. 87ff.; eine besonders schöne Kirche mit langobardischen Spolien ist die Pieve di Cellole, vier Kilometer von San Gimignano entfernt.)

Auf die Langobarden folgt die Herrschaft der Franken (ab 774). In der Toscana breitet sich der *Feudalismus* aus; unter den wechselnden Kaisern und Königen sind die Feudalherren die eigentlichen Machthaber. Jedoch wächst allmählich der Einfluß des städtischen Bürgertums. Die Städte gewinnen – insbesondere ab dem 11. Jahrhundert – an Bedeutung; der Mittelmeerhandel und der Verkehr auf dem bedeutenden Handels- und Pilgerweg ›Via Francigena‹ (Frankenstraße) unterstützen diese Entwicklung. In langen Kämpfen gewinnt das städtische Patriziat die Oberhand über Großgrundbesitzer und Bischöfe; das Zeitalter der Städtefreiheit bahnt sich an.

Eine Vielzahl von *Stadtrepubliken* beherrscht ab dem 12., vor allem im 13. und 14. Jahrhundert die Toscana. (Vgl. zu dieser Periode auch ›Toskanische Städtefreiheit‹, S. 56ff.) Die wichtigsten von ihnen sind zunächst die nahe dem Meer gelegenen Pisa und Lucca. Später verlagert sich der Schwerpunkt ins Binnenland, vor allem nach Florenz und Siena. Neben diesen bedeutenden Städten besteht eine große Anzahl kleinerer selbständiger Orte. Das Bild einer freien Stadt des 13. Jahrhunderts gibt heute am besten San Gimignano (vgl. S. 35ff.,

39ff., Farbt. 4); auch Montalcino (S. 55ff.) vermittelt davon einen Eindruck.

Die kleineren Städte geben im Lauf des 14. Jahrhunderts dem Druck der größeren nach und verlieren allmählich ihre Selbständigkeit. *Florenz* und *Siena* kristallisieren sich als die beiden großen Machtpole der Toscana heraus. Florenz wird zur geistigen Hauptstadt der Frührenaissance. Philosophen, Dichter, Künstler entwickeln hier im 15. Jahrhundert die neuen Ideen, die auf die gesamte Entwicklung der europäischen Neuzeit Einfluß nehmen sollen. Zugleich entsteht – auch das ein genuin ›moderner‹ Zug – ein großes Proletariat, vor allem in der Tuchindustrie; das Ende des 14. Jahrhunderts sieht in Florenz die ersten Arbeiteraufstände der neueren europäischen Geschichte. Siena ist demgegenüber geistig traditioneller, auch stärker religiös geprägt. In der Kunst hält es eher an mittelalterlichen Formen fest. Wirtschaftlich leben Florenz und Siena insbesondere von Bankwesen, Handel und Tuchfabrikation, Siena auch von seinen Bergwerken in den nahegelegenen Colline Metallifere. In Siena hält sich länger die kommunale ›Demokratie‹; Florenz dagegen gerät im frühen 15. Jahrhundert de facto unter die Herrschaft einer Familie: der Medici.

Mit der Konzentration auf die großen Städte verlieren die kleineren Orte und das Land kulturell an Bedeutung. Das Mittelalter hat auf dem Land zahlreiche Kunstwerke hinterlassen, die Renaissance nicht. In den abhängig gewordenen Kleinstädten erlahmt die Bautätigkeit. Auf unseren Wanderungen treffen wir daher zahlreiche mittelalterliche Ortschaften und Kirchen, jedoch nur relativ wenige – und zumeist nicht sehr bedeutende – Renaissance-Kunstwerke (vgl. Überblick S. 205). Die Kunst der Renaissance findet sich in den größeren toskanischen Städten, vor allem in Florenz.

Im Machtkampf zwischen Florenz und Siena behält Florenz die Oberhand (vgl. S. 57). Die *Medici* werden *Großherzöge der Toscana;* sie beherrschen die gesamte Region mit Ausnahme von Lucca. Florenz aber verliert zugleich seine geistige und wirtschaftliche Vormachtstellung in Europa; mit der Entdeckung des Seewegs nach Amerika verlagert sich der Schwerpunkt der wirtschaftlichen Entwicklung zunächst nach Spanien, später in die Niederlande, nach Großbritannien und Frankreich. Auch kulturell-künstlerisch ist Florenz nicht mehr produktiv. Die besitzenden Oberschichten investieren ihr Kapital in die Landwirtschaft; die Formung der toskanischen Landschaft, so wie wir sie heute sehen, ist das Ergebnis dieses Prozesses (vgl. ›Geformte Natur‹, S. 27ff.).

Mit dem Tod des letzten Medici (1737) gerät die Toscana an das Haus Habsburg-Lothringen, bei dem sie – mit dem Zwischenspiel der napoleonischen Besetzung 1799–1814 – bis zur italienischen Einigung 1860 bleibt. Florenz wird für sechs Jahre (1865–71) die Hauptstadt Italiens.

Im letzten Viertel des 19. Jahrhunderts entwickelt sich in der bis dahin fast ausschließlich landwirtschaftlich geprägten Toscana erstmalig in größerem Ausmaß die *Industrie.* Dieser Prozeß setzt sich vor allem während des Ersten Weltkriegs intensiv fort. Der soziale Umwandlungsprozeß führt zu starken Spannungen, zu Bauern- und Arbeiterunruhen. Der Faschismus unterdrückt diese Bewegungen. Die Toscana bleibt jedoch eine ›linke‹ Region, bildet in der Zeit nach 1945 zusammen mit Umbrien und der Emilia-Romagna den ›roten Gürtel‹ Italiens. Nach dem Zweiten Weltkrieg wandelt sich die Toscana wirtschaftlich endgültig vom Agrar- zum Industrieland; heute gehört sie, begünstigt auch durch einen intensiven Tourismus, zu den wohlhabenderen Gebieten Italiens. Kulturell allerdings sind Mailand, Bologna und Rom heute bedeutender als Florenz oder Siena; in dieser Hinsicht zehrt die Toscana vom Ruhm ihrer großen Vergangenheit.

Zeittafel Toscana

Epoche	Politik, Wirtschaft, Kultur
8.–1. Jahrhundert v. Chr.	**Etruskische Kultur** Stadtstaaten Roselle, Vetulonia, Populonia, Chiusi, Cortona, Arezzo, Fiesole, Volterra Landwirtschaft, Metallverarbeitung, Handwerk, Handel
4. Jahrhundert v. Chr.– 5. Jahrhundert n. Chr.	**Römische Verwaltung der Toscana** Etrurien als ›VII. Region‹ (ab Zeitenwende) um 50 v. Chr. Gründung von Florenz
5.–6. Jahrhundert 6.–8. Jahrhundert 8.–12. Jahrhundert	**Westgoten, Ostgoten, Byzantiner** **Langobardenherrschaft** Herrschaft der Klöster und Feudalherren unter nomineller Oberhoheit der **deutschen Kaiser** bzw. der italienischen Könige
12.–14. Jahrhundert	Zeit der **Stadtrepubliken** Allmähliche Erringung der kommunalen Selbständigkeit und Selbstverwaltung Produktivitätsfortschritte in der Landwirtschaft; Entwicklung von Handel, Bankwesen, Industrie (insbes. Tuchindustrie) Soziale Unruhen vor allem im 14. Jh.; 1348 Große Pest Romanische (11.–13. Jh.) und gotische (13./14. Jh.) Bauten Malerei: Cimabue, Giotto (Florenz), Duccio, Simone Martini, Ambrogio und Pietro Lorenzetti (Siena) Skulptur: Nicola und Giovanni Pisano (Pisa, Siena, Pistoia) Das Toskanische wird Literatursprache (Dante, Boccaccio, Petrarca) und somit italienische Hochsprache
15. Jahrhundert	Florenz und Siena als dominierende Mächte Vorherrschaft der Medici in Florenz: Ende der städtischen Demokratie **Frührenaissance:** Florenz als dominierendes kulturelles Zentrum
16. Jahrhundert	Das mit den Habsburgern verbündete Florenz unterwirft Siena. Die Toscana wird zum **Großherzogtum** unter den **Medici.** Niedergang der wirtschaftlichen Aktivität, insbesondere des Handels. Rom wird kulturelles Zentrum Italiens. Die besitzende Klasse von Florenz wendet sich der Landwirtschaft zu; Formung der toskanischen Landschaft
1737–1860	Herrschaft des Hauses **Habsburg-Lothringen** (mit Unterbrechung 1799–1814). Reformen unter Großherzog Pietro Leopoldo: Abschaffung von Folter und Todesstrafe, Gleichheit der Bürger vor dem Gesetz (1765–1790)
1860 1865–1871 1871–1922 1922–1945 Nach 1945	Italienische Einigung. Anschluß der Toscana an das **Königreich Italien.** Florenz Hauptstadt Italiens. Industrielle Aktivitäten in der Toscana. Bauern- und Arbeiterunruhen vor allem nach dem Zweiten Weltkrieg. Faschismus und Zweiter Weltkrieg Entwicklung der Toscana zu einem wirtschaftlich primär durch Industrie geprägten Gebiet; Landreform und Landflucht; Tourismus

Bedeutendste Kunstwerke der Epoche, die heute in der Toscana zu sehen sind	Kunstwerke der Epoche, zu denen die Wanderwege dieses Buches führen
Museen in Florenz (Archäolog. Museum), Cortona, Chiusi, Volterra Tempel in Fiesole Stadtmauern in Fiesole, Cortona, Volterra, Roselle Nekropolen in Sovana, Vetulonia, Populonia; einzelne Gräber bei Cortona, Chiusi, Castellina in Chianti	Tempel und Stadtmauern in Fiesole (S. 17) Grab bei Castellina in Chianti (S. 42) Museum in Asciano (S. 72) Nekropole in Sovana (S. 90ff.)
Tempel, Theater, Thermen in Fiesole Theater in Volterra Ausgrabungsgebiet in Cosa (Ansedonia)	Fiesole (S. 17)
Langobardisches Ziborium in Sovana (Kirche S. Maria) Langobardische Spolien in Pieve di Cellole (bei San Gimignano)	Sovana (S. 93) Sant'Antimo (langobardische Spolien, S. 58ff.)
Stadtanlage, Kirchen, Palazzi, Einzelkunstwerke in Fiesole, Florenz, Prato, Pistoia, Lucca, Pisa, Volterra, S. Gimignano, Siena, Massa Marittima, Montalcino, Sovana, Pitigliano, Cortona, Arezzo Klosterkirchen Sant'Antimo, San Galgano	*Mittelalterliche Orte:* S. Gimignano (S. 36f., 39ff.), Montalcino (S. 56ff.) Sovana (S. 92f.), Pitigliano (S. 95) Panzano (S. 68), Vignoni (S. 78) Asciano (S. 72) *Burgen:* Rocca d'Orcia (S. 80) Castiglione d'Orcia (S. 80) *Romanische und gotische Kirchen:* S. Gimignano, Montalcino, Sovana, Asciano (s.o.), Sant'Antimo (S. 58ff.), San Galgano (S. 51ff.), Fiesole (S. 17), Badia a Coltibuono (S. 49), Pieve di Panzano (S. 68)
Stadtanlage, Bauten, Malerei und Skulptur in Florenz Stadtanlage und Bauten in Pienza, Montepulciano Freskenzyklen in Arezzo (P. della Francesca) und Monte Oliveto Maggiore (L. Signorelli)	Fresken von Luca Signorelli in Monte Oliveto Maggiore (S. 72) Fresken von B. Gozzoli und D. Ghirlandajo in San Gimignano (S. 36f.) Terrakotten von Andrea della Robbia in S. Fiora (S. 84)

Zeittafel Latium

Epoche	Politik, Wirtschaft, Kultur
ab 10. Jahrhundert v. Chr.	Verschiedene **italische Völker** (Sabiner, Herniker, Volsker u. a.) Landwirtschaft und Handwerk Bewässerungsanlagen Hochgelegene Ortschaften, ab 6. Jh. von großen ›Zyklopenmauern‹ geschützt. Stadtstaaten.
ab 8. Jahrhundert v. Chr.	**Etrusker** (im nördlichen Latium) Landwirtschaft, Handwerk, Handel, Industrie (Metallverarbeitung) Stadtstaaten Tarquinia, Cerveteri, Veii, Vulci, Volsinii u. a. **Gründung Roms**
4. Jahrhundert v. Chr.–5. Jahrhundert n. Chr.	Latium unter **römischer Herrschaft** Zunächst wirtschaftliche Prosperität: Handel, Straßenverbindungen, Landwirtschaft. Villen der stadtrömischen Geschlechter In der **Spätantike** Niedergang: Rückgang der landwirtschaftlichen Produktion, Versumpfung, Verfall der Straßen- und Bewässerungsanlagen
5.–10. Jahrhundert	Kämpfe zwischen Goten und Byzantinern Herrschaft von **Langobarden** und **byzantinischen** (oströmischen) **Kaisern** Erste Anfänge des Kirchenstaats Wirtschaftliche Stagnation und politische Desorganisation Entwicklung des Benediktinerordens (ab 6. Jh.)
10.–15. Jahrhundert	Ausbreitung und Konsolidierung des **Kirchenstaats** Kämpfe zwischen Adelsfamilien, Papst und Bevölkerung der Stadt Rom führen zum vorübergehenden Rückzug der Päpste aus Rom (Papstresidenzen Viterbo – 12./13. Jh. – und Avignon 14. Jh.) Die Päpste gewinnen schließlich die unangefochtene Herrschaft über Rom und Latium (15. Jh.). Die bürgerlichen Schichten unterliegen im Machtkampf. Latium bleibt kirchlich-feudal geprägt. Die Ansätze kommunalen Lebens (vor allem in Rom und Viterbo) bilden sich zurück. Entwicklung bedeutender Klöster und Kirchen, vor allem an der Frankenstraße (Via Francigena) nach Rom. Herausbildung der charakteristischen latinischen Ortschaften auf gut zu verteidigenden Anhöhen.
15. Jahrhundert–1870	Latium unter **päpstlicher Herrschaft** Das Gebiet fast ausschließlich landwirtschaftlich geprägt; große Armut der Landbevölkerung. Geringe Entwicklung der Produktionsmethoden. Kulturelle Impulse von Rom aus: Entstehung von Villen und Palästen der römischen Nobilität auf dem Lande. 18./19. Jh.: **Latium als Reiseziel.** Ansiedlung ausländischer Künstler in verschiedenen latinischen Dörfern (z. B. Civitella/Bellegra, Olevano). Latium als Gegenstand der Malerei, Literatur, Geschichtsschreibung (z. B. L. Richter, Ph. Hackert, J. A. Koch; Chateaubriand, Gogol, Byron; Gregorovius, Boissier)
Nach 1870	Latium als Teil des geeinigten **italienischen Staats** Versuche der Landreform und Bonifikation (Trockenlegung der Sumpfgebiete). Nach 1950 Entwicklung von Industrie in einigen Zonen. Die jahrhundertelange Armut verschwindet vor allem nach dem Zweiten Weltkrieg. Latium bleibt aber vorwiegend Agrarregion. Mit dem Beginn des Autotourismus verschwindet Latium (mit Ausnahme Roms) aus der Reihe der vielbesuchten Reiselandschaften.

Bedeutendste Kunstwerke der Epoche, die heute in Latium (außer Rom) zu sehen sind	**Kunstwerke der Epoche, zu denen die Wanderwege dieses Buches führen**
Alatri: Akropolis Norma (Norba): Stadtanlage Zyklopenmauerwerk in Cori	Akropolis in Alatri (S. 194f.) Norma (S. 145) Zyklopenmauern in Palestrina (S. 122)
Nekropolen von Tarquinia, Cerveteri, Norchia, S. Giuliano (bei Barbarano Romano), Castel d'Asso (bei Viterbo) Museum in Tarquinia	Nekropole Norchia (S. 164f.) Nekropole S. Giuliano (S. 154) Museum Barbarano Romano (S. 154)
Tivoli: Villa Adriana, Sibyllentempel Ostia, Ausgrabungsgelände Palestrina: Fortuna-Tempel und Museo Barberini Sperlonga: Museum, Tiberiusgrotte; Férento, Theater Sutri, Amphitheater; Terracina, Jupitertempel	Sibyllentempel in Tivoli (S. 137); Fortunatempel und Museum in Palestrina (S. 121f.); Theater und Ausgrabungsgelände in Férento (S. 183); Ruinen der Nero-Villa bei Subiaco (S. 131); Via Sacra am Monte Cavo (S. 138f.)
Kirche S. Silvestro auf dem Soracte Spolien in der Basilika von Castel Sant'Elia	Soracte (S. 146ff.) Basilika Castel Sant'Elia (S. 152f.)
Stadtanlage von Viterbo, Tarquinia, Alatri, Tivoli und zahlreichen weiteren Orten Klöster in Subiaco, Casamari, Fossanova, S. Martino al Cimino, Farfa Kirchen in Montefiascone, Bolsena, Tuscania, Viterbo, Castel Sant'Elia, Civita Castellana, Tarquinia, Rieti, Tivoli, Alatri, Anagni, Fondi, Gaeta, Ferentino, Terracina	Mittelalterliche Ortschaften auf allen Wanderungen in Latium Klöster in Subiaco (S. 132ff.) Klosterkirche S. Martino al Cimino (S. 158ff.) *Mittelalterliche Kirchen:* Viterbo (S. 184) Montefiascone (S. 170f.) Castel S. Elia (S. 152f.) Tivoli (S. 137) Alatri (S. 194f.)
Renaissance: Kirche Madonna della Quercia bei Viterbo Palazzo Orsini in Bracciano **Manierismus und Barock:** Tivoli, Villa d'Este Frascati, Villen Caprarola, Palazzo Farnese Bomarzo, Parco dei Mostri Bagnaia (bei Viterbo), Villa Lante S. Martino al Cimino, Ortsanlage	*Renaissancekirchen:* La Quercia (S. 183); Montefiascone (S. 170) Vicovaro (S. 137f.); Capranica Prenestina (S. 122) Villa d'Este in Tivoli (S. 137) Palazzo Farnese und Kirche S. Teresa in Caprarola (S. 158ff.) Ortsanlage S. Martino al Cimino (S. 158)

Latium

Während die Toscana mit den Etruskern aus dem Dunkel der Geschichte auftaucht, reicht die Tradition Latiums in *mythische Zeiten* zurück. Zahlreiche latinische Orte sind der Überlieferung nach von Helden des griechischen Mythos gegründet worden: von Herkules, Caeculus (einem Sohn des Vulcanus), Dardanos (einem Sohn des Zeus), Telegonos (einem Sohn des Odysseus) und anderen. Am Capo Circeo, im Süden des Landes, verzückte die Zauberin Circe den Odysseus und seine Gefährten. Schon vor der Gründung Roms fanden sich in Latium bedeutende Ortschaften wie Alba Longa, Cori, Palestrina.

Bevor die Römer das Land unterwarfen, beherrschten verschiedene *italische Völkerstämme* das Gebiet des heutigen Latium: die Herniker, die Volsker, die Aurunker, die Sabiner. Im Norden Roms entwickelte sich ab dem 8. Jahrhundert der Kern des *etruskischen Herrschaftsgebiets* mit den bedeutenden Städten Veii, Cerveteri, Tarquinia, Vulci, Tuscania, Volsinii (vgl. die ausführlicheren Hinweise zur etruskischen Kultur im Abschnitt ›Toscana‹, S. 201 f.). Von den Bauten der italischen Völker haben sich die Ruinen gewaltiger Stadtanlagen, insbesondere die großen ›Zyklopenmauern‹ in Alatri (S. 194 f.), Norma (S. 145) und Palestrina (S. 122) bis heute erhalten. Die etruskische Kultur hat in Latium ihre berühmtesten Kunstwerke hinterlassen: die Wandmalereien von Tarquinia. Daneben finden sich in Latium die bedeutenden etruskischen Nekropolen von Cerveteri, Norchia (S. 164 f.), San Giuliano (S. 154) sowie Hunderte von kleineren Fundstätten. Die Museen in Tarquinia und – vor allem – in Rom (Museo Etrusco-Gregoriano des Vatikan und Museum der Villa Giulia) besitzen einige der bedeutendsten etruskischen Fundstücke der Welt.

Unter der *Herrschaft Roms* (ab 4. Jh. v. Chr.) entwickelte sich das Gebiet in enger Verbindung zur Hauptstadt. Zahlreiche Straßen durchzogen das Land. Ein reger Handelsverkehr belebte insbesondere die Hafenstädte. Wohlhabende Römer und – später – die Kaiser bauten sich Villen in der latinischen Landschaft. Die alten, aus vorrömischer Zeit stammenden Heiligtümer (am Soracte, am Nemi-See, in Palestrina) behielten ihre Bedeutung und wurden mancherorts noch vergrößert.

Latium ist noch heute reich an Bauten und Kunstwerken aus der Zeit der römischen Antike. Die Wege dieses Buchs führen zu einigen der schönsten von ihnen: zum Fortuna-Heiligtum von Palestrina (S. 121 f.), zum ›Sybillentempel‹ von Tivoli (S. 137), zum Theater von Férento (S. 183). In den Albaner Bergen wandern wir auf dem Pflaster einer römischen ›Heiligen Straße‹ (S. 138 f.), in Subiaco passieren wir die Ruinen der Nero-Villa (S. 131).

In der *Spätantike* beginnt ein Verfall der latinischen Landschaft. Die Landwirtschaft kann mit der Konkurrenz anderer Gebiete des römischen Weltreichs nicht Schritt halten. Landflucht setzt ein; zahlreiche vorher bebaute Landstriche werden aufgegeben und veröden. Die Weidewirtschaft, bis heute ein Charakteristikum Latiums, verdrängt vielfach den Ackerbau; die Sümpfe (und damit die Malaria) breiten sich aus; das Straßennetz beginnt sich aufzulösen.

Diese Entwicklung setzt sich in der *Völkerwanderungszeit* fort, obwohl unter Theoderich noch einmal versucht wird, die Straßen- und Landwirtschaftsverhältnisse systematisch zu verbessern. Latium wird in die Kriege zwischen Byzantinern und Goten hineingezogen, steht dann (ab 6. Jh.) unter dem wechselnden Einfluß der Langobarden und der oströmischen Kaiser von Byzanz. Sarazenen und – im 10. Jahrhundert – Hunnen bedrohen das Land. Die Bevölkerung zieht sich aus den Ebenen, welche in der Römerzeit besiedelt worden waren, wieder in die hochgelegenen Ortschaften mit ihren ur-

alten Mauerringen zurück, um in den unsicheren Verhältnissen wenigstens einen geringen Schutz zu finden.

Doch auch in dieser Zeit wirtschaftlich-politischen Niedergangs gehen von Latium kulturelle Impulse aus. Es erhält und entwickelt sich eine religiöse (vor allem klösterliche) Kultur, welche durch die Nähe Roms gefördert wird und die zugleich an manchen Orten an die antiken Naturkulte anknüpft. Latium sieht die Geburt des abendländischen Mönchswesens in Subiaco (S. 132ff.) und Cassino; am Pilgerweg nach Rom entstehen Kirchen und Klöster. Auch aus der langobardischen Kunst (vgl. S. 202) finden sich in Latium – ebenso wie in der Toscana – Fundstücke.

Ab dem *10. Jahrhundert* nehmen Landwirtschaft und Handel in Latium – wie in den anderen Regionen Italiens – einen Aufschwung. Doch kann sich, anders als in Norditalien und der Toscana, die Schicht der städtischen Kaufleute und Handwerker nicht gegen die übermächtigen Feudalherren durchsetzen. Städtische Freiheit und Selbstverwaltung werden nicht erreicht; zu stark ist die Macht der adligen Landbesitzer und – vor allem – der allmählich politisch erstarkenden römischen Kirche. Wohl kommt es in Rom zu Volksaufständen unter Arnold von Brescia (12. Jh.) und unter Cola di Rienzo (14. Jh.). Aber diese Revolutionen werden blutig niedergeschlagen. So bleibt Latium ein religiös-feudalistisch regiertes Gebiet, wird wirtschaftlich bald rückständig. Eine ausgeprägte Stadtkultur entwickelt sich nicht. Die ›Hochkultur‹ bringt Kirchen, Klöster, Villen, Schlösser hervor; die Volkskultur drückt sich architektonisch insbesondere in den Bauten der zahlreichen kleineren Orte aus, welche auf uns heute ›malerisch‹ wirken, die aber historisch Stätten großer Armut waren.

In einem Jahrhunderte dauernden Prozeß bringen die Päpste (zwischen dem 8. und dem 15. Jh.) Latium allmählich unter ihre Herrschaft und schaffen so den Kern des *Kirchenstaats.* Die römischen und latinischen Adelsfamilien (die Colonna und Caetani, die Orsini und Vico, die Conti und Farnese) und die großen Klöster sind – unter der Oberhoheit Roms – die Feudalherren des Landes. Die Bevölkerung lebt vor allem in den hochgelegenen Ortschaften, die in der Völkerwanderungszeit aus Sicherheitsgründen neu besiedelt worden waren; von hier aus zieht sie täglich zur Landarbeit auf die Felder. Wie der Einzelhof des toskanischen Bauern von seiner – relativen – Selbständigkeit Zeugnis ablegt (vgl. S. 27ff.), so zeigt die latinische Ortschaft mit ihren dicht aneinander gedrängten Häusern – oft überragt vom Herrensitz des Großgrundbesitzers – die Abhängigkeit der Bewohner und die fortdauernde Unsicherheit der Lebensverhältnisse.

Da im Latium die feudal-kirchliche Kultur immer beherrschend blieb, konzentrierte sich die künstlerische Aktivität nicht so stark auf die Städte wie in bürgerlich geprägten Regionen. Wir finden daher auf unseren Wanderungen durch das Land eine Fülle von Kunstwerken aus Mittelalter, Renaissance, Manierismus und Barock: Kirchen und Klöster, mittelalterliche und barocke Stadtanlagen, Villen und Palazzi (vgl. Überblick S. 207).

Bis zur Einnahme Roms durch die Truppen des Königreichs Italien (1870) bleibt Latium unter päpstlicher Herrschaft (mit dem Zwischenspiel der napoleonischen Besetzung 1809–1813). Im 18., mehr noch aber im 19. Jahrhundert wird es eines der bevorzugten Reiseziele des zeitgenössischen Tourismus. Romantische Sehnsucht nach einer ›arkadischen Natur‹ findet ihr Ziel in der Umgebung Roms; manche latinischen Dörfer werden zu Ortschaften reisender Künstler; in Malerei und Literatur wird die Landschaft Latiums vielfach dargestellt (vgl. S. 122ff. und S. 140ff.). Der in Rom lebende deutsche Historiker Ferdinand Gregorovius schreibt um die Mitte des 19. Jahrhunderts seine große

Reihe von Aufsätzen, in denen latinische Geschichte und Gegenwart zusammengesehen werden; der französische Historiker Gaston Boissier sucht die Orte Virgils auf und beschreibt ihre Gegenwart (1884); romantische Dichter lassen sich von der latinischen Landschaft inspirieren.

Die wirtschaftlich-sozialen Probleme des Landes finden ihren Analytiker in dem bedeutenden Soziologen Werner Sombart (1890). Die von Sombart beschriebenen Probleme (Großgrundbesitz und Armut der Landbevölkerung, Übergewicht der Weidewirtschaft gegenüber intensiver Bebauung des Landes, Desorganisation bei der zentralen Aufgabe der ›Bonifizierung‹ – Entsumpfung – des Landes) waren erst nach dem Zweiten Weltkrieg im wesentlichen gelöst. Noch bis ins 20. Jahrhundert hinein tritt die Malaria in den latinischen Sumpfgebieten auf; erst unter dem Faschismus wird die seit Jahrhunderten projektierte Trockenlegung der Pontinischen Sümpfe südlich von Rom wirkungsvoll durchgeführt.

Nach 1950 entwickelt sich in dem bis dahin fast ausschließlich agrarischen Latium auch eine bedeutende Industrie, vor allem südlich von Rom; deren wirtschaftliche Folgen für die Bevölkerung sind im großen und ganzen positiv; die urbanistisch-ökologischen und sozialen Effekte der wenig geplanten, vielfach wildwuchernden Entwicklung sind allerdings nicht unproblematisch. Außerhalb dieser Gebiete und der unmittelbaren Umgebung Roms ist Latium allerdings bislang eine landwirtschaftliche Region geblieben. Noch 1971 waren etwa in den Provinzen Viterbo und Frosinone nahezu 30 % der Bevölkerung im landwirtschaftlichen Sektor beschäftigt (gegenüber 17 % im Gesamtdurchschnitt Italiens); die Bevölkerungsdichte, vor allem im nördlichen Latium, ist außerordentlich gering; Latium – mit Ausnahme Roms – ist nach wie vor eines der weniger ›modernisierten‹ Gebiete Italiens.

Lesehinweise

Jacques Heurgon, ›Die Etrusker‹ (Reclam). Ein Überblick über Kultur und Geschichte der Etrusker, verfaßt von einem französischen Etruskologen, interessant und gut lesbar.

Stephan Steingräber, ›Etrurien‹ (Hirmer). Wissenschaftlich fundierter, detaillierter Führer zu den etruskischen Fundstätten Italiens.

D. H. Lawrence, ›Etruskische Stätten‹ (Diogenes). Das Reisebuch des britischen Schriftstellers ist Ausdruck des ›romantischen‹ Interesses an den Etruskern.

Wolfgang Braunfels, ›Mittelalterliche Stadtbaukunst in der Toskana‹ (Gebr. Mann). Hervorragend geschriebene wissenschaftliche Arbeit über soziale Voraussetzungen und Durchführung mittelalterlicher Stadtplanung in den toskanischen Städten. Für Leser mit Detailinteresse am Thema.

Michael Baxandall, ›Die Wirklichkeit der Bilder‹ (Suhrkamp). Der britische Kunsthistoriker zeigt anschaulich und teilweise auch ›spannend‹ die Verbindung von sozialer Wirklichkeit und Malerei des 15. Jahrhunderts: der Schwerpunkt liegt bei der toskanischen Kunst.

Ernst Piper, ›Der Aufstand der Ciompi‹ (Wagenbach). Darstellung des Aufstands der florentinischen Wollarbeiter von 1378, mit zahlreichen Informationen zur florentinischen Geschichte des 14. Jahrhunderts.

Ferdinand Gregorovius, ›Wanderungen in Italien‹ (C. H. Beck). Die verschiedenen Aufsätze über Gebiete Latiums (Subiaco. Aus den Bergen der Herniker, Aus den Bergen der Volsker, Aus der Campagna von Rom) zählen noch immer zum Informativsten, was man über latinische Geschichte (und ›Gegenwart‹ des 19. Jahrhunderts) in deutscher Sprache findet.

Johann Gottfried Seume, ›Spaziergang nach Syrakus‹ (verschiedene Ausgaben er-

hältlich). Unterhaltsamer Bericht von einer großen Italien-Wanderung im Jahre 1802.
Ludwig Richter, ›Lebenserinnerungen eines deutschen Malers‹ (Insel). Richter schildert u. a. das Leben in den latinischen ›Künstlerdörfern‹ im frühen 19. Jahrhundert und beschreibt die Wanderungen der ›romdeutschen‹ Maler.

Toni Kienlechner, ›12mal Italien‹ (Piper). Die Aufsätze ›Rom – Mittelpunkt und Schauplatz‹ und ›Spaziergänge in der römischen Campagna‹ bieten interessante Einblicke in die Gegenwart Latiums. Das Buch Toni Kienlechners ist im übrigen empfehlenswert für alle, die an gegenwärtiger italienischer Politik, Wirtschaft, Kultur interessiert sind.

Anreise

Mit dem Pkw

Nach **Florenz:** Von München über Innsbruck – Brenner – Verona – Modena durchgehende Autobahn (ca. 700 km). Von Basel über Gotthard-Paß – Bellinzona – Mailand – Modena (außer einem Teilstück in der Schweiz) durchgehende Autobahn (ca. 700 km).
Nach **Siena:** bis Autobahnausfahrt Florenz – Certosa wie beschrieben, dann auf Schnellstraße nach Siena (70 km).
Nach **Rom:** bis Florenz wie beschrieben, weiter auf der Autobahn über Arezzo – Orvieto bis Rom (280 km ab Florenz).
Nach **Viterbo:** auf der Autobahn Florenz – Rom bis Orte (200 km), von dort Schnellstraße bis Viterbo (30 km).
Nach **Montefiascone:** Autobahn Florenz – Rom bis Orvieto (150 km), dann auf Landstraßen über Bolsena nach Montefiascone (30 km).

Autobahnen sind in Italien gebührenpflichtig. Benzin ist erheblich teurer, Diesel erheblich billiger als in der Bundesrepublik. Es empfiehlt sich die Mitnahme von Benzingutscheinen (in ADAC-Geschäftsstellen erhältlich).

Autoreisezüge: nur von Juni bis September/Oktober. Hamburg/Hannover – Verona; Düsseldorf/Köln/Frankfurt – Mailand; Köln – Genua.

Mit der Bahn

Nach **Florenz** und **Rom** durchgehende Züge von verschiedenen deutschen Städten. Fahrzeit München bzw. Basel – Florenz ca. 10 Stunden, – Rom ca. 13 Stunden.
Nach **Siena:** Fahrt bis Florenz, dort umstei-

gen in Zug nach Siena (Fahrzeit ca. 1:30 Std.) oder in Linienbus (vgl. S. 14).
Nach **Viterbo:** Fahrt bis Orte (D-Zug-Station der Strecke Florenz – Rom), dort umsteigen in Kleinbahn oder Linienbus.
Nach **Montefiascone:** Fahrt bis Orvieto (Strecke Florenz – Rom), dort umsteigen in Linienbus. Oder Fahrt bis Viterbo wie angegeben, von dort mit Bus nach Montefiascone (häufigere Verbindungen).

Mit dem Flugzeug

Nach **Florenz/Siena:** Flug nach Pisa (direkt ab Frankfurt oder über Mailand), von dort weiter mit Bahn oder Bus (eine Stunde bis Florenz).
Nach **Rom/Viterbo/Montefiascone:** Flug nach Rom (direkt von verschiedenen deutschen Flughäfen).

Apotheken

Apotheken sind wie alle anderen Geschäfte mittags geschlossen. Die Apotheken mit Nacht- und Sonntagsdienst erfährt man unter der Telefonnummer 110, aus der Presse und von Schildern mit der Aufschrift ›turno‹, welche an den Apotheken angebracht sind.

Ärzte

Die Adressen deutschsprechender Ärzte erfährt man über die Konsulate (vgl. S. 123) oder vom ADAC München (✆ 089/222222). Erste Hilfe in Notfällen leistet der ›Pronto Soccorso‹ in Krankenhäusern (größere Orte) oder der Notarzt (›Guardia medica‹, in kleineren Orten).

Als Mitglied einer gesetzlichen oder Ersatzkrankenkasse sollte man sich vor Antritt der Reise u. U. einen Auslandskrankenschein und Informationsmerkblatt mitgeben lassen. Da die Abrechnung über Krankenschein in Italien aber mit ermüdendem bürokratischen Aufwand verbunden ist, empfiehlt es sich, zumindest kleinere Summen gegen Rechnung direkt zu bezahlen und die Rechnung dann der eigenen Krankenkasse einzureichen.

Auskunft

Die staatlichen bzw. regionalen Touristenbüros geben Auskünfte über Unterkunft, Verkehrsverbindungen, Öffnungszeiten usw. Hier sind auch Hotelprospekte, Stadtpläne etc. erhältlich. Die Angestellten sprechen gewöhnlich englisch, sehr häufig auch deutsch.

Staatliches Fremdenverkehrsamt ENIT:
6000 Frankfurt/M., Kaiserstr. 65
4000 Düsseldorf, Berliner Allee 26
8000 München 2, Goethestr. 20
1010 Wien, Kärtnerring 5
6900 Zürich, Uraniastr. 32
1201 Genève, Rue Thalberg

Regionale Fremdenverkehrsämter EPT (Ente Provinciale per il Turismo):
50121 Firenze, Via Manzoni 16, ✆ 055/2478141
53100 Siena, Via di Città 5, ✆ 0577/47051
58100 Grosseto, Viale Monterosa 206, ✆ 0564/22534
01100 Viterbo, Piazza dei Caduti 16, ✆ 0761/30092/31073
Roma, Via Parigi 11, ✆ 06/461851
03100 Frosinone, Piazzale De Matthaeis, ✆ 0775/872525

Banken

Banken sind im allgemeinen montags – freitags von 8.30 bis 13.15 Uhr geöffnet. Außerhalb dieser Zeiten kann man Geld wechseln in einigen großen Hotels sowie an den Hauptbahnhöfen in Rom und Florenz (lange Wartezeiten).

Botschaften und Konsulate

Honorarkonsulat der Bundesrepublik Deutschland
Borgo SS. Apostoli 22, ✆ 055/294722 (mo–fr 9.30–12.30 Uhr)
50123 Firenze

Österreichisches Konsulat
Via dei Servi 9, ✆ 055/215352 (mo–fr 10–12 Uhr)
50122 Firenze

Schweizer Konsulat
Via dei Tornabuoni 1, ✆ 055/216142–284708 (mo–fr 9.30–11.30, 15.30–16.30)
50123 Firenze

Botschaft der Bundesrepublik Deutschland
Via Po 25, ✆ 06/860341–869341
Rom

Konsulat der Bundesrepublik Deutschland
Via Paisiello 25, ✆ 06/856806–864003
Rom

Österreichische Botschaft
Via Pergolesi 3, ✆ 06/868241
Rom

Schweizer Botschaft und Konsulat
Via B. Oriani 61, ✆ 06/803641
Rom

Gepäck

Auf mehrtägigen Wanderungen wird man das Gepäck gewöhnlich im Rucksack bei sich tragen – wobei ich dringend dazu rate, nur das notwendige Minimum mitzunehmen. Es wandert sich aber so viel schöner ohne Gepäck, daß man erwägen sollte, dieses – wo möglich – durch Taxis ins jeweils nächste Hotel schicken zu lassen. Diese Form der Wandererleichterung ist allerdings recht kostspielig; sie dürfte daher vor allem für *Gruppen* von Wanderern interessant sein.

Karten

Unter den **Straßenkarten** sind empfehlenswert die Karten des Touring Club Italiano (1:200000), des Verlags Kümmerli und Frey (1:200000) sowie die an Ort und Stelle erhältlichen Provinzkarten Provincia di Firenze, Provincia di Siena etc. (1:100000 bis 1:200000, vielfach an Kiosken, aber auch in Buchhandlungen erhältlich).

Genaue **Wanderkarten** bzw. **topographische Karten** gibt es gegenwärtig nicht (vgl. S. 10). Das Istituto Geografico Militare (IGM) hat die einzigen erhältlichen topographischen Karten (im Maßstab 1:100000 bzw. 1:25000) herausgegeben. Sie ermöglichen allenfalls eine Groborientierung, da sie im allgemeinen mehr als dreißig Jahre alt sind.

Empfehlenswert sind eher die Karten 1:100000, da die ›präziseren‹ Karten 1:25000 eine Genauigkeit nur vortäuschen: zu viel hat sich seither im Landschaftsbild geändert.

Die Karten des IGM sind an folgenden Stellen erhältlich:

Florenz
Istituto Geografico Militare
Viale Strozzi 14 (Nähe Hauptbahnhof; geöffnet montags–freitags 9–12 Uhr)

Siena
Libreria Ticci
Via delle Terme 5/7 (Nähe Piazza del Campo; nur Karten der Provinz Siena)

Rom
Libreria Mondadori per Voi
Via Nazionale 246 (Nähe Hauptbahnhof)

Libreria all'Orologio
Via del Governo Vecchio 7 (Nähe Piazza Navona)

Viterbo
Libreria La Neotecnica
Via Marconi 25–27 (nur Karten der Provinz Viterbo)

Kleidung

Empfehlenswert ist für alle Wanderungen festes Schuhwerk, vorzugsweise gut eingelaufene Wanderschuhe. Die als ›leicht‹ eingestuften Wanderungen können bei gutem Wetter auch mit gewöhnlichen Schuhen begangen werden.

In allen Jahreszeiten (am wenigsten von Juni bis September) muß man in Italien mit gelegentlichen Regenfällen rechnen. Sie sind im Frühjahr und Herbst gewöhnlich kurz und heftig; Dauerregen ist verhältnismäßig selten. Man sollte sich mit einem leichten Regenschutz versehen.

Ein Sonnenschutz (Sonnenhut o. ä.) ist vor allem zwischen Mai und September dringend zu empfehlen.

Küche

Auf dem Land bekommt man in Mittelitalien zumeist solide traditionelle Mahlzeiten vorgesetzt. In den größeren Städten sind die Qualitätsunterschiede beträchtlich. Neben den herkömmlichen Trattorien finden sich hier hervorragende Restaurants mit raffinierter Küche, aber auch Lokale, in denen die Reisenden lieblos abgespeist werden. Im Text habe ich einige Hinweise zu den Küchenspezialitäten der durchwanderten Regionen gegeben.

Darüber hinaus möchte ich noch einige weitere bekannte Gerichte der Toscana und Latiums nennen: In der **Toscana** probiere man die *Ribollita,* eine kräftige Brot- und Gemüsesuppe. Als Vorspeise werden gelegentlich *Crostini* serviert: geröstete Brotscheiben mit Leberpastete. Vier typische Fleischgerichte sind die *Bistecca alla Fiorentina* (ein großes Rindersteak – teuer!), *Arista* (Schweinebraten), *Trippa alla fiorentina* (Kutteln), *Salsicce* (Schweinswürste).

Als toskanische *Käse* kommen *Pecorino* (Schafskäse, sehr unterschiedliche Arten und Qualitäten) und *Casciotta* auf den Tisch.

Zu den bekanntesten *Süßigkeiten* zählen die sienesischen *Panforte* (Mandel-Honig-Kuchen) und *Ricciarelli* (Mandelplätzchen) sowie die *Cantuccini* (Plätzchen), welche als Nachtisch in Süßwein *(Vinsanto)* getunkt werden.

Unter den *Weinen* gibt es die unterschiedlichsten *Chianti*-Qualitäten (vgl. S. 49ff.), den *Vino Nobile di Montepulciano* (ebenfalls sehr unterschiedliche Qualitäten), den hervorragenden *Brunello di Montalcino,* als Weißweine den *Vernaccia* von San Gimignano und den *Pitigliano,* dazu die verschiedenen lokalen Weine. Schließlich ist das nur in der Toscana erhältliche Erfrischungsgetränk *Spuma bionda* (Apfel-Kräuter-Limona-

de) erwähnenswert. Man bekommt es glasweise in den Bars.

In **Latium** findet man als Vorspeise die *Bruschetta,* ein mit Öl und Knoblauch geröstetes Brot, daneben in manchen Restaurants sehr reichhaltige und schmackhafte Gemüse-*Antipasti* (Zucchini, Auberginen, Pilze, Zwiebeln etc.). An den Seen wird *Fisch* angeboten; häufig sind *Coniglio* (Kaninchen) und *Agnello* oder *Abbacchio* (Lamm). Ein römisches Fleischgericht ist die *Saltimbocca* (Kalbfleisch mit Schinken und Salbei). *Carciofi alla romana* (oder alla giudea) sind sehr zarte, frittierte Artischocken. Als *Käse* finden wir wiederum den *Pecorino* (Schafskäse). Die latinischen *Weine* sind im allgemeinen einfacher als die toskanischen; man halte sich an die lokalen offenen Weine.

Wer die Wanderreise zu einem Feinschmeckerurlaub machen möchte, der informiere sich in einem der jährlich erscheinenden Restaurantführer. Diese verhindern ›Reinfälle‹ zwar nicht völlig, denn Kochkritiker können irren (und die Tagesform der Köche wechselt). Sie geben aber im allgemeinen verläßliche Hinweise auf überdurchschnittlich gute Restaurants.

Auf deutsch sind erschienen:
Michael Reinartz / Helmut Romé, *Gault-Millau Toscana* (Ringier). Nach meinem Eindruck ein recht zuverlässiger Führer, mit guten Hinweisen zum Weinkauf.

Veronelli, Restaurants in Italien. Meines Erachtens nicht immer zuverlässig in der Detail-Einstufung; aber man kann davon ausgehen, daß alle aufgenommenen Lokale ein gutes Niveau haben.

Auf italienisch:
Ristoranti di Veronelli (Mondadori), s. o.
Guida de L'Espresso, mit einer sehr großen Zahl von Restaurants und ansprechenden Beschreibungen; Nachteil: das Buch ist schwer und unhandlich.

Mehrsprachig:
Michelin-Führer, nützlich für die Hotelsuche; für die Restaurants gibt die italienische Ausgabe keine sinnvollen Hinweise (mit Ausnahme der – wenigen – Zwei- und Drei-Sterne-Restaurants).

Wer ›aufs Geratewohl‹ essen geht, wird aber immer wieder – zum Glück! – auch auf ganz unbekannte hervorragende Restaurants stoßen.

Öffnungszeiten

Geschäfte sind etwa von 9–13 Uhr und von 16–19 Uhr geöffnet. Die Öffnungszeiten wechseln je nach Region und Jahreszeit. Samstags sind die meisten Läden ganztags geöffnet; Ruhetag ist der Sonntag sowie ein Nachmittag in der Woche, der von Ort zu Ort unterschiedlich festgelegt wird.

Museen sind im allgemeinen von 9–14 Uhr, sonn- und feiertags von 9–13 Uhr geöffnet. Montag ist Ruhetag. Manche Museen sind Ostern und am 1. Sonntag im Juni geschlossen, fast alle am 25. April und 15. August.

Kirchen sind im allgemeinen von 9–12 Uhr und von 16–18 oder 19 Uhr geöffnet. Die Öffnungszeiten wechseln mit den Jahreszeiten.

Reisezeiten vgl. S. 11.

Schlangen

Schlangen gibt es in Italien, wie im gesamten Mittelmeergebiet, allerorten. Nur sehr wenige von ihnen sind giftig, und auch diese beißen nur, wenn man ihnen sehr nahe kommt (z. B. auf sie tritt). Man sollte aber zum

Schutz, zumindest in unübersichtlichem Gelände, feste, die Knöchel bedeckende Schuhe tragen (was sich beim Wandern ohnehin empfiehlt).

Aufmerksamkeit ist darüber hinaus geboten, wenn man sich an Steinmauern und Steinhaufen – beliebten Aufenthaltsorten von Schlangen – niederläßt sowie (bei großer Hitze) an Wasserstellen. Nahezu alle Schlangen verschwinden bei der Annäherung von Menschen eiligst – wenn sie genügend Zeit und Platz dazu haben.

Telefon

Für Telefonate nach Deutschland wählt man *0049* und dann die Nummer (ohne die 0 der Vorwahl). In die Schweiz analog *0041*, nach Österreich *0043*. Aus den Telefonzellen kann man keine längeren Ferngespräche führen, da man dafür säckeweise Kleingeld bzw. Telefonmünzen (gettoni) mitbringen müßte. Man telefoniere in den Büros der SIP (Telefongesellschaft, nur in größeren Städten) oder – in kleineren Orten – vom *posto pubblico,* meist in einer Bar, mit ›telefono a scatti‹ (Telefon mit Zähler). Telefonate aus den Hotels kosten gewöhnlich erheblich mehr als den Normaltarif. – *Auslandsauskunft: 15.*

Unterkunft

Alle *Hotels* am Wege der beschriebenen Wanderungen sind jeweils im Anschluß an die Wegbeschreibungen genannt. Vollständige regionale Hotelverzeichnisse sowie die Anschriften von Hotels in den großen Städten (die hier nicht aufgeführt sind) erhält man bei den italienischen Touristenbüros (s. Stichwort ›Auskunft‹).

In den *Hauptreisezeiten* (Ostern, Pfingsten, September) ist schriftliche Vorbestellung dringend zu empfehlen. In anderen Jahreszeiten genügt normalerweise ein Anruf am Vortag der Ankunft. (Man beachte dabei, daß Hoteliers auf dem Land nur selten Fremdsprachen sprechen.)

Verkehrsverbindungen

Die für die Wanderungen wichtigen Verkehrsverbindungen sind im Anschluß an die Wegbeschreibungen aufgeführt. Sie gelten allerdings nur wochentags; für den Sonntagsfahrplan sowie auch zur Bestätigung der Uhrzeiten (Stand: 1985) erkundige man sich bei den örtlichen Busgesellschaften bzw. Bahnstationen.

Die Adressen der Busgesellschaften sowie der zentralen Busbahnhöfe sind in der Einleitung der einzelnen Abschnitte (Florenz, Siena, Rom, Viterbo/Montefiascone) genannt.

Ich habe nur diejenigen Busse angegeben, welche man bei einem *Tagesausflug* benutzen wird – d. h. für die Anfahrt nur die vormittäglichen, für die Rückfahrt nur die nachmittäglichen Verbindungen. Es handelt sich also im allgemeinen nicht um *alle* Verbindungen zu den Wanderorten.

Zu beachten ist, daß Busse auf dem Land gelegentlich bis zu zehn Minuten *vor* der festgesetzten Abfahrtszeit durchfahren. – Fahrkarten müssen auf den meisten Linien außerhalb der Busse gekauft werden (am Busbahnhof bzw. in kleineren Orten in Bars oder Tabakgeschäften).

Register

Orte und Landschaften

Affile 127, 128, 129, 131, 195
Alatri 186, 193, *194f.,*
Albegna 83, 85
Albaner Berge 116, 117, 136, *138*
Altipiani di Arcinazzo 187, 189, 190, 192, *193,* 195
Aniene 127, 133, 134, 135, 136, *188f.,* 190, 193
Apennin 22, 23, 116, 117, 122, 135, 146, 147, 149, 166, 181, 190, 193
Acqua Rossa 182, *183*
Arcinazzo 129
Arno 16, 20, 23, 37, 48, 49
Asciano 38, 69, *72,* 95

Badia a Coltibuono 48, *49*
Bagnaia 184
Bagno a Ripoli 14, 20, 22, 62, 64
Bágnore 83
Bagnoregio 173, 174, *175,* 182, 183
Bagno Vignoni 71, 76, 77, *78,* 79, 95
Barbarano Romano 153, *154,* 176
Basciano 45
Bibbiano 40
Bigallo 20, 22
Bisentium 169
Blera 140, 153
Bolsena 172
Bomarzo 184
Buonconvento 71, 75, 76, 95

Calcata 149, *151,* 176
Campagna 116, *140f.,* 149
Campiglia d'Orcia 80
Cantoniera di Látera 179
Capanne 86, 96
Capannone 74
Capodimonte 166, 168, *169,* 171, 172, 175, 176, 180, 185
Capo Vetra 81
Capranica Prenestina 117, 119, 121, *122,* 187 (Farbt. 7)
Caprarola 155, 156, *158, 160f.,* 162, 175, 176, 185
Carpineto Romano 142, 143, *144*
Cascata del Molino 86
Castel d'Asso 140, 184
Castellina in Chianti 38, 40, 41, *42,* 43, 45, 64, 65, 67, 68
Castello Colognole 32
Castello di Verrazano *32*
Castel Madama 136
Castelnuovo dell'Abate 55, 56, 58, 69, 71, 76, 77, 78
Castel San Pietro Romano 118, 121, *122*
Castel Sant'Elia 134, 141, 151, *152,* 176
Castiglione d'Orcia 79, *80,* 95
Cerreto 152
Chiocchio 22, 25, 64
Chiusdino 51, 52
Chiusure 71, 72, 75
Civita di Bagnoregio 173, 174, *175* (Farbt. 12)
Civitella S. Paolo 146
Colleferro 144
Colle Piano 136
Colle di Val d'Elsa 14, 39, 40
Colli Albani s. Albaner Berge
Compiobbi 15, 16, 17, 18, 19, 20
Crete Senesi 38, 56, 69, 71, *73,* 78 (Farbt. 2, 3)
Cura di Vetralla 153, 154

Elsa 42
Ema 25

Férento 175, *181, 183*
Fiesole *14,* 16, *17,* 18
Fiora 83, 84, 87, 88, 89
Fiuggi 187, 190, *193,* 194, 195
Fiuggi Fonte 193, 195
Florenz *13,* 14, 16, 17, 18, 19, 20, 22, 23, 24, 25, 28, 32, 36, 38, 40, 49, 56, 57, 62, 91, 93, 114, 176
Frassini 52, 53

Gaiole in Chianti 38, *48,* 49
Gardina 45
Grádoli 166, 168, *169,* 172, 175, 176, 177, 179, 185
Greve (Fluß) 31, 65, 68
Greve in Chianti 30, 31, *32,* 64, 65, 68
Grosseto 95, 179

Isola Bisentina 166, 169, 171, 172
Isola Martana 166, 169, 171, 172
Jenne 187, 189, *190,* 195

Lago di Albano 138, *139*
Lago di Bolsena 83, 140, 155, *169,* 170, *171f.,* 175, 178, 179, 180 (Farbt. 11)
Lago di Bracciano 148
Lago di Canterno 194
Lago di Mezzano 175, 177, 178, *179*
Lago di Nemi 138, *139,* 140
Lago Trasimeno 113, *115*
Lago di Vico 51, 116, 148, 155, 156, *158, 162f.,* 171, 175, 176, 185
La Quercia 182, *183*
La Rosetta 195
Látera 175, 178
Le Coste 170, 180
Lucarelli 40, 41, 66, 68

Madonna del Camicione 82
Madonna delle Grazie 128
Magliano Romano 149, 150, 151, 176
Maremmen 83, 84
Marroneto 80, 82, 83, 95
Marta 166, 169, *170,* 171, 172, 175, 180
Marta (Fluß) 180
Massa 152
Montalcino 38, 55, *56f.,* 69, 73, 75, 76, 78, 95
Monte Amiata 38, 44, 55, 69, 71, 76, 78, 79, 80, *82,* 83, 84, 179 (Farbt. 9, 10)
Monte Argontario 83
Monte Bisenzio 167, *169,* 171, 172
Monte Calvario 41, *42,* 68
Monte Cassino 59, 132, 134, 141
Monte Cavo 138, *139*
Monte Céceri 14, 17
Monte della Croce 129
Montefiascone 154, 167, 169, *170f., 172,* 175, 176, 180, 181, 185
Monte Labbro 83, *84*
Monte Oliveto Maggiore 35, 59, 69, *72,* 73, 75, 95
Monte Retafani 192
Monte Soratte s. Soracte
Monte Venere 156, 162
Monti Affilani 127, 129
Monti del Chianti 14, 22, 24, *30ff., 49ff.,* (Farbt. 1)
Monti Cimini 146, 158, 162, 163, 167, 181
Monti Ernici 193
Monti Lepini 116, 117, 122, 142
Monti Prenestini 117, 136
Monti Ruffi 129, 136
Monti Sabini 135, 137
Monti Simbruini 127, 129, 136
Monti Volsini 171

Narce 149
Nemi 138, *139*
Nepi 151
Ninfa *145*
Norba 142, *145*
Norchia 116, 140, 153, 163, *164f.*
Norma 142, 144, 145

Olevano Romano 122, 126, *127,* 128, *131,* 186, 187, 195 (Umschlagklappe vorn)

Ombrone 49
Ontignano 18
Orbetello 95
Orcia 79

Paiatici 19
Palazzo 79
Palazzetto 52
Palestrina 116, 117, *121f.,* 141, 186, 187, 195, 196
Panzano 66, 67, *68*
Passignano 114
Passo dei Pecorai 62, 64, 68
Pesa 42, 66
Petricci 96
Pienza 76, 78, 79
Pietrafitta 41, 67, 68
Pieve a Salti 74
Pitigliano 38, 69, 71, 87, 93, *95,* 96, 175, 176, 177, 178, 179, 185
Poggibonsi 40
Poggi La Bella 83
Poggio Crocione 73, 74
Poggio Gambocci 74
Poggio Murella 85, 86, 87, 89, 96
Poggio delle Tortore 19
Poggio Uccello 79
Pontinische Ebene 142, *145*
Pratomagno 14, 20, 23, 48

Quercegrossa 43, 45

Radicofani 44
Ripa d'Orcia 76, 78
Rocca d'Orcia 76, 78, 79, 80
Rocca di Papa 138, *139*
Roccalbegna 83, *84,* 96
Roiate 127, 128, 131, 186, 187, 195
Rom 95, 114, 116, 117, 121, 131, 135, 137, 139, 140, 141, 144, 147, 148, 149, 151, 152, 154, 158, 176, 179, 185, 194
Ronciglione 162

Sacco 122, 141, 193, 196
Sacro Speco (San Benedetto) 127, 129, *131,* 132, *133f.,* 186, 189, 190
Sambre 18
San Donato in Collina 20, 22, 23, 25, 62
San Galgano 38, 51, 52, *53*
Sanguineto 113, 114
San Gimignano 13, 14, 35, *36f.,* 38, 39, 40 (Farbt. 4)
San Giovenale 153
San Giuliano 153, *154*
Sanguineto 113, 114
San Martino 24, 25
San Martino al Cimino 155, 156, *158f.,* 175, 176, 185
San Martino al Fiora 87, 88, 89, 96
San Martino in Valle 31
San Polo de'Cavalieri 135, 136, 137
San Polo in Chianti 22, 24, 25, 62, 64
San Quirico d'Orcia 59, 78
Sant' Agapito 167
Santa Fiora 80, 81, 82, 83, *84,* 95
Sant' Antimo 55, 56, *58f.,* 69, 76, 77, 93 (Farbt. 5)
Santa Scolastica 129, *131, 132f.,* 189
Sant' Oreste 146, *147,* 148
San Vito Romano 117, 120, 121, *122,* 123, *127,* 187, 195 (Farbt. 14)
Saturnia 69, 71, 84, 86, 87, 96
Semproniano 71, 83, 84, 85, 96
Settignano 14, 15, 16, 18, 19, 20
Sezzate 24, 25
Siena 28, 38, 40, 42, 44, 45, 49, 52, 53, 56, 57, 62, 64, 68, 69, 71, 72, 75, 95
Soracte 134, 141, 146, *147f.,* 151, 155 (Farbt. 13)
Sovana 69, 71, 87, *89, 90ff.,* 93, 94, 96
Strada in Chianti 13, 25, 30, 31, 32, 64
Subiaco 116, 127, 129, *131, 132ff.,* 141, 186, 187, 188, 189, 190, 195

Terenzano 16
Terme di Saturnia *86,* 89
Terontola 113, 114, 115
Tiber 146
Tivoli 135, 136, *137*
Torre Cajetani 193, *194* (Farbt. 6)

Treia-Schlucht (Gole del Treia) 51, 149
Trevi nel Lazio 190, 192
Tuoro 113, 114, 115
Tuscania 153, 184

Val di Cava 75, 76
Valle Suppentonia 151
Vetralla 164
Via Cassia 79
Via Francigena 155, 172, 175
Vicchiomaggio 32
Vicovaro 135, 136, *137f.*
Vignaglia 45
Vignoni *78*
Villa Le Barone 68
Villa Nozzole 64
Villa S. Giovanni in Tuscia 153
Villa a Tolli 55
Vinci 13, 37, *38*
Viterbo 154, 158, 159, 163, 164, 165, 169, 170, 175, 176, 181, 182, 183, *184,* 185
Vivo (Fluß) 81
Vivo d'Orcia 71, 78, 79, 80, 81, 82, 95

Personen

Aldobrandeschi, Fam. 92
Amalasuntha 172

Barbarini, Fam. 132
Barna da Siena 36
Bartolo di Fredi 36
Benedikt von Nursia 127, 131, *132,* 134
Bernhard von Clairvaux *158f.*
Bicci di Lorenzo 17
Bonaventura, hl. 175
Bonifaz VIII., Papst 194
Borghese, Fam. 132
Borgia, Alexander 132
Bramante, Donato 122
Bregno, Andrea 183
Browning, Robert 140
Byron, George Gordon Noël Lord *146*
Cambio, Arnolfo di 184
Capodistria, D. di 138
Carducci, Giosuè 148
Catull 137
Cederna, Antonio 196
Chateaubriand, François René Vicomte de 140, 141
Claude Lorrain 141
Clemens VII., Papst 57
Clérisseau, Jean-Louis 140
Colonna, Fam. 132
Consolus 134
Cosmaten 133, 152

Dalmata, G. 138
Dante Alighieri 169
Della Robbia, Andrea 183
Della Robbia, Fam. 84
D'Este, Ippolito 137
Demokrit 33
Dickens, Charles *162, 172*
Duby, Georges 8f.

Elsheimer, Adam 141
Etrusker 162, 183

Farnese, Alessandro 155, 160
Farnese, Fam. 155, 160, 161, 162
C. Flaminius 115
Florentius, Mönch 132
Fohr, Carl Philipp 123
Fontana, Carlo 170
François I., König 160
Franziskus, hl. 134
Fugger, Johannes *170f.*

Ghirlandajo, Domenico 36, 37
Giovanni, Matteo di 72
Giovanni da Verona, Fra' 72
Goethe, Johann Wolfgang von 146, 148
Goez, Werner 148, 184
Gogol, Nicolai W. 141
Gozzoli, Benozzo 36, 37
Gregor VII., Papst (Hildebrand von Sovana) 89, *92,* 93
Gregor XVI., Papst 137

Gregorovius, Ferdinand 127, 140, *142,* 145, *186, 195*
Guidotti, Galgano 51, 53

Hadrian, Kaiser 137
Hannibal 113, 115
Hehn, Victor 33, 172
Heinrich IV. 92
Heinse, Wilhelm 148
Herniker 194
Homer 33
Horaz 54, 137, 141, 146, 147f.

Innozenz X., Papst 159

Karl V., Kaiser 57, 160
Kaschnitz, Marie-Luise 141
Koch, Joseph Anton 123
Konstantin, Kaiser *148*

Lazzaretti, Davide 84
Leo XIII., Papst (Gioacchino Pecci) 144
Leonardo da Vinci 15, 17f., 37, *38*
Ligorio, Pirro 137
Lorenzetti, Ambrogio 71, 84
Lorenzetti, Pietro 79, 80

Maecenas 137
Maestro dell'Osservanza 72
Maiano, Benedetto da 36
Maiano, Giuliano da 36
Mann, Thomas *117*
Mazzei, Filippo 39
Medici, Lorenzo di 77
Medici, Fam. 17, 92
Meister von Cabestany 59
Montaigne, Michel Eyguem Seigneur de 161
Morenas, Claude 197
Morenas, François 197
Mussolini, Benito 145

Napoleon I., Kaiser der Franzosen 57
Nero, Kaiser 131
Nicolosi *90*

Orsini, Fam. 138
Otho, Kaiser 183

Palestrina, Giovanni Pierluigi da 117
Pamphili, Fam. 159
Pannartz, Arnold 133
Pantigati, G. 122
Paul III., Papst 160
Peterich, Eckart 122, 161
Petrarca, Francesco *148*
Plinius 33, 54
Poussin, Nicolas 141
Praz, Mario 141

Rainaldi, Girolamo 158
Reinhart, Johann Christian 123
Reinhold, Heinrich 123
Ricasoli, Bettino 49f.
Richter, Ludwig 122, 140
Römer 115, 117
Rottmann, Carl 123

Sangallo il Giovane, Antonio da 169
Sanmicheli, Michele 170
Schnorr von Carolsfeld, Julius 123
Scolastica, hl. 132
Signorelli, Luca 69, 72
Silvester I., Papst 132, 137, *148*
Sodoma (Giovanni Antonio Bazzi) 69, 72
Steingräber, Stephan *165*
Sweynheym, Conrad 133

Taddeo di Bartolo 37
Tarkowski 77
Theodahad 172
Theoderich, König 145, 172
Tieck, Ludwig 166
Trajan, Kaiser 137

Vergil 146, 147
Verrazzano, Giovanni da 32
Vignola, Giacomo Barozzi da 158, 160, 161

Zuccari, Federico 160
Zuccari, Taddeo 160

»Richtig reisen«

»Richtig reisen«: Algerische Sahara
Reise-Handbuch. Von Ursula und Wolfgang Eckert

»Richtig reisen«: Amsterdam
Von Eddy und Henriette Posthuma de Boer

»Richtig reisen«: Arabische Halbinsel
Saudi-Arabien und Golfstaaten.
Reise-Handbuch. Von Gerhard Heck und Manfred Wöbcke

»Richtig reisen«: Australien
Reise-Handbuch. Von Johannes Schultz-Tesmar

»Richtig reisen«: Bahamas
Von Manfred Ph. Obst. Fotos von Werner Lengemann

»Richtig reisen«: Von Bangkok nach Bali
Thailand – Malaysia – Singapur – Indonesien
Reise-Handbuch. Von Manfred Auer

»Richtig reisen«: Berlin
Von Ursula von Kardorff und Helga Sittl

»Richtig reisen«: Budapest
Von Erika Bollweg

»Richtig reisen«: Cuba
Reise-Handbuch. Von Karl-Arnulf Rädecke

»Richtig reisen«: Finnland
Von Reinhold Dey

»Richtig reisen«: Florida
Von Manfred Ph. Obst. Fotos von Werner Lengemann

»Richtig reisen«: Friaul – Triest – Venetien
Von Eva Bakos

»Richtig reisen«: Griechenland
Delphi, Athen, Peloponnes und Inseln. Von Evi Melas

»Richtig reisen«: Griechische Inseln
Reise-Handbuch. Von Dana Facaros

»Richtig reisen«: Großbritannien
England, Wales, Schottland. Von Rolf Breitenstein

»Richtig reisen«: Hawaii
Von Kurt Jochen Ohlhoff

»Richtig reisen«: Holland
Von Helmut Hetzel

»Richtig reisen«: Hongkong
Mit Macau und Kanton. Von Uli Franz

»Richtig reisen«: Ibiza/Formentera
Von Ursula von Kardorff und Helga Sittl

»Richtig reisen«: Irland
Republik Irland und Nordirland. Von Wolfgang Kuballa

»Richtig reisen«: Istanbul
Von Klaus und Lissi Barisch

»Richtig reisen«: Jamaica
Von Brigitte Geh

»Richtig reisen«: Kairo
Von Peter Wald

»Richtig reisen«: Kalifornien
Von Horst Schmidt-Brümmer und Gudrun Wasmuth

»Richtig reisen«: Kanada und Alaska
Von Ferdi Wenger

»Richtig reisen«: West-Kanada und Alaska
Von Kurt Jochen Ohlhoff

»Richtig reisen«: Kopenhagen
Von Karl-Richard Könnecke

»Richtig reisen«: Kreta
Von Horst Schwartz

»Richtig reisen«: London
Von Klaus Barisch und Peter Sahla

»Richtig reisen«: Los Angeles
Hollywood, Venice, Santa Monica
Von Horst Schmidt-Brümmer

»Richtig reisen«: Madagaskar
Reise-Handbuch. Von Wolfgang Därr

»Richtig reisen«: Malediven
Reise-Handbuch. Von Norbert Schmidt

»Richtig reisen«: Marokko
Reise-Handbuch. Von Michael Köhler

»Richtig reisen«: Mauritius
Reise-Handbuch. Von Wolfgang Därr

»Richtig reisen«: Mexiko und Zentralamerika
Von Thomas Binder

»Richtig reisen«: Moskau
Von Wolfgang Kuballa

»Richtig reisen«: München
Von Hannelore Schütz-Doinet und Brigitte Zander

»Richtig reisen«: Nepal
Kathmandu: Tor zum Nepal-Trekking. Von Dieter Bedenig

»Richtig reisen«: Neu-England
Boston und die Staaten Connecticut, Massachusetts,
Rhode Island, Vermont, New Hampshire, Maine
Von Christine Metzger

»Richtig reisen«: New Mexico
Santa Fe – Rio Grande – Taos.
Von Gudrun Wasmuth und Horst Schmidt-Brümmer

»Richtig reisen«: New Orleans
und die Südstaaten Louisiana, Mississippi, Alabama,
Tennessee, Georgia. Von Hanne Zens, Horst Schmidt-Brümmer
und Gudrun Wasmuth

»Richtig reisen«: New York
Von Gabriele von Arnim und Bruni Mayor

»Richtig reisen«: Nord-Indien
Von Henriette Rouillard

»Richtig reisen«: Norwegen
Von Reinhold Dey

»Richtig reisen«: Paris
Von Ursula von Kardorff und Helga Sittl

»Richtig reisen«: Paris für Feinschmecker
exklusiv. Von Patricia Wells

»Richtig reisen«: Peking und Shanghai
Von Uli Franz

»Richtig reisen«: Philippinen
Reise-Handbuch. Von Roland Dusik

»Richtig reisen«: Rom
Von Birgit Kraatz

»Richtig reisen«: San Francisco
Von Hartmut Gerdes

»Richtig reisen«: Die Schweiz und ihre Städte
Von Antje Ziehr

»Richtig reisen«: Seychellen
Reise-Handbuch. Von Wolfgang Därr

»Richtig reisen«: Sri Lanka
(Ceylon) Von Jochen Siemens

»Richtig reisen«: Südamerika 1
Kolumbien, Ekuador, Peru, Bolivien. Von Thomas Binder

»Richtig reisen«: Südamerika 2
Argentinien, Chile, Uruguay, Paraguay. Von Thomas Binder

»Richtig reisen«: Südamerika 3
Brasilien, Venezuela, die Guayanas. Von Thomas Binder

»Richtig reisen«: Süd-Indien
Von Henriette Rouillard

»Richtig reisen«: Texas
Von Horst Schmidt-Brümmer und Gudrun Wasmuth

»Richtig reisen«: Thailand
Von Renate Ramb und Stefan Loose

»Richtig reisen«: Toscana
Von Nana Claudia Nenzel

»Richtig wandern«: Toscana und Latium
Von Christoph Hennig (Frühjahr '86)

»Richtig reisen«: Tunesien
Reise-Handbuch. Von Michael Köhler

»Richtig reisen«: Venedig
Von Eva Bakos

»Richtig reisen«: Wallis
Von Antje Ziehr

»Richtig reisen«: Wien
Wachau, Wienerwald, Burgenland
Von Wolfgang Kuballa und Arno Mayer

»Richtig reisen«: Zypern
Von Klaus Bötig